Pechstein

AF217878

Der 1951 in Landau geborene freie Weinjournalist, Unternehmensberater und Buchautor studierte Volkswirtschaftslehre und Jura in Frankfurt/Main. Nach dem Abschluss als Diplom-Volkswirt arbeitete er zunächst in der Marktforschung eines Großunternehmens und als Wirtschafts-Fachjournalist. Seit 1983 beschäftigt er sich regelmäßig mit Wein, war unter anderem ab 1986 sechs Jahre lang Chefredakteur der Fachzeitschrift »Weinwirtschaft« und machte sich 1993 als Journalist und Unternehmensberater selbstständig. Er lebt seit zwanzig Jahren wieder in Landau, ist verheiratet und hat drei Kinder.
www.juergen-mathaess.de

Dieses Buch ist ein Roman. Handlungen und Personen sind frei erfunden. Ähnlichkeiten mit lebenden oder toten Personen sind nicht gewollt und rein zufällig.

JÜRGEN MATHÄSS

Pechstein

PFALZ KRIMI

Kommissar Badenhops erster Fall

emons:

Bibliografische Information der Deutschen Nationalbibliothek
Die Deutsche Nationalbibliothek verzeichnet diese Publikation
in der Deutschen Nationalbibliografie; detaillierte bibliografische
Daten sind im Internet über http://dnb.d-nb.de abrufbar.

© Emons Verlag GmbH
Alle Rechte vorbehalten
Umschlagmotiv: photocase.de / lama-photography
Umschlaggestaltung: Nina Schäfer, nach einem Konzept
von Leonardo Magrelli und Nina Schäfer
Druck und Bindung: Prime Rate Kft., Budapest
Printed in Hungary 2022
Erstausgabe 2012
ISBN 978-3-95451-031-3
Pfalz Krimi
5. Auflage

Unser Newsletter informiert Sie
regelmäßig über Neues von emons:
Kostenlos bestellen unter
www.emons-verlag.de

Für Paul, Clara und Elisa

Johann Werger fuhr seinen Defender bis dicht an den Traubenwagen, stieg aus und warf einen Blick in die sauber gestapelten Kisten.

»Verdammte Scheiße, Patrick«, brüllte er in den Weinberg.

Der junge Weinbauingenieur sprach gerade mit einer schwarzhaarigen, leicht korpulenten Helferin in merkwürdig bunten Kleidern. Er drehte sich um und fragte eher genervt: »Ist was passiert?«

Die keineswegs allzu entsetzte Reaktion brachte Werger erst recht auf die Palme.

»Was soll das? Kannst du denen nicht erklären, dass es mein Geld kostet, wenn diese Trottel die besten Trauben in den einfachen Wein schneiden?«

Patrick meinte achselzuckend, zwei neue Erntehelfer hätten anfangs zu viele Trauben abgeschnitten. Sie sprächen kaum Deutsch und hätten ihn anscheinend nicht ganz verstanden, als er ihnen erklärte, wie die heutige Vorlese ablaufen sollte: gesunde Trauben hängen lassen, Trauben mit Fäulnis ernten.

»Die machen das zum ersten Mal. Wahrscheinlich wollten sie es besonders gut machen und haben mehr weggenommen als nötig.«

Dann ließ er Werger stehen und kümmerte sich um den beladenen Erntewagen. Er kannte die rasch aufflammenden Wutausbrüche seines Chefs und nahm sie nicht sonderlich ernst. Der Alte würde sich genauso rasch wieder beruhigen. Was sie heute noch hängen ließen, versprach schließlich, ein sensationeller Wein zu werden.

Sein Chef pfefferte die Traube, die er gerade begutachtet hatte, zornig zurück in den Erntewagen. Werger meckerte noch ein paar Sekunden vor sich hin und zerrte ungeduldig am Reißverschluss seiner Jacke, bis sie sich endlich öffnen ließ und die warme Herbstsonne seinen Bauch wärmte. Sie hatte noch erstaunliche Kraft. Zweiundzwanzig Grad Mitte Oktober – optimal. Die dunkelgrünen Blätter würden noch eine Weile Sonne in Traubenreife verwandeln.

Wenn er ehrlich war, sah alles sehr gut aus. Sein Ärger verflog. Werger grinste vor sich hin. Er hatte sich damit abgefunden, dass er immer wieder fast aus dem Nichts in die Luft ging. Da er sein ungestümes Gemüt kannte, fiel es ihm nicht besonders schwer, sich dafür zu entschuldigen, wenn er seine Umgebung brüskiert hatte. Er stellte sogar fest, dass das manchmal seine Verhandlungsposition verbesserte, bei Geschäften ebenso wie im eigenen Betrieb.

»Man kann den guten und den bösen Cop in einer Person spielen«, hatte er einmal seiner Frau erklärt.

»So kann man seine Charakterschwächen auch interpretieren«, hatte sie kopfschüttelnd geantwortet und ihm einen sanften Klaps auf den Hinterkopf gegeben. »Und ›spielen‹ ist bei dir ja wohl der falsche Ausdruck.«

Sicher, seine erste Aufregung war echt. Er musste sich rechtzeitig wieder unter Kontrolle bringen. Daran arbeitete er mit seinen achtundvierzig Jahren immer noch.

Hoffentlich blieben die Blätter grün. Sollten die Touristen mit ihren Herbstträumereien ruhig noch zwei Wochen auf bunte Blätter warten. Werger hatte nicht viel übrig für diese Wochenendurlauber. Sie fielen jeden Herbst scharenweise in die Pfalz ein, tranken gärenden »Federweißen« aus zylinderförmigen Schoppengläsern – er schüttelte sich bei dem Gedanken – und schwärmten vom herbstbunten Flickenteppich der Weinberge und des Waldes.

Er liebte seine Pfalz, auch den Herbst und die bunten Blätter. Aber mit diesem Geschäft hatte er nichts am Hut. Federweißen sollten die Feierabendwinzer und andere Kollegen anbieten, die ihre Feld-, Wald- und Wiesensorten unten hinter der Bahnlinie stehen hatten.

Denn er war Johann Werger, in fünfter Generation Weingutbesitzer in Forst. Er richtete sich auf und schritt kräftiger aus. Seine Familie besaß ausschließlich Riesling in ausgezeichneten Lagen wie Pechstein, Jesuitengarten, Ungeheuer oder Elster. Solche Perlen würde man nicht als trübe graubraune Kopfwehbrühe verkaufen. Sein Geschäft waren exzellente Weine für Liebhaber und Spitzenrestaurants.

Wergers Wut flammte wieder auf, als er an die ganz besondere Sorte Pfalzliebhaber dachte, die zu Hunderten gleich mit Körben im Kofferraum auftauchten und kiloweise wertvolle Trauben aus den Weinbergen holten, als seien diese eine kostenlose Zugabe der Pfalz an die liebenswerten Touristen. Fragte man sie, ob sie beim Bäcker auch Brötchen klauten, kamen sie mit der dümmlichen Entschuldigung, auf die paar Trauben käme es doch nicht an. Einmal hätte er einen dieser Idioten beinahe vermöbelt.

Keiner dieser unverschämten Banausen wusste zu schätzen, was er hier vor sich sah. Den Trauben, die jetzt noch hingen, fehlten etwa fünf bis sechs Oechsle. Den Vorhersagen zufolge würde es noch eine ganze Woche blauen Himmel und Sonne geben. Das sollte reichen. Er würde einen herausragenden Pechstein ernten, mit diesem leicht mineralisch-rauchigen Duft, den nur die allerbesten Weinberge im Pechstein hatten. Wie seiner, im mittleren Teil der Lage, wo das Flurstück früher »Mühlweg« hieß. Der heute geerntete Wein würde auch nicht schlecht schmecken, aber kein Vergleich zum Pechstein, seinem ganzen Stolz: das große Gewächs aus den Trauben, die man noch ein paar Tage hängen ließ. Es würde vielleicht sein bisher bester Riesling überhaupt werden.

Werger überschlug: Auf den fünfundfünfzig Ar hingen noch rund zweitausendfünfhundert Kilo. Zweitausendfünfhundert Flaschen exzellentes Großes Gewächs! Vielleicht könnte er erstmals in den Bestenlisten der Journalisten ganz vorn in der Pfalz stehen, noch vor Bürklins »Kirchenstück«, Christmanns »Idig« oder diesem Südpfälzer »Kastanienbusch« von Rebholz. Man sollte solche Vergleiche, sinnierte er weiter, fünf Jahre später durchführen. Dann brächte auch der Pechstein seine Tiefe und Aromenvielfalt voll zum Ausdruck, und es würde sich zeigen, wo in der Pfalz wirklich die besten Rieslinge wuchsen. Genau hier nämlich, wo er jetzt stand.

Stolz, als hätte er den Beweis bereits angetreten, streifte er noch ein paar Minuten durch den Weinberg, entfernte hier ein Blatt, da eine grüne Geiztraube und genoss den herrlichen Herbsttag sowie die Aussicht auf einen Pechstein, von dem man in der ganzen Pfalz, ja in ganz Deutschland sprechen würde.

Dann setzte er sich in seinen Defender und fuhr nach Hause. Er musste etwas erledigen, das er grundsätzlich selbst in die Hand nahm. Für den Nachmittag hatte sich ein Journalist aus Japan angemeldet. Das musste vorbereitet werden: die richtigen Probeflaschen, eine Auswahl internationaler Bewertungen seiner besten Weine. Und das mitten im Herbst. Man konnte diese Journalisten nicht einfach abweisen, wenn sie störten. Der japanische Markt war wichtig geworden.

Hoffentlich sprach der Mann wenigstens anständiges Englisch, damit er nicht ständig peinlich nachfragen musste. Aber Strafe musste sein. Werger grinste vor sich hin. Er würde den Kerl nach der obligatorischen Weinverkostung in eine Weinstube einladen und ihm Leberknödel mit Sauerkraut vorsetzen. Mal was anderes als Sushi. Sein Pechstein, dachte er noch, wäre für beides zu schade.

Patrick Zehner war froh, bei Werger arbeiten zu können, auch wenn der kein ganz einfacher Charakter war. Man musste sich an seinen Jähzorn gewöhnen. Im Grunde war er in Ordnung, seine Frau Doris sowieso. Und Werger war nicht nur irgendein Mitglied im angesehenen Verband Deutscher Prädikatsweingüter. Seine trockenen Rieslinge zählten nach Ansicht des Gault Millau ebenso wie nach Meinung seiner VDP-Kollegen zu den besten der Pfalz. Im Keller und im Weinberg wurde nichts dem Zufall überlassen. Der alte Keller war vor wenigen Jahren durch einen technisch hochmodernen Neubau ergänzt worden. Viel Platz, optimale Abläufe, kühlbare Gär- und Lagerräume, eine Batterie blitzender Stahltanks in allen Größen, computergesteuerte Kühlung. Hier konnte man gut arbeiten.

In Forst gefiel es dem gebürtigen Nackenheimer. Mit siebzehn hatte er noch Sozialarbeiter werden wollen. Doch dann nahm ihn sein Vater, ein Genossenschaftswinzer, zu einer Bordeauxprobe mit. Ein 90er Lynch-Bages ließ ihn nicht mehr los. Er wollte mehr darüber wissen, wie Wein schmecken kann. Bald half er sogar freiwillig in den Weinbergen. Schließlich entschied er sich für ein Studium in Geisenheim. Vielleicht, so spukte es in seinem Kopf herum, könnte er sich eines Tages mit den Weinbergen des Vaters selbständig machen. Zuerst aber galt es, einige Jahre Erfahrungen zu sammeln.

Vor einem Jahr hatte er hier seine erste Anstellung gefunden. Die Pfalz, das musste er als Rheinhesse zugeben, hatte schon was. Auch wenn es ihn wurmte, dass die Pfälzer gegenüber den Nachbarn ziemlich überheblich auftraten. Doch die Kombination von Pfälzerwald, der gleich hinter den besten Weinlagen anfing, gepflegten Dörfern, Eß- und Trinkkultur und einer Qualitätsentwicklung im Weinbau, die mit vorbildlicher Zusammenarbeit und Kollegialität zu tun hatte, das alles gefiel Patrick. Auch Forst. Dicht an die Haardt geschmiegt, eines der schönsten Weinstraßendörfer mit alter Bausubstanz, die unübersehbar bewies: Hier wuchsen schon in früheren Jahrhunderten angesehene, gut bezahlte Weine.

Patrick dachte an gemütliche Weinstuben wie »Spindler« oder »Acham-Magin«, aber auch an das nahe Mannheim, wo man manchmal schön versacken konnte. Schließlich der Wald, die Reben, eine Weinlandschaft wie gemalt. Und Mädels? Kein Grund zur Klage, selbst die Zahl der Weinbautechnikerinnen nahm jährlich zu.

Wohlgestimmt näherte er sich dem oberen Pechstein. Die letzten Tage waren optimal gewesen – Sonne, Sonne, Sonne und kühle Nächte. Eine letzte Kontrolle sollte darüber entscheiden, ob man die Trauben heute Nachmittag oder morgen ernten würde.

In der Tasche seines Parkas spürte er die Oechslewaage. Ein paar Beeren musste man auf Zuckergehalt prüfen. Sie sollten bei etwa achtundneunzig Oechsle liegen. Wichtiger war ihm wie jedem guten Winzer der Geschmack. Darauf freute er sich richtig. Was großen Wein geben sollte, war schon am Stock beeindruckend.

Schon auf den letzten Metern sah er die gelbgrünen Beeren mit einzelnen braunen Sonnenfleckchen gleich vorn am ersten Rebstock der Zeile. Trauben wie gemalt. Er probierte zwei oder drei davon. Sie schmeckten wunderbar aromatisch, süß, doch die Säure gab ihnen eine zauberhafte Eleganz. Optimale Reife. Köstlich, aber das war nur die Kür gewesen. Der erste Stock hatte eine exponierte Position zur Sonne und war nicht repräsentativ.

Der junge Weinbauingenieur musste ein paar Proben aus der Mitte des Weinbergs holen. Patrick lächelte. Sie würden garantiert nicht schlechter schmecken.

Was dann passierte, dauerte nicht länger als ein paar Sekunden. Er erlebte den Augenblick langsam wie in Zeitlupe. Zuerst richtete er seinen Blick auf den nächsten Stock und musste seinem Chef erstaunt nachträglich recht geben. Einer der Helfer hatte tatsächlich einen ganzen Stock abgeerntet. Wie blöd! Dabei wurde denen doch wirklich langsam und sorgfältig erklärt, dass es nur ums Ausschneiden ging und die besten Trauben hängen bleiben sollten.

Er drehte seinen Kopf nach rechts. Noch ein leerer Stock! Waren die Rumänen denn bescheuert! Sie wussten doch genau ... Im nächsten Moment wurde sein Blick hektisch. Mit großen Schritten rannte er durch den Weinberg, durch die Laubwand auf die nächste Zeile, stierte nach rechts, nach links.

Dann blieb er stehen, wie vom Schlag getroffen. »Das kann doch gar nicht …«

Er beendete den Satz nicht. Im ganzen Weinberg sah er perfekte Stöcke mit grünen Blättern und einer professionell entlaubten Traubenzone. Nur Trauben sah er nicht. Keine einzige. Hatte Werger die Ernte schon gestern angeordnet? Das war unmöglich. Er, Patrick, organisierte den Ernteablauf. Und Werger hatte ihn ja gerade vor einer halben Stunde in den Pechstein geschickt, um die Reife zu prüfen.

Die Erkenntnis traf ihn wie ein Schlag. Die ersten Stöcke! Sie waren nicht abgeerntet! Jemand hatte ein Interesse daran, dass nicht jeder vorbeilaufende Dörfler auf den ersten Blick sah, was hier geschehen war: Die Trauben waren gestohlen worden. Der beste Pechstein, den es je gab? Das war nun nicht mehr möglich. Patricks Knie wurden weich. Er griff in die Tasche und kramte hektisch nach seinem Handy. Werger würde völlig durchdrehen.

Traubenklau in Forst. Geschätzte zweitausendachthundert Kilo. Es klang, als empörte sich die ganze Pfalz über diese Ungeheuerlichkeit. Jan Badenhop hatte die Information beim Mittagessen aufgeschnappt. Der Neue im Neustadter Kommissariat ging mit seinen Kollegen mittags in eines der Restaurants oder einen der Schnellimbisse um den alten Marktplatz in der Innenstadt. Die ganze Woche schon hatten sie in der Mittagspause draußen in der Sonne gesessen. Im Oktober.

Gestern hatte seine Frau Ingrid vielsagend erklärt: »Wenigstens das Wetter ist hier besser als in Hamburg.« Das gab er jetzt lieber nicht zum Besten. Seine Kollegen waren alle Pfälzer. Selbst er hatte ihr einen missbilligenden Blick zugeworfen. Ihm gefiel es hier.

Badenhops Vater war schon mit achtundfünfzig Jahren einem Krebsleiden erlegen. Seine Mutter hatte ihn während der letzten Monate liebevoll, geradezu aufopfernd gepflegt. Nach seinem Tod brauchte sie geraume Zeit, bis sie wieder bereit war, am gesellschaftlichen Leben mehr als nur pflichtgemäß teilzunehmen. Deshalb überraschte es Badenhop, als sie ihm eines Tages mitteilte, sie wolle sich endlich einen Lebenswunsch erfüllen und Cuzco sowie

Machu Picchu besuchen. Noch überraschter war er, als sie ihm bald nach der »wundervollen« Reise mitteilte, sie erhielte Besuch von einem »sehr angenehmen Herrn« aus ihrer Reisegesellschaft.

Auch Badenhop fand den pensionierten Geologen sympathisch, obwohl er sich wunderte, dass die distinguierte Hamburgerin sich mit dem offenherzigen Pfälzer gut verstand. Er wirkte auf den ersten Blick tatsächlich »ein wenig rustikal«, wie Badenhops Frau nach der ersten Begegnung im gediegenen Eppendorfer Café Lindtner anmerkte.

Mehr als eine Bekanntschaft musste es aber doch gewesen sein. Das stellte man spätestens fest, als die aufgeblühte Frau Badenhop immer häufiger in die Pfalz reiste, eines Tages gar ihre Wohnung in Hamburg aufgab und wenig später den lebenslustigen Pfälzer heiratete. Ihre eher augenzwinkernde Begründung lautete: »Er kannte die Inkas und ihre Kultur besser als unser Reiseführer und hat mir so schöne Geschichten erzählt! Ich wusste, mit diesem Mann würde ich mich nie langweilen.«

Das lag nun schon mehr als zehn Jahre zurück. Bereut hatte sie es nie. Badenhop, der ein sehr enges und vertrautes Verhältnis zu seiner Mutter unterhielt, besuchte das Paar hin und wieder.

»Lass dich hierher versetzen. Die Gegend ist wunderschön«, sagte sie ihm eines Tages, als er von unangenehmen Ränkespielen und Grabenkämpfen im Hamburger Kommissariat erzählte.

Badenhop, dem es nie eingefallen wäre, wegen persönlicher Befindlichkeiten Abstriche an korrekter und zielgerichteter Arbeit zu machen, litt sehr unter dieser Situation. Trotzdem hatte er über die Idee seiner Mutter gelacht. Als jedoch sein Stiefvater bei einem Autounfall ums Leben kam und seine Mutter in Depressionen fiel, zugleich die berufliche Situation in Hamburg immer verfahrener schien, während man in Neustadt einen Leiter der neuen Abteilung Kapitalverbrechen suchte, brachte er das Thema in den Familienrat ein.

»Nur, weil ich sehe, dass du dich hier aufreibst«, beschied ihn seine Frau. »Deine Mutter hätte schließlich auch wieder nach Hamburg kommen können.«

»Du weißt, wie sehr sie ihren Garten mittlerweile liebt«, hatte er erwidert.

Ihre beiden halbwüchsigen Söhne Jens und Hendrik meckerten

erheblich über die Aussicht, dass »wir da unten in der Provinz wohnen sollen, aus der dieser Kurt Beck mit seinem komischen Nuscheldialekt und diese ätzende Katzenberger kommen«.

Badenhop verbuchte Beck als Pluspunkt für seine Söhne. Die wenigsten Jugendlichen wussten mit Politikernamen etwas anzufangen. Katzenberger kannte er nicht einmal selbst. Er fragte nicht nach.

Seine Frau sagte nur: »Ihr werdet ja wohl mit beiden nichts zu tun haben.«

Die Beschwerden seiner Söhne schienen ihm und seiner Frau vergleichsweise verhalten. Da sie altersgemäß nahezu über alles meckerten, was ihnen zu Hause geboten wurde, nahm man ihre Einwände mit dem angemessenen Ernst zur Kenntnis, hielt sie aber nicht für ausschlaggebend.

So kam es, dass der gebürtige Hamburger hier in der Herbstsonne saß. Er wunderte sich nicht mehr über die vielen Gespräche um Trauben und Wein. Dieses Thema, so viel war sicher, lief ziemlich an ihm vorbei. Weinliebhaber gab es zwar überall. Aber er gehörte ganz sicher nicht dazu. Zum Glück war sein Kollege Hochdörffer mit dem Traubendiebstahl befasst.

Seine Kollegen waren ihm sympathisch – geradeheraus, ein wenig grob und direkt im Ton vielleicht, aber herzlich. Ehrlich vor allem. Das Kommissariat war keine Schlangengrube, wie er es in der Großstadt erlebt hatte. Trotzdem fühlte sich Badenhop nach ein paar Wochen noch nicht richtig angekommen. Er gehörte nicht dazu. Ganz anderer Menschenschlag hier unten. Fast südländisch. Gaben sie ja selbst zu.

Es interessierte ihn nicht wirklich, aber er wollte sich ein wenig am Gespräch beteiligen. Deshalb fragte er in die Runde: »Was zahlt man eigentlich den Winzern für ein Kilo Trauben?«

»Mein Schwiegervater hat seinen Dornfelder bei Anselmann abgeliefert«, erklärte der blonde, etwas pausbackige Kriminalassistent Kevin Gross und nippte an seiner Cola. »Ich glaube, er hat was von ein Euro zehn das Kilo gesagt.«

Badenhop schüttelte den Kopf. Sollte er sagen, was ihm durch den Kopf ging?

»Dann wäre der Schaden des Diebstahls … na, ungefähr dreitausend Euro? Bei solchen Beträgen wird in Hamburg kaum ermittelt.«

Vielleicht hätte er doch besser geschwiegen. Er spürte förmlich, wie sich die Stimmung veränderte. Am Tisch wurde es augenblicklich still. Man sah sich an. Mitleidig oder beleidigt? Halt, hätte er am liebsten gesagt. Ich wollte doch nicht den überheblichen Großstädter raushängen lassen. Im gleichen Moment begannen alle zu lachen, als hätte er einen Witz erzählt.

»Lieber Kollege aus Fischkopfhausen«, dozierte Bernd Hochdörffer, wie er Kommissar, Pfälzer und schon fünfzehn Jahre im Dienst. »Zahlt man bei euch da oben an der windigen und kalten Küste für ein Kilo Goldbarsch auch nicht mehr als für ein Kilo wilden Steinbutt?«

Die ganze Runde lachte erneut.

Ich habe noch gar nicht bemerkt, dass Hochdörffer sich mit Fisch auskennt, war Badenhops erster Gedanke.

»Ach so«, sagte er laut, »die gestohlenen Trauben waren mehr wert als die von Kevins Schwiegervater.«

Noch ein Lacher, eher befreiend diesmal.

»Gut kombiniert, Watson«, schob Hochdörffer nach. »Ein bisschen mehr wert, ja. Aber nicht nur das. Es handelt sich um Riesling aus dem Pechstein, einer der besten Lagen der Pfalz. Es ist der wertvollste Weinberg des Weinguts. Von dort kommt sein Großes Gewächs, sein bester Wein. Den verkauft er nicht nur für zweiunddreißig Euro die Flasche, sondern kommt damit auch ins Gespräch. Wenn er den nicht mehr hat, spielt er ein Jahr lang in der zweiten Liga, obwohl er gar nichts dafür kann. Das ist wohl der Grund dafür, dass er den Dieb am liebsten umbringen möchte. So, wie ich den Kerl erlebt habe, traue ich es ihm beinahe zu.«

Das leuchtete Badenhop ein. Trotzdem beruhigte ihn der Gedanke, dass er nicht für Diebstahl, sondern für Kapitalverbrechen zuständig war. Der Traubenklau samt entsprechender Weinbau-Details ging ihn nichts an.

Der schlanke Norddeutsche mit Einser-Examen der Polizeihochschule war ein scharfsinniger, erfahrener Kommissar. Dass er sich hier irrte, konnte er freilich noch nicht wissen. Heute, an diesem warmen Oktobertag, erwartete er von seinem Berufsleben nichts als Entführungen, Totschlag, Mord und Ähnliches. Wein gehörte nicht dazu.

ZWEI

Kommissar Bernd Hochdörffer war über den Traubenklau gut informiert. Schließlich hatte er sich persönlich auf den Weg nach Forst gemacht, gleich nachdem der Anruf von Doris Werger eingegangen war. Er wollte die Situation selbst einschätzen können. Na ja, er hielt sich immer gern dort auf, wo es gutes Essen und Trinken gab. Doch hier standen professionelle Gründe im Vordergrund. Man konnte sich denken, dass der Fall einigen Wirbel auslösen würde, wenn die Presse davon Wind bekam. Und das war wahrscheinlich. Wo Werger schon den Schaden hatte, würde er vermutlich wenigstens dafür sorgen, dass er überall in der Presse auftauchte.

Der Wergershof lag etwas außerhalb des Ortskerns an der Straße nach Deidesheim. Eine gepflegte, parkähnliche Grünfläche mit großen, alten Bäumen umgab das imposante Gründerzeitgebäude aus dunkelrotem Sandstein. Ein schwarz gestrichenes, handgeschmiedetes Gatter mit breitem Sandsteinsockel grenzte das Grundstück zur Straße hin ab. Das schöne, schmiedeeiserne Tor stammte offensichtlich aus derselben Werkstatt. Die vor einigen Jahren vorgenommene Erweiterung der Wirtschaftsgebäude im hinteren Teil des Geländes fügte sich hervorragend in das großbürgerlich-stilvolle Ambiente ein. Garten, Gebäude, blühende Oleanderstauden und der gepflasterte Hof zeigten Geschmack, Liebe zum Detail und perfekten Pflegezustand.

Mehrere Werger-Generationen, natürlich die heutige eingeschlossen, scheinen hier erfolgreich gewirtschaftet zu haben, dachte Hochdörffer, bevor er die Klingel drückte.

Eine hübsche, etwa vierzigjährige Blondine in Designerjeans und cremefarbenem Pulli mit gepflegten, schulterlangen Haaren öffnete ihm die geschnitzte Haustür.

»Sie kommen von der Polizei? Dann bitte ich Sie am besten gar nicht erst rein. Mein Mann ist schon draußen im Weinberg. Er wartet auf Sie.«

»Wo ist das?«

Sie machte eine entschuldigende Handbewegung. »Ich kann Sie leider im Moment nicht hinbringen, weil Kunden gekommen sind.

Aber der Pechstein ist leicht zu finden. Fahren Sie durch den Ort. Nach dem letzten Haus führt links ein Weg direkt hoch. Hundert Meter weiter oben, wenn Sie die Wasserrinne überquert haben, sehen Sie einen gemeißelten Sandstein mit der Aufschrift ›Pechstein‹. Ich sage meinem Mann Bescheid, dass er dort mit unserem Mitarbeiter auf Sie wartet. Der Weinberg ist gleich daneben.«

»Ich finde das schon, danke.«

»Und finden Sie auch den Dieb. Mein Mann ist außer sich.«

Hochdörffer sah sie an. »Sie nicht?«

Eine zauberhafte Verlegenheit huschte über ihr Gesicht. »Ich finde es schrecklich, genau wie er. Wir hatten uns in diesem Jahr viel vom Pechstein versprochen. Aber Johann ist sehr emotional. Ich hoffe, er hat sich ein wenig beruhigt, wenn Sie mit ihm sprechen.«

Emotional, soso, dachte Hochdörffer und fuhr los.

Hochdörffer sah die beiden, als er in den Feldweg einbog. Ein junger Schlaks mit lockigen blonden Haaren, der mit den Händen in den Hosentaschen auf den Boden starrte, und ein älterer Mann von gedrungener Statur, der aufgeregt gestikulierend hin und her rannte und auf den jüngeren einredete.

Als er mit dem Wagen näher kam, lief der ältere auf ihn zu. »Sie sind von der Polizei? Wieso sind Sie allein?«

»Guten Tag. Bernd Hochdörffer. Ich bin der Leiter des Kommissariats für Raub und Diebstahl in Neustadt. Ich glaube nicht, dass wir im Moment mehr Leute brauchen. Sie sind Herr Werger?«

Dem Mann stand die Wut im Gesicht. »Ja. Es ist unglaublich! Die Schweine müssen genau gewusst haben, was sie da holen. Das ist wahrscheinlich einer hier aus dem Ort gewesen. Man muss die ganzen Keller absuchen. Irgendwo sind zweitausend Liter Most zu viel. Wenn Sie sich beeilen, können wir vielleicht noch den unvergorenen Most zurückholen.«

»Herr Werger, nun beruhigen Sie sich erst mal.«

»Was?« Werger trat mit aller Kraft in eine spitze, mannshohe Zypresse neben dem sonderbaren Flurstein, der auf Hochdörffer wie ein Grabmal wirkte. »Ich soll mich beruhigen? Das ist eine unglaubliche Sauerei! Man muss die Keller durchsuchen. Nehmen Sie den Weinkontrolleur mit. Der kennt sich aus.«

Werger stand keine Sekunde still, ging aufgeregt hin und her und hörte nicht auf zu gestikulieren und sich an den Kopf zu greifen.

Der hat sie ja nicht mehr alle, dachte Hochdörffer, aber er sagte: »Toben Sie sich ruhig noch eine Weile an der Pflanze aus. Ich mache derweil mit dem jungen Mann hier einen Spaziergang zu Ihrem Weinberg und lasse mir erklären, was passiert ist. Glauben Sie im Ernst, ich kann auf Verdacht für ganz Forst einen Durchsuchungsbefehl erwirken und auch noch eine fremde Behörde einschalten? Und Sie, Sie sind ein Mitarbeiter des Weinguts?«

Während Werger sich perplex auf den Flurstein setzte und offensichtlich um Fassung rang, nickte der junge Mann.

»Patrick Zehner. Ich bin als Weinbauingenieur und Kellermeister im Weingut. Ich habe den Schaden als Erster gesehen.«

Patrick Zehner berichtete von seiner Entdeckung und seinem unverzüglichen Anruf bei Werger. Der habe zu Hause alles stehen und liegen lassen und sei sofort in den Weinberg gefahren. Dass Werger einen schweren Aschenbecher an die Wand seines Büros geworfen und nach seiner Frau gebrüllt hatte, erzählte er nicht. Sie solle sofort die Polizei herschaffen und »ich bringe die Schweine um«, hatte er ihn noch durchs Telefon toben gehört.

»Viel mehr kann ich Ihnen nicht sagen«, meinte Patrick achselzuckend. »Als der Chef kam, haben wir nur überlegt, wie das passiert sein kann. Wir haben keine Ahnung. Die Trauben sind abgeschnitten. Das ist unglaublich. Sie haben sich richtig Arbeit gemacht.« Er ging in eine Zeile und zeigte auf den abgeernteten Rebstock.

»Was wundert Sie daran?«

»Man hat ja vor einiger Zeit schon mal erlebt, dass ein Weinberg über Nacht abgeerntet wurde. Aber damals haben die das mit dem Vollernter gemacht. Das geht schnell. Die hier haben die Trauben abgeschnitten. Sie müssen stundenlang gearbeitet haben. Und sie haben die Trauben weggebracht. Das geht ja nicht ohne Traktor. Irgendjemand muss es bemerkt haben. Das ist doch hier ganz in der Nähe des Dorfes.«

»Woher wollen Sie wissen, dass kein Vollernter eingesetzt wurde?«

Patrick Zehner sah ihn mitleidig an. »Der Vollernter schüttelt nur die Beeren runter. Die Rappen bleiben hängen. Sehen Sie hier Rappen? Hier sind die ganzen Trauben abgeschnitten. Das geht nur per Hand. Würde mich auch wundern, wenn einer im Pechstein mit dem Vollernter liest. Hier auf der Westseite von Forst, im Pech-stein, Ungeheuer, Jesuitengarten und Kirchenstück macht das kein Mensch. Die Trauben sind viel zu wertvoll.«

Hochdörffer ärgerte sich über seine Blöße mit den Rappen. Er hätte das wissen müssen.

»Sie meinen, ein Vollernter auf dieser Seite des Dorfes wäre so-gar in der Nacht aufgefallen?«

Werger, der sich einigermaßen beruhigt zu haben schien, war ihnen gefolgt und knurrte unwirsch: »Natürlich. Und ich glaube, wer hier geklaut hat, will nicht nur irgendwelche Trauben. Er will den Pechstein. In bester Qualität. Mit allen Nuancen. Das kann man nicht mit dem Vollernter holen, obwohl wir es ihm großartig vorgelesen haben vor einigen Tagen. Er konnte einfach in der Nacht alle Trauben mitnehmen. Es hingen ja nur noch die besten. Der Dreckskerl will einen guten Wein machen, den er selbst nicht hat. Hoffentlich hat er sich wenigstens in den Finger geschnitten im Dunkeln. Obwohl, bei diesem Superwetter mit mondklaren Näch-ten sieht man wahrscheinlich auch ohne Stirnlampe.«

Hochdörffer sah, wie es im Gehirn des Winzers arbeitete. Der Mann würde ihm jedes Detail zutragen, das er entdeckte.

Werger fuhr fort: »Sie müssen im Dorf suchen. Hier im Wein-berg finden Sie nichts.«

Da hatte der Winzer recht. Spuren waren kaum aufzunehmen. Werger hatte selbst mit acht Personen vorgelesen. Fußprofile waren ebenso wenig zu unterscheiden wie Reifenspuren von Fahrzeugen. Hochdörffer würde einen Spurenexperten vorbeischicken. Aber er hatte wenig Hoffnung.

»Haben Sie einen Verdacht?«, fragte er eher lahm als überzeugt.

Werger sah ihm direkt in die Augen. Er schien plötzlich erstaun-lich ruhig zu sein.

»Ich wünsche diesem Kerl, dass er in der Hölle schmort. Aber so etwas ist hier in Forst noch nie vorgekommen. Niemand im Dorf versteht sich mit allen Kollegen. Man mag den einen mehr und den anderen weniger. Aber wenn Sie mich so fragen: Ich kann keinen verdächtigen. Ich kann vielleicht zwei oder drei ausschließen, weil die selbst Weinberge gleicher Güte haben. Die haben ja keinen Grund, mir die Trauben zu stehlen. Aber von allen anderen will ich keinen beschuldigen, das wäre reine Spekulation. Und die paar Besitzer im Pechstein aus anderen Dörfern sind Buhl, von Winning, Bassermann und Bürklin-Wolf. Die haben auch beste Stücke. Nein, die waren es bestimmt nicht.«

Hochdörffer war verblüfft. Werger war doch vernünftiger und überlegter, als er befürchtet hatte. Ein rascher Blick zu Patrick Zehner zeigte ihm, dass dieser kaum überrascht war von Wergers Selbstkontrolle. Er schien ihn zu kennen.

»Wie schätzen Sie den Schaden ein?«

Werger hob die Hände. »Da hingen ungefähr dreitausend Kilogramm. Am Anfang der Zeile und in den äußeren Zeilen haben sie noch etwas hängen gelassen, damit es nicht so auffällt. Maximal dreihundert Kilogramm hängen noch. Ein Kilo gibt eine Flasche. Diesen Wein hätte ich für zweiunddreißig Euro verkauft. Rechnen können Sie ja selbst. Das sind mindestens achtzig- bis neunzigtausend Euro. Aber viel schlimmer ist, dass ich in diesem Jahr keinen Pechstein habe, verdammt noch mal.«

Die Rechnung konnte der Kommissar nicht ganz nachvollziehen. Es wurden ja keine verkaufsfertigen Flaschen gestohlen. Aber er wollte das jetzt lieber nicht kommentieren.

»Gut«, schloss er. »Ich glaube, hier draußen können wir im Augenblick nichts mehr machen. Herr Werger, ich möchte keinesfalls, dass Sie Kollegen anschwärzen. Aber trotzdem wäre uns geholfen, wenn Sie eine Liste aufstellen würden von allen Leuten, von denen Sie glauben, es könnte ihnen die Mühe wert sein, sich diese Trauben zu beschaffen. Da man sich die Mühe gemacht hat und das Risiko eingegangen ist, mit der Hand zu ernten, können wir sicher zwei Einschränkungen machen: Erstens: Es war niemand, der nur irgendwelche Trauben für x-beliebigen Wein suchte. Zweitens: Es muss jemand sein, der in der Lage ist und auch den Ehrgeiz hat, allerbeste Trauben zu einem Spitzen-Riesling zu verwerten. Das kann ja auch nicht jeder.«

»Ist in Ordnung. Heute Nachmittag haben Sie die Liste«, sagte Werger und trat gegen einen Erdklumpen, dass die Stücke davonflogen.

»Haben Sie mal Fußball gespielt?«, stichelte Hochdörffer und ging zu seinem Auto. Was Werger antwortete, interessierte ihn nicht mehr.

Auf der Dorfstraße begegnete ihm ein silbernes VW-Cabrio.

Die Fahrerin sah er nur kurz. Aber er erkannte sie sofort. Mit den Lokalredakteuren der örtlichen Tageszeitung Die Rheinpfalz hatte man als Kommissar immer mal wieder zu tun. Zufall war die Begegnung nicht. Die Sache musste sich schnell herumgesprochen haben.

Am Abend berichtete bereits die Landesschau. Werger klagte mit tief betrübtem Gesicht etwas wie »die Arbeit eines ganzen Jahres verloren« in die Kamera. DPA lieferte einen umfangreichen Text, der tags darauf in vielen Tageszeitungen zwischen Flensburg und Allgäu zu lesen war. Von »bis zu 100.000 Euro Schaden« war die Rede.

Natürlich war auch die Boulevardpresse zur Stelle, wo das Ganze zum »geheimnisvollen Raub« mutierte, dem die »wertvollsten Trauben der Pfalz« zum Opfer gefallen waren. Ein sichtbar zerknirschter Werger stand angeblich mit Tränen in den Augen im Weinberg. Wergers Mutter habe sich furchtbar aufgeregt, einen Herzanfall erlitten und liege in einem Neustadter Krankenhaus im Sterben, war ebenfalls zu lesen. Tatsächlich trat die alte Dame einen länger geplanten Krankenhausaufenthalt an, weil ihr ein paar Nierensteine entfernt wurden. Der Rest war frei erfunden, brachte ihr aber ein paar Besuche und Blumensträuße zusätzlich ein.

Die Tageszeitung Rheinpfalz berichtete ausführlich und verzichtete auf Spekulationen. Sie zitierte einen Experten, der die besondere Qualität des Pechstein und der im mittleren Teil gelegenen Weinberge dieser Lage bestätigte. Die Lokalpresse druckte auch ein Interview mit Werger, der seine Vermutung wiederholte: Jemand, der diese Traubenqualität in eigenen Weinbergen nicht erzeugen könne, wolle sich mit seinem Pechstein profilieren.

Das Medienecho bescherte Werger eine Aufmerksamkeit, die den erlittenen Verlust rasch zu überlagern schien. Schon in den darauffolgenden Tagen, die Hochdörffers Mitarbeiter mit Nachforschungen in Forst verbrachten, gab man ihnen mehr als einmal zu verstehen, sie sollten lieber Werger selbst überprüfen. Er habe ja den größten Vorteil von der ganzen Sache. In fünf Jahren seien nicht so viele Journalisten bei ihm gewesen wie während der letzten paar Tage.

Tatsächlich hatte Hochdörffer auch diese Theorie in Erwägung gezogen. Allerdings ergaben sich weder im Betrieb noch bei Befragungen irgendwelche Anhaltspunkte dafür. Entscheidend war für ihn jedoch das Erlebnis im Weinberg. Werger hätte schon ein exzellenter Schauspieler sein müssen, um seine Aufregung so glaubwürdig zu spielen. Nein, entschied Hochdörffer für sich. Das Ehepaar Werger mochte vielleicht das Medieninteresse nutzen. Aber der Diebstahl war echt.

Wenngleich Hochdörffer Werger selbst als Verdächtigen rasch ausschloss, gestaltete sich die Suche nach dem wahren Schuldigen nicht leichter. Wohl sprach einiges für Wergers These, dass jemand sich mit fremden Federn schmücken wollte. Doch eine Befragung der übrigen Besitzer im Pechstein nach Wergers Liste brachte die Polizei nicht weiter. Alle wiesen den Verdacht weit von sich und bestritten mal mehr, mal weniger deutlich, für ihren eigenen Pechstein auf die Trauben eines Kollegen angewiesen zu sein. Auch hatte niemand in den Nächten, bevor der Diebstahl entdeckt worden war, etwas Verdächtiges beobachtet.

Inoffizielle Amtshilfe erhielt Hochdörffer durch den zuständigen staatlichen Weinkontrolleur Stefan Schwörer, einen in der ganzen Pfalz bekannten Weinkenner und Weinfreak, dessen Leistungen beim Verkosten und beim Herausfinden von Weinen bei verdeckten Proben in Fachkreisen immer wieder Erstaunen hervorriefen. Das war freilich nicht seine dienstliche Aufgabe.

Die Weinkontrolle, manchmal abschätzig als »Weinpolizei« bezeichnet, musste als Einrichtung der chemischen Untersuchungsämter fehlerhaften oder irreführenden Weinbezeichnungen ebenso nachgehen wie Unregelmäßigkeiten bei der Weinproduktion oder mangelhafter Hygiene in Weinkellern. Kaum jemand kannte die Keller der Erzeuger besser als die zuständigen Kontrolleure, die besonders während der Weinlese ihre »Kunden« aufsuchten.

Schwörer, ein agiler und immer zu Scherzen aufgelegter Pfälzer, der sich erheblich anstrengen musste, wenn er hochdeutsch sprechen sollte, war hochinteressiert an der Geschichte. Er konnte aber ebenfalls keine verwertbaren Erkenntnisse beitragen. Der in Winzerkreisen auch als Ratgeber gern gesehene Kontrolleur besuchte zwar – wie im Herbst üblich – die Forster Betriebe, ließ sich Erntemeldungen und Kellerbücher vorzeigen und achtete diesmal besonders auf Ungereimtheiten bei den gemeldeten Erntemengen, wurde jedoch nicht fündig.

»Ein Betrieb, der von zehn oder zwölf Hektar rund siebzigtausend Liter erntet, kann während der Weinlese problemlos zweitausend Liter Most unterbringen, der nicht von ihm stammt«, erklärte er dem zunehmend frustrierten Hochdörffer. »Er meldet einfach die illegale Menge als eigenen Pechstein an – wenn er welchen besitzt – und verteilt seinen eigenen, weniger guten Pechstein auf andere Fässer, von denen er dann eben ein bisschen mehr ins Herbstbuch schreibt, als er tatsächlich geerntet hat. Während der Lese geht das. Wir können ja nicht neben jedem Erntewagen stehen, der in den Hof fährt.«

Der Kommissar schnitt eine Grimasse. »Wird uns nicht immer erzählt, Wein werde so genau überprüft, dass man jeden Liter bis in den Weinberg zurückverfolgen kann?«

Schwörer zog die Achseln hoch und sah ihn durch seine dicke Brille an.

»Pffff, wer erzählt das? Die Weinwerbung oder der Weinbauminister? Kein Gesetz und keine Kontrolle kann so hundertprozentig sein, dass ein pfiffiger Winzer nicht doch eine Lücke findet. Wenigstens führen die Verfehlungen der Winzer in der Regel nicht zu gesundheitlichen Gefahren. Bei anderen Lebensmitteln kommen die armen Leute oft nicht so glimpflich davon.«

Schwörer zog die These Wergers in Zweifel, dass es unbedingt um den Pechstein gegangen sein müsse. »Sicher, der Pechstein hat seine Eigenheiten. Mancher vor Ort kann die Lagen am Geschmack und Geruch unterscheiden. Aber ganz sicher ist man nicht.«

Er grinste, kam mit seinem Kopf näher an Hochdörffer heran, hob den linken Zeigefinger und betonte jedes Wort zum Mitschreiben langsam: »Nicht einmal ich.« Er richtete sich wieder auf, machte eine wegwischende Handbewegung und fuhr in erklärendem Tonfall fort: »Wenn einer mit Wergers Trauben seinen Ungeheuer oder seinen Jesuitengarten oder gar eine Deidesheimer Lage verbessert oder verlängert hat, wird man das niemals ganz sicher feststellen können, weder geschmacklich noch durch chemische Untersuchungen.«

Nur der Lokalpresse war es noch eine kleine Meldung wert, als einige Wochen später, kurz vor Weihnachten, die Akte Werger geschlossen und der Fall als vorläufig ungelöst eingestuft wurde. Falls keine überraschenden neuen Erkenntnisse auftauchen sollten, würde der Traubendieb wohl ungestraft davonkommen.

Immerhin hatte Werger in diesem Jahr zwar keinen Pechstein, aber eine gute Presse geerntet.

DREI

»Ich hab dich damals im Fernsehen gesehen«, murmelte Laura ins Kopfkissen, während er ihr sanft über den nackten Rücken strich. »Aber dein Auftritt eben war besser.«

Er zwickte ihr in den Po. »Freches Stück. Hat mich viel weniger angestrengt. Und mehr Spaß gemacht. Könnte man sogar wiederholen.«

Ruckartig drehte sie sich um. »Will ich aber schwer hoffen!«

»Das wollte ich hören.« Er lachte und beugte sich über sie, um ihr einen langen Kuss auf den Mund zu drücken. Sie schmiegten sich aneinander. Viel mehr war gar nicht nötig. Kurz darauf wanderte ihre Hand zwischen ihre Körper.

»Mir scheint, die Wiederholung *steht* bereits an.«

Die nicht sehr große, rund und knackig geformte Laura war ihm in den Weinbergen aufgefallen. Hannelore Heinen, eine unangenehm ehrgeizige, schmallippige Frau, hatte der neuen Weinbauingenieurin die Weinberge des Weinguts Heinen gezeigt. Dabei kamen sie am Pechstein vorbei, wo er gerade die Aushilfen zum Rebenschneiden abgeliefert hatte.

Die Neue im Dorf gefiel ihm auf Anhieb. Ihre leicht hochgezogenen Wangenknochen und die weit auseinanderliegenden Augen gaben ihrem Gesicht einen Hauch von edler Strenge. Doch die wurde aufgehoben durch ausgesprochen sinnliche Lippen, die, wie er nun endlich wusste, nicht zu viel versprachen. Wie eine schnuckelige Version von Faye Dunaway, hatte er gedacht und einen Moment die polnischen Helfer vergessen, die auf seine Anweisungen warteten.

Glücklicherweise traf er sie ein paar Tage später im Supermarkt. Beide trugen noch die Arbeitsklamotten. Er warf einen Blick in ihren Einkaufswagen, grinste sie an und sagte: »Na, das sieht ja stark nach Einpersonen-Haushalt aus. Und wie ist bei Heinen das Mittagessen für die Angestellten?«

»Woher …?«

»Ich hab gehört, dass zu denen jemand Neues kommt. Die Tage hab ich dich mit der Heinen im Weinberg gesehen.«

So kam man ins Gespräch, tauschte ein paar fachliche Informationen aus und stellte schnell fest, dass genügend Gesprächsstoff unter Neu-Forster Kellermeistern blieb, um sich zu verabreden. In den folgenden zwei Wochen war objektiv betrachtet alles relativ schnell gegangen, auch wenn es Patrick endlos lange vorkam, bis sie endlich hier unter seiner Bettdecke landeten.

Man hatte sich ein paarmal verabredet, meist in einer der besseren Weinstuben. So hatte Laura schon wenige Wochen nach ihrer Ankunft die gemütliche, familiäre Forster Weinstube »Acham-Magin«, die Deidesheimer »Kanne« mit ihrer großen Auswahl an Pfälzer Großen Gewächsen und die urige »Eselsburg« in Mußbach kennengelernt.

Nicht, dass ihn das muntere Geplauder beim Essen und Trinken auch nur eine Sekunde gelangweilt hätte. Aber immer wenn Patrick sie ansah – falls sie nicht gerade unförmige Arbeitskleider trug – hatte er Lust, sie anzufassen. Jetzt schon wieder. Aber nun durfte er ja.

Seine erste Eroberung war es nicht. Das Geisenheimer Weinbaustudium war längst keine Männerdomäne mehr, und er hatte kein Problem, neue Bekanntschaften zu schließen. Doch diesmal, und das überraschte keinen mehr als ihn, ging es ihm nicht um eine weitere Bettgeschichte.

Versonnen durchfuhr er mit den Fingerspitzen sanft die kleine Kuhle, die sich dort gebildet hatte, wo ihr Po in den Rücken überging. Ich hab mich verliebt! Der Gedanke schien ihm aus dem Kopf heraus das Rückenmark hinunter und in den Bauch zu kriechen. Dort verursachte er eine sonderbare Kombination von wohliger Wärme und flauem Gefühl. Laut sagte er: »Das ist eine total süße Stelle. Schade, dass du sie nicht sehen kannst.«

»Reicht mir völlig, wenn *du* meine süßen Stellen siehst.«

»Hm. Mir nicht, ich will sie auch anfassen.« Seine Hand glitt langsam über eine Pobacke und verschwand zwischen ihren Beinen. »Hier zum Beispiel ist noch so eine Stelle …«

»Mmhmmm … mmmmhm …«

»Eine Art Nachtisch«, meinte Patrick, als er eine gut gekühlte Flasche Riesling Spätlese von Gies-Düppel und zwei Gläser hervorzauberte.

Nun saßen sie im Bett und süffelten den zartsüßen, leichten Wein, der Laura ein wenig wie Moselriesling vorkam.

»Wieso erinnerst du dich eigentlich daran, dass du mich im Fernsehen gesehen hast? War nicht gerade mein Ding. Ich glaube, sie haben fünfmal aufgenommen, bis es ihnen endlich gefiel. Dabei sage ich nichts weiter als: ›Ich war völlig geschockt‹.«

Laura strahlte ihn an. »Man muss nicht alles können. Außerdem hat man die Aufregung nicht gemerkt. Weniger als vorhin, als du meinen BH nicht richtig … hihi … Also es war so: Ich hatte mich gerade bei Heinen vorgestellt, als die Sache mit den geklauten Trauben passierte. Na ja, dann will man natürlich nicht nur wissen, was passiert ist, sondern guckt auch Fernsehen, weil man sehen will, wer gezeigt wird aus dem Dorf, in das man vielleicht bald umzieht. Und im Weinberg hab ich dich dann wiedererkannt. In echt hast du mir noch besser gefallen.«

Patrick stellte sein Glas auf den Nachttisch und ließ sich aufs Kopfkissen zurückfallen. Er lachte. »Dann haben wir ja beide gekriegt, was wir wollten.«

»Manchmal muss man eben Glück haben. Toller Wein übrigens. Wusste gar nicht, dass es in der Pfalz auch gute Süßweine gibt. Was ist denn am Ende aus dem Traubenklau geworden? Hat man etwas rausgefunden?«

»Absolut nichts. Die Polizei hat es schon lange aufgegeben.«

»Und inoffiziell hat man auch nichts gehört?«

»Nein, nichts. Was glaubst du, was Werger angestellt hätte mit irgendeinem konkreten Anhaltspunkt? Der wäre garantiert sofort hingerannt und hätte den Kerl in zwei Teile gehauen. Mir ist das völlig rätselhaft. Vor allem: Die müssen ja stundenlang gearbeitet haben. Handlese! In der Nacht!« Etwas leiser murmelte er: »Wirklich schade … hätte einen genialen Pechstein geben können.«

Laura hielt ihr Glas in der Hand, schwenkte es leicht und nahm noch einen Schluck. Dann fing sie munter an zu plappern. Es schien ihr ganz offensichtlich gut zu gehen.

»Pechstein ist wirklich eine tolle Lage. Aber Jesuitengarten und Kirchenstück auch. Ich bin schon gespannt auf die Jungweinprobe am übernächsten Sonntag. Es spricht schon für den Zusammenhalt im Dorf, dass man noch eine Jungweinprobe veranstaltet, wo alle Weingüter ihre wichtigsten Weine unter den Kollegen zeigen, nicht wahr? Das ist nicht überall so. Wo ich das Praktikum an der Mosel gemacht habe, reden die Winzer kaum miteinander. Da gönnt einer dem anderen nichts. Ich bin ja noch nicht lange hier. Aber trotzdem merke ich schon einen Unterschied. Wenn man so die Leute sieht und mit ihnen redet, ist hier ist eine ganz andere Stimmung. Man ist offener. Man redet miteinander, gibt sich sogar gegenseitig Tipps. Die Jungen treffen sich und gehen sogar zusammen weg. Also ich meine jetzt nicht nur uns. Mich haben schon zweimal Leute im Weinberg angesprochen und ganz freundlich mit mir geredet, obwohl sie mich nicht kannten, eine Frau, ich glaube von Acham-Magin, und ein älterer Mann. Und sie loben sogar mal den Wein von Kollegen. Das ist so eine freundschaftliche Art der Konkurrenz. Nur bei den Heinens erlebe ich das nicht so. Schade. Mein Gott, ist die Frau verkniffen. Die hat ständig Angst, dass die ganze Welt ihr etwas Böses will. Wenn ein anderer Betrieb gelobt wird oder in der Zeitung steht, überlegt sie gleich, warum sie das nicht sind, wo ihre Weine doch so gut sind. Und sofort unterstellt sie dem Journalisten irgendwas Persönliches oder dass er bestochen worden ist. Als kürzlich ein Artikel über Werger erschienen ist, kam sie gleich beim Mittagessen damit, dass der nie erschienen wäre, wenn nicht das mit dem Pechstein passiert wäre. ›Der hat die Trauben garantiert selbst geholt‹, hat sie zu mir gesagt, ›und die Journalisten fallen drauf rein‹. Der Heinen ist auch mit den meisten im Dorf verkracht, weil sich ständig beschwert und glaubt, er käme zu kurz. Dabei sind die anderen schon vorsichtig mit ihm, glaube ich, weil er so empfindlich ist, und passen auf, dass sie ihm keine Gelegenheit zum Meckern geben. Du hast es da viel besser erwischt als ich. Oder was meinst du?«

Patrick antwortete nicht. Er atmete ruhig und gleichmäßig mit seligem Gesichtsausdruck.

Laura seufzte, nahm noch einen kleinen Schluck, stellte das Glas ab, gab dem Schlafenden einen Kuss auf die Wange und kuschelte sich an ihn. Kurz darauf schlief sie auch.

VIER

Johann Werger saß am Schreibtisch, brütete über seinem nächsten Kundenrundschreiben und war deshalb schlecht gelaunt. Texte formulieren war nicht seine große Stärke. Gegen die Unterbrechung hatte er nichts, als das Telefon klingelte. Dann jedoch sackte seine Laune weiter in den Keller.

»Komme gucke«, radebrechte der polnische Saisonarbeiter ins Mobiltelefon. »Rebbe kaputt.«

»Was soll kaputt sein an Reben im Winter?«, fragte Werger ungeduldig.

»Unne abschneide.«

»WAAAS? Ich komme!«

Werger hatte weniger als drei Minuten gebraucht. Jetzt stand er in seinem Weinberg im Kirchenstück und bebte vor Zorn. Das Kirchenstück war die wertvollste Weinlage der Pfalz. Gerade vor wenigen Monaten hatte er ein Stück gekauft, zu einem Quadratmeterpreis, für den man in den Dörfern im Pfälzerwald Bauland bekam. Er zerrte an einer Rebe herum, die, nur durch den Spanndraht gehalten, wie aufgehängt herumbaumelte.

»Dieses Schwein! Dieser Vollidiot! Das ist doch nicht zu fassen!«

Mitten im Weinberg, so, dass es nicht gleich auffiel, hatte jemand in zwei verschiedenen Wingertszeilen insgesamt zwanzig Reben dicht über dem Boden abgeschnitten.

Das war kein Versehen, sondern Absicht. Es konnte niemandem nützen, anders als die im Herbst gestohlenen Trauben. Es war reine Boshaftigkeit. Der Täter wollte ihm schaden, er wollte ihn ärgern.

Zwanzig Reben im Kirchenstück. Er verlor über einige Jahre eine Flasche pro Rebe, die er für etwa fünfunddreißig Euro verkaufen könnte. Er würde junge Reben nachsetzen müssen, die nicht die gleiche Qualität brachten wie die fünfundzwanzigjährigen Reben, die hier standen. Es war eine Katastrophe. Da wollte einer eine Rechnung begleichen.

Werger wusste genau, was für ein Spiel hier gespielt wurde. Dieser blöde Idiot. Er würde ihn zur Rechenschaft ziehen. Dumm war nur, das war ihm sofort klar: Er konnte es nicht an die große Glocke hängen. Schon gar nicht zur Polizei gehen. Das könnte auf ihn zurückfallen. Er musste einen anderen Weg suchen, dem Kerl zu zeigen, dass es so nicht ging. Aber welchen?

Als sie ihre kleine Wanderung durch die Weinberge beendet hatten und wieder nach Hause gekommen waren, waren sie allein. Ihre Aussprache war noch nicht beendet. Das Gespräch drohte zu kippen. Nun saßen sie sich im Wohnzimmer gegenüber. Doris Werger starrte ihren Mann an.

»Mehr kann ich dir nicht sagen, Doris. Glaubst du, dass ich das hier alles aufs Spiel setzen würde?«

Er senkte den Blick, nestelte nervös an seinem Hemd herum und machte eine Bewegung in Richtung Tür. Sie blieb im Sessel sitzen.

»Das darf doch nicht wahr sein. Wenn das dein wichtigstes Argument ist, tut es mir leid. Ich habe gehofft, es geht um etwas anderes.«

Er wandte sich ihr wieder zu. »Entschuldige. Das wollte ich nicht sagen. Ich will nur daran erinnern, dass wir ja schon öfter mal schwierige Situationen zusammen durchgestanden haben.«

Sie sah ihm in die Augen. »Wenn du das sagt … Es geht mir nicht um Schuldzuweisungen oder um Aufrechnungen. Aber überleg mal, wie viele dieser schwierigen Situationen, wie du es nennst, durch deine Entscheidungen und dein Verhalten verursacht wurden. Diese jetzt ganz besonders.«

»Ich weiß, ich habe dir viel zu verdanken, Doris.«

Sie wurde wütend. »Hör auf! Darum geht es mir nicht! Ich will nicht deine Dankbarkeit wie eine bedürftige alte Frau.«

Sie sah, dass ihr Mann immer kleinlauter wurde. Es schien, als wolle er keinesfalls das Vertrauen zwischen ihnen zerstören. Aber er redete weiter an ihren Gefühlen vorbei.

»Ich habe dir gesagt, ich werde die Sache zu Ende bringen. Dann ist doch alles wieder gut.«

»Alles wieder gut?« Sie presste die Lippen zusammen, schüttelte den Kopf, legte ihn in die rechte Hand, schüttelte ihn erneut. »Ich kann kaum glauben, dass du es dir so leicht vorstellst.«

»Bitte, Doris. Ich stelle es mir nicht leicht vor. Aber ich glaube daran. Hör mal, ich muss jetzt gehen. Bis später.«

Sie sah die Vase vor sich an. Am liebsten hätte sie sie an die Wand geworfen. Ich muss mich beruhigen, ich muss mich beruhigen, waren ihre nächsten Gedanken.

FÜNF

Sie sah ihn abschätzig und mit leicht heruntergezogenen Mundwinkeln an. »Zieh dir eine andere Hose an. So kannst du nicht gehen. Und ein ordentliches Hemd.«

»Mach ich gleich. Heute wird sich zum ersten Mal zeigen, ob wir es endlich geschafft haben«, sagte er zu seiner Frau.

»Was die sagen, ist mir eigentlich egal. Es wäre mir fast lieber, er würde gar nicht besonders auffallen. Wichtig ist, wie wir bei den Händlern und bei den Journalisten abschneiden.«

Er machte eine wegwerfende Bewegung mit der Hand. »Den allein meine ich nicht. Die anderen sind auch noch nie so gut gewesen, der Jesuitengarten und die einfache Spätlese aus dem unteren Teilstück.«

»Ach, was für ein schöner Tag heute«, sagte Laura, küsste Patrick auf die Wange und zog den Reißverschluss ihrer Jeans hoch. »Hab ich mich eigentlich für die Einladung heute Mittag bedankt? Wirklich ganz lieb von dir. Wie hieß das noch mal? ›Weinstube Brand‹? Das ist genau die Art von Gastronomie, die mir gefällt. Kein besonderer Schnickschnack bei der Einrichtung, Holztische, gemütlich, kein Ober, der dauernd nachschenkt, aber trotzdem gute Gläser und gute Weine. Und das Essen! Ich liebe diese geschmorten Sachen. Wie er das fertigbringt, asiatische Gewürze so zu verwenden, als würden sie einfach dazugehören, nicht so gewollt, weißt du? Nur schade, dass es ein bisschen weit weg ist. Frankweiler, man fährt halt eine halbe Stunde. Ach, und der Spaziergang auf die Hütte im Wald war auch schön, nur ein bisschen steil. Und jetzt freue ich mich auf die Probe. Bin gespannt, wie wir, ich meine Heinen, abschneiden. Wir sind ganz gut, aber wir sind halt nicht das einzige gute Weingut in Forst. Und viele von den anderen kenne ich noch nicht, vor allem nicht die Kellermeister von den großen, berühmten Weingütern. Buhl, Bürklin und Bassermann. Sind sie nett oder arrogant?«

Patrick sah sie an und lächelte. Man konnte sich mit Laura sehr ernsthaft über Gott und die Welt unterhalten und ebenso gut über die Arbeit. Man konnte mit ihr essen, spazieren, ins Kino oder ins Bett gehen. Sie probierten zusammen Wein, sie konnte zuhören. Sie hatte ein Gespür für Kleinigkeiten und Situationen, das ihm manchmal fehlte. Und wenn es ihr besonders gut ging, so wie heute, fing sie an zu plappern wie ein Schulmädchen. Das konnte man nur wegküssen, wenn man genug davon hatte.

»Was guckst du? Gefall ich dir nicht?«

»Und wie!«, sagte er und küsste es weg.

»Es ist schon Viertel vor acht. Wir müssen gleich los. Ich finde sie übrigens nett und gar nicht eingebildet. Du wirst ja sehen, wenn sie da sind.«

»Steig ein, ich muss dir etwas zeigen.«

»Wo fahren wir hin?«

»Wirst du schon sehen. … Es ist für uns beide ein ganz besonderer Platz … Fahr rüber in Richtung Wachenheim … An der Kreuzung Richtung Dorf … Langsam, da rechts hoch.«

»Was willst du hier, mitten in der Nacht?«

»Steig aus!«

Die beiden Personen standen auf einem Wirtschaftsweg mitten in den Weinbergen. Der Wind blies eisig vom Musenhang herunter. Die größere schien zunächst unschlüssig, was nun eigentlich geschehen sollte. Plötzlich war da etwas Langes, das gefährlich herumbaumelte. Alles ging sehr schnell. Der große Schatten hob die Hände.

»Spinnst du eigentlich? Was wird das?«

»Du bist ein Schwein, ein elendes, verlogenes Schwein! Ich werd dir zeigen, was es heißt, mir so etwas anzutun! Da …«

Ein Stoß, ein Schlag mit etwas Hartem. Dann war da plötzlich ein merkwürdiger, süßlich-chemischer Geruch.

»Bist du wahnsinnig?«

»Finden soll man dich, wo es jeder sieht, wenn sie gleich vorbeikommen.«

Sie rangelten.

Plötzlich hatte sich etwas um den Fuß eines der Kontrahenten gewickelt. Er strauchelte, griff nach hinten, wurde gestoßen, kippte nach hinten weg. Dann spürte er noch einen kleinen Augenblick etwas Spitzes, Hartes an seiner Schläfe.

Als er auf dem Boden aufschlug, hatte er bereits das Bewusstsein verloren.

Von der Forster Umgehungsstraße aus, etwas nördlich der Stelle, wo auf der dorfabgewandten Seite die Gemeindehalle mit dem sonderbaren Namen »Felix-Christoph-Traberger-Halle« lag, führte ein romantischer gepflasterter Weg direkt in den Ort, die Wassergasse. Beim Denkmal für die Kriegshelden erreichte er die Dorfstraße. Der nur schwach beleuchtete Durchgang war gerade so breit, dass er mit dem Auto befahren werden konnte, wurde aber meist nur von Fußgängern benutzt.

Vom Dorf ausgehend drehte der Mundartdichter Peter Tremmer an diesem Abend mit seinem Dackel seine Runde, ging unter dem Überbau aus gelbem Sandstein hindurch, der die Gasse überquerte, und ärgerte sich einen Moment, weil er heute die kürzere und nicht seine übliche Strecke an der Westseite des Dorfes bei den Weinbergen genommen hatte. Nun erreichte er gleich die verkehrsreiche, nicht ungefährliche Straße. Es fehlten noch ein paar Schritte, da fiel sein Blick nach rechts auf das etwas zurückstehende Haus mit der schönen Sandsteintreppe, die über fünf Stufen zur Eingangstür führte.

Ein Mann lag neben den ersten beiden Treppenstufen auf der Seite, das linke Bein über dem rechten angewinkelt, den rechten Arm auf der zweiten Stufe liegend als eine Art Kopfstütze. Es sah aus, als sei er eingeschlafen, kurz bevor er die Treppe zum Haus hochsteigen wollte.

Es kommt nicht nur in der Pfalz hin und wieder vor, dass nach einem langen Zechabend der eine oder andere Trinkbruder sanft entschläft, bevor er sein Bett erreicht. Wer wüsste dies besser als Peter Tremmer, der sich kurz vor Mitternacht gern noch ein paar Minuten die Beine vertrat und seinen Hund ausführte, bevor er sich schlafen legte. Der freundliche ältere Herr kannte seine Pfälzer und ihre Eigenarten seit Jahrzehnten. So gut sogar, dass er beim Frankenthaler Gericht als Sachverständiger auftreten konnte, als die Frage zu klären war, ob die Titulierung »Dabbschädel« in der Pfalz als Beleidigung zu werten sei. Nein, hatte der Sachverständige beschieden. Der Richter schloss sich Tremmers Auffassung an und sprach den Angeklagten frei.

Tremmer wusste auch, dass bei Weinfesten wie dem Dürkheimer Wurstmarkt manche Frau auf der Suche nach ihrem verloren gegangenen Mann das Gelände rund um den Festplatz durchstreifte. Ein verständnisvolles Lächeln huschte über Tremmers Gesicht. Doch jetzt, musste er zugeben, in der kühlen Jahreszeit, Mitte Februar, waren diese Eskapaden ein wenig gefährlich.

Tremmer trat näher. Als er den Mann erkannte, wunderte er sich. Johann Wergers bestens gepflegtes Weingut befand sich unweit von seinem eigenen Haus. Er kannte ihn als hervorragenden, angesehenen Winzer, der regelmäßig ein gutes Glas Wein trank. Doch niemand in Forst hatte ihn jemals in der Öffentlichkeit erkennbar betrunken gesehen. Dass er sich gar vor einer fremden Haustür schlafen gelegt hatte, erst recht nicht. Wohl hatte er auf Tremmer in jüngerer Zeit einen etwas fahrigen, vielleicht auch unausgeglichenen Eindruck gemacht. Wer hätte aber vermutet, dass er sich derart gehen ließe?

In diesem Moment schob sich der Mond hinter einer Wolke hervor und tauchte die eigenartige Szenerie in kaltes Licht. Die Konturen des gepflasterten Weges, des Hauses und des Liegenden schienen schärfer zu werden. Der Mond erhellte auch die hässliche, dunkel verklebte Stelle an Wergers Schläfe und den dunklen Streifen von der Schläfe über das Ohr bis zum Kragen. Tremmer zuckte zurück.

Dann ergriff er die linke Hand des Winzers, schüttelte sie und rief: »Johann, Johann, was ist passiert?«

Werger antwortete nicht. Durch das Schütteln der Hand drehte sich sein Körper langsam nach vorn. Der Kopf rutschte vom Arm und schlug hart auf die untere Stufe. Werger spürte allerdings keinen Schmerz. Er war tot.

Jan Badenhop berührte Doris Werger sanft am Arm. »Kommen Sie. Ich bringe Sie nach Hause. Hier können wir im Moment beide nicht mehr viel tun. Lassen Sie Ihr Auto stehen.«

Badenhop war nach dem Anruf seines diensthabenden Kollegen aufgestanden, hatte sich angezogen und war sofort nach Forst gefahren. Peter Tremmer, der Zeuge, der den Toten gefunden hatte, hatte nach dem Notruf auch Wergers Frau benachrichtigt, die noch vor der Polizei am Fundort erschienen war und angesichts der unwirklich scheinenden Szenerie wie erstarrt dastand. Tremmer hatte erklärt, dass er sie nur mit Mühe davon überzeugen konnte, den Toten nicht anzufassen.

Als die Polizei kam, lehnte sie, still vor sich hinweinend, an der gegenüberliegenden Gartenmauer. Tremmer hatte sie in den Arm genommen. Ihr Kopf lag an seiner Schulter. Tremmer sagte nichts. In dieser Situation gab es auch für den Mann, dessen Schlagfertigkeit bekannt war, keine passenden Worte.

Gerichtsmediziner und Spurensucher hatten ihre Arbeit bereits aufgenommen.

»Außer der Wunde an der Schläfe gibt es dem Anschein nach keine Verletzungen«, erklärte der Mediziner dem Kommissar. »Wie die Wunde aussieht, kann sie durchaus zum Tod geführt haben. Sie befindet sich an einer gefährlichen Stelle an der Schläfe und ist recht tief. Es könnte ein Unfall gewesen sein, aber ich glaube es nicht. Hier ist er nämlich nicht gestorben. Seine Kleider sind blutig, aber man sieht fast nichts am Boden oder an der Treppe. Er muss viel stärker geblutet haben.«

»Wie lange ist er tot?«

»Noch nicht lange, höchstens zwei Stunden. Jetzt ist es halb eins. Er ist zwischen zehn und elf gestorben. Man hat ihn hergebracht und schön dekorativ auf die Treppe gelegt. Sie dürfen rauskriegen, warum. Ich gehe jetzt erst mal wieder nach Hause. Wenn ich ihn untersucht habe, wissen wir mehr.«

»Hat die Spurensuche etwas ergeben?«, wandte Badenhop sich an einen der Beamten.

»Bis jetzt nichts. Nur über die Identität des Mannes besteht kein Zweifel. Jeder im Dorf kennt ihn. Es ist der Weingutbesitzer Johann Werger.«

»Johann Werger? Woher kenne ich den Namen?«

»Es ist ein sehr bekanntes Weingut.«

»Ich interessiere mich nicht für Wein.«

Es war ihm vielleicht ein wenig grob herausgerutscht. Badenhop bedauerte das sogleich. Es musste ja nicht unbedingt sein, dass er schon gereizt reagierte, wenn Wein ins Spiel kam. Der Beamte schien jedoch nicht sonderlich irritiert.

»Vielleicht ist Ihnen der Name vor einiger Zeit auf dem Präsidium begegnet oder in der Zeitung. Im Herbst wurden ihm Trauben gestohlen. Das ging ziemlich durch die Presse.«

»Ich erinnere mich. Und jetzt liegt er also tot im Dorf. Und wer wohnt hier im Haus?«

»Eine alleinstehende Frau. Katrin Mellen. Es ist niemand zu Hause.«

Die kurze Strecke zu seinem Wagen legten sie schweigend zurück. Doris Werger hatte aufgehört zu weinen. Sie bewegte sich ruhig, ließ sich die Tür öffnen, setzte sich auf den Beifahrersitz und starrte bewegungslos auf ihre Hände. Sie blieb erstaunlich ruhig. Weil sie unter Schock stand?

Auf den wenigen hundert Metern zu Wergers Weingut sagte Badenhop: »Es tut mir sehr leid, Frau Werger. Darf ich Sie trotzdem fragen, ob Sie eine Erklärung haben für das, was geschehen sein könnte?«

Sie schüttelte nur den Kopf.

»Wann haben Sie Ihren Mann zuletzt gesehen?«

»Er ist kurz vor acht aus dem Haus gegangen zu einer Weinprobe im Dorfgemeinschaftshaus. Wann er dort weg ist, können Ihnen bestimmt die anderen Teilnehmer sagen. Es war die Forster Jahrgangsprobe. Da waren sicher an die fünfundzwanzig Personen, fast alle Weingüter aus dem Dorf und manche ihrer Angestellten.«

Sie hielten vor dem Tor des Weinguts. Er brachte sie zur Haustür und fragte: »Ist jemand von Ihrer Familie hier?«

»Ja, meine Schwiegermutter und mein Sohn.«

»Ich weiß, dass das alles schrecklich für Sie ist. Ich muss trotzdem gleich morgen früh zu Ihnen kommen. Bitte versuchen Sie sich an alles zu erinnern, was mit dem Tod Ihres Mannes zu tun haben könnte.«

Im Präsidium übertrug Badenhop am nächsten Morgen seinem Assistenten Kevin Gross die Aufgabe, die Jungweinprobe zu rekonstruieren. Er sollte feststellen, wer alles dort gewesen war, ob Werger überhaupt hingekommen war, wie lange er geblieben war und mit wem er möglicherweise den Veranstaltungsort verlassen hatte. Badenhop selbst würde mit Frau Werger und den Leuten aus dem Weingut sprechen.

»Wenn es etwas von Bedeutung gibt, rufen Sie mich bitte an«, rief er ihm noch hinterher. Dann ging er ins Büro seines Kollegen Bernd Hochdörffer.

»Da wollen wir mal hoffen, dass die Sache sich rasch aufklärt und vor allem nicht allzu viel mit Wein zu tun hat«, begrüßte ihn dieser grinsend.

»Vor allem sollte die Abteilung Schwerverbrechen ein wenig erfolgreicher sein als die Ermittler beim Diebstahl«, gab Badenhop zurück. »Ist Ihnen damals etwas begegnet, das unter heutigem Blickwinkel eine Verbindung zwischen den beiden Fällen herstellen könnte?«

Hochdörffer überlegte. Doch es gab nichts außer der Tatsache, dass es ein merkwürdiger Zufall wäre, wenn es keine Verbindung gäbe. Der Polizei war nichts von einer Bedrohung bekannt geworden, die darauf hindeuten könnte, dass jemand Werger weiteren Schaden zufügen wollte, schon gar keinen körperlichen.

Badenhops Kollege schloss daher: »Man wird die damalige Sache sicher im Auge behalten müssen, aber ich würde nicht dazu raten, nur in diese Richtung zu ermitteln. Halten Sie mich auf dem Laufenden. Nicht, dass ich nichts zu tun hätte. Aber wenn Sie Hilfe brauchen ... Wenn es zum Beispiel um Wein geht oder so.«

Hochdörffer konnte es offenbar nicht lassen.

Natürlich, sogar bei Mord und Totschlag brauchen die Pfälzer einen Weinkenner.

Badenhop zog die Augenbrauen hoch. »Wenn es Sie beruhigt: Mein interessantester Fall in Hamburg betraf einen Mord im Milieu chinesischer Lebensmittelhändler. Davon verstehe ich garantiert nichts. Wir haben den Fall gelöst.«

Er drehte sich um und ging aus der Tür.

Hochdörffers Kommentare waren nicht abfällig gemeint. Aber irgendwie ärgerte er sich, weil die spöttischen Bemerkungen ein typisches Überlegenheitsgefühl ausdrückten, das ihm in der Pfalz häufig begegnete.

In diesem Moment erinnerte sich Badenhop an einen Pfälzer Dichter namens Paul Münch, der auf humorvolle Art pfälzische Omnipotenzgefühle auf die Spitze trieb. Seine Mutter hatte ihm das Bändchen in die Hand gedrückt, »zur Vorbereitung auf die Pfalz«.

Münch verlegte die »Weltachse«, um die sich die Erde dreht, in die Pfalz und machte sie damit zum natürlichen Mittelpunkt der Welt. Er interpretierte gar die gesamte Weltgeschichte neu – unter besonderer Berücksichtigung der unvergleichlichen Pfälzer bis hin zur Schlacht im Teutoburger Wald:

Die Pälzer hann in dere Schlacht
Ehr Sach besunners gut gemacht.

Sogar den Sieg über die Hunnen und die Tatsache, dass sie nicht wiederkamen, nahm Münch für die Pfälzer in Anspruch:

Die hann Reschpekt und Angscht bis heit
Vor Pälzer Faischt un Pälzer Schneid.

Den gebürtigen Hamburger beschlich in der Pfalz manchmal ein Gefühl, das wohl umgekehrt auch viele Landbewohner durch Großstädter vermittelt bekamen. Wie selbstverständlich schienen diese leicht belustigt, wenn sie sich aufmachten, ein Wochenende »auf dem Land« zu verbringen. Man ließ die große, vielschichtige eigene Welt hinter sich und begab sich in putzige Dörfer und Landschaften, wo naive, bestenfalls gerissene Eingeborene ein gemütliches, aber recht eintöniges Leben führten – der schnelllebigen, anspruchsvollen, modernen und komplexen Stadt gar nicht gewachsen waren. Landeier eben. Die Realität sah nicht selten anders aus – vordergründige Großspurigkeit gegen bedächtiges Understatement.

Selbst Badenhop hatte sich in Hamburg hin und wieder dabei ertappt, Menschen vom Land tendenziell zu unterschätzen. Der Philosoph Peter Sloterdijk, meinte Badenhop sich zu erinnern, hatte die meist unbewusst auftretende Arroganz, sich als etwas Besseres zu fühlen, einmal in den Zusammenhang eines »Duktus des Vorsprungs« gestellt. Viele Deutsche verhielten sich so in Urlaubsländern. Eine Form des Rassismus? War es das?

Merkwürdig, dass er sich hier als Großstädter selbst betroffen fühlte. Oder handelte es sich um den Versuch, einen Mangel an Selbstbewusstsein zu kaschieren? Sei's drum. Er würde noch eine Weile Gelegenheit haben, der besonderen Natur der Pfälzer auf die Spur zu kommen. Wenn er darüber nachdachte: Doch, es interessierte ihn.

»Ich habe keine Ahnung«, erklärte Doris Werger knapp.

Erst jetzt fiel Badenhop auf, dass er es mit einer sehr gut aussehenden Dame zu tun hatte, deren gepflegte, stilvolle Art er im Dunkeln und im Durcheinander der vergangenen Nacht übersehen zu haben schien.

Jetzt kam sie ihm fast wie eine andere Person vor. Sie war nicht mehr die gehetzt, aufgewühlt und niedergeschlagen wirkende Ehefrau, die man kurz nach Mitternacht angerufen hat, weil ihr Mann erschlagen im Dorf lag. Falls durch die schrecklichen Umstände des vergangenen Abends auf den paar Metern zu Fuß zum Auto und auf der kurzen Fahrstrecke bis zu ihrem Haus eine gewisse Nähe entstanden sein sollte, war sie nun wieder verschwunden. Doris Werger gehörte offenbar zu den intelligenten Frauen, die sich im Wissen um ihre Anziehungskraft eher kühl und distanziert gaben, um männliche Gesprächspartner ohne Spielchen zur Vernunft zu zwingen.

In dieser Situation jetzt wäre dieser Zwang sicher nicht erforderlich. Aber ihre fast arrogant wirkende Distanziertheit war antrainiert.

Nach dieser kurzen Nacht saß sie ihm nun im Sessel gegenüber, hatte sich perfekt unter Kontrolle und beantwortete seine Fragen sachlich und knapp. Sie hatte auch nicht allzu viel zu sagen.

»Ich habe keine Ahnung«, lautete die Antwort auf die Frage, ob sie einen auch noch so geringen Hinweis darauf geben könnte, was mit ihrem Mann am Tag zuvor geschehen war oder warum es geschehen war.

Ihrer Aussage nach hatte ihr Mann kurz vor acht Uhr das Haus verlassen, um zur Jahrgangsprobe der Forster Winzer zu gehen, die in der Traberger-Halle stattfand. Sie war zu Hause geblieben und hatte ihren Angaben zufolge Büroarbeiten erledigt. Ihre Schwiegermutter und ihr Sohn waren im Haus. Die Schwiegermutter verfolgte in ihrer eigenen kleinen Einliegerwohnung den sonntäglichen Tatortkrimi und die anschließende Fernsehdiskussion. Der Sohn beschäftigte sich in seinem Zimmer mit Schularbeiten und Telefonaten mit Freunden. Beide hatten zwischen einundzwanzig Uhr und dreiundzwanzig Uhr keinen Kontakt zu Doris Werger. Sie hätte also das Haus verlassen können, ohne dass es bemerkt worden wäre. Ein tragfähiges Alibi hatte sie nicht.

Andererseits gab sie an, sie hätte sich nicht gewundert, wenn ihr Mann erst gegen vierundzwanzig Uhr nach Hause gekommen wäre. Es war nicht ungewöhnlich, dass er nach einer Veranstaltung der

Winzer noch eine Weile mit Kollegen zusammensaß. Außerdem war ihr gar nicht bewusst gewesen, dass es schon so spät war. Erst als Tremmers Anruf kam, hatte sie auf die Uhr gesehen.

»Ihr Mann ging allein und zu Fuß zu der Veranstaltung?«

»Ja, es ist ja nicht weit. Patrick, unser Kellermeister, wollte zwar auch hingehen. Aber der wohnt nicht hier. Sie wollten sich dort treffen.«

»Ist Ihnen in den vergangenen Tagen oder Wochen etwas an Ihrem Mann aufgefallen, oder ist im Weingut etwas passiert, das Ihnen sehr ungewöhnlich vorkam?«

Sie schien in Gedanken zu versinken, wie um sich die letzten Wochen vor Augen zu führen.

»Nein«, antwortete sie schließlich.

Ihr Zögern erstaunte Badenhop, der dennoch das Thema wechselte.

»Ihnen wurden im Herbst wertvolle Trauben gestohlen. Meine Kollegen haben damals ermittelt, konnten aber keine Hinweise auf die Täter finden. Die Akte wurde im Dezember vorläufig geschlossen. Haben Sie oder Ihr Mann in jüngerer Zeit in dieser Sache etwas Neues erfahren?«

Sie sah ihn überrascht an, schüttelte leicht den Kopf und sagte: »Nein, ich kann mir auch keinen Zusammenhang zu dem Diebstahl vorstellen. Der, der uns die Trauben gestohlen hat, wollte einen guten Pechstein ernten. Ich glaube nicht, dass er es auf uns oder auf das Leben meines Mannes abgesehen hat.«

»Ich auch nicht. Aber man kann nie wissen«, gab Badenhop zurück.

Er registrierte, dass ihr zweites Nein viel rascher und eindeutiger gekommen war.

Patrick Zehner würde als Besucher der Winzer-Veranstaltung von Kevin Gross befragt werden. Badenhop fragte deshalb gar nicht nach ihm. Er verließ das Weingut und fuhr ins Dorf. Er wollte sich die Situation noch einmal bei Tag ansehen, parkte oben an der Dorfstraße und lief den engen Weg hinunter. Erstaunt nahm er einige Meter weiter den Wohnbau über dem Weg zur Kenntnis, der wie ein überbautes Eingangstor wirkte. Solche Konstruktionen kannte er vor allem aus dem Süden, häufig aus Bergdörfern. Davon konnte man hier nicht sprechen. Doch südländisch war ihm die Pfalz allemal vorgekommen, als er vor Monaten hierher gezogen war und die Sonne noch die Landschaft wärmte.

Der kleine Weg vom Dorf zur früheren Bundesstraße war durchaus befahrbar. Der Mörder konnte von der Bundesstraße her die paar Meter bis vor das Haus gefahren sein und dort, warum auch immer, die Leiche abgeladen haben. Unten an der Straße standen keine weiteren Häuser. Die einzige Gefahr, gesehen zu werden, bestand darin, dass ein Spaziergänger vorbeikam. Oder jemand gerade die Veranstaltung im nahe gelegenen Traberger-Haus in Richtung Dorf verließ, falls sie noch nicht zu Ende war. Dazu würde Gross bald mehr sagen können.

Die Bewohnerin des Hauses in der Wassergasse war nicht da gewesen, als die Leiche an der Treppe gefunden wurde. Vielleicht war sie jetzt da. Badenhop drückte auf die Klingel.

Heute habe ich nur mit sehr gut aussehenden Frauen zu tun, schoss es Badenhop durch den Kopf, als die Tür geöffnet wurde. Er war ein exzellenter Polizist mit scharfem Verstand und ungewöhnlich schneller Auffassungsgabe. Seine Integrität und Korrektheit hatte in der Großstadt manchmal zu dem Vorwurf geführt, er sei »stur«. Vor allem im Zusammenhang mit Versuchen aus Politik und Wirtschaft, Einfluss auf Ermittlungen zu nehmen, schien ihm dieser Vorwurf keinesfalls angemessen. Gerade dann musste man sich um Gleichheit vor dem Gesetz bemühen. Aber niemand war perfekt.

Wenn er selbst überlegte, wo er eine kleine Schwäche hatte, musste er zugeben: Manche Frauen verleiteten ihn dazu, für gewisse, zweifellos kleine Momente die Objektivität und Neutralität aus den Augen verlieren, die in seiner Funktion als Ermittler geboten war.

Bisher hatte dies nie wirklich negative Folgen für seine Arbeit gehabt. Dazu hatte er sich doch zu sehr unter Kontrolle. Er würde auch nie einer schönen Frau Vorteile verschaffen. Keinesfalls. Nur seine Aufmerksamkeit konnte in bestimmten Augenblicken beeinträchtigt werden, wenn die glückliche Verbindung von Schönheit, Klugheit und Weiblichkeit einen Teil seiner Sinne beschäftigte. Aber ging es nicht jedem Mann ähnlich?

Jetzt stand eine ausgesprochen sportliche Frau von etwa fünfunddreißig Jahren mit großen, wachen Augen und einem weichen, sehr weiblichen und anziehenden Gesichtsausdruck vor ihm. Sie trug weiße Kleidung, die ihn an Krankenhauspersonal erinnerte. Er stellte sich vor.

»Kommen Sie herein und nehmen Sie Platz«, sagte Katrin Mellen. »Ich habe Sie schon erwartet.«

»Mich?«, fragte Badenhop, der stehen geblieben war.

»Nicht Sie persönlich. Aber die Polizei. Schließlich wurde vor meiner Haustür eine Leiche gefunden.«

»Ich hoffe, Sie haben sie nicht da hingelegt«, sagte Badenhop eine Spur jovialer als nötig und setzte sich dann doch in einen Korbsessel des modern, vielleicht einen Hauch alternativ eingerichteten Wohnzimmers.

»Das ist nicht witzig«, entgegnete sie verärgert. »Johann Werger ist ein angesehener Bürger dieses Dorfes. Er hinterlässt Frau und Kind.«

Ihre Stimmung hatte sich rasch verändert. Anscheinend sah sie in ihm einen seelenlosen, zynischen Bullen, der über Ermordete pietätlose Späße machte.

Das war ihm peinlich. »Entschuldigen Sie, ich wollte keine unpassenden Bemerkungen über einen Toten machen. Sie müssen mir nur ein paar Fragen beantworten. Sie kannten ihn also?«

Ihr Ärger war nicht verflogen. Ihre Stimme kam ihm plötzlich kalt und äußerst distanziert vor.

»Jeder im Dorf kennt ihn. So groß ist Forst nicht. Ihm gehört eines der bekanntesten Weingüter.«

»Erzählen Sie mir bitte, was Sie gestern Abend gemacht haben.«

Sie war zu Hause gewesen und hatte aufgeräumt, gewaschen und geputzt. Als sie genug davon hatte und noch etwas Angenehmes unternehmen wollte, war sie weggegangen. Sie hatte etwa gegen halb elf das Haus verlassen und war ins Kino nach Mannheim gefahren, allein. Den Abschluss des Tages habe sie nicht erwartet. »Als ich kurz nach ein Uhr nach Hause kam, suchte die Polizei vor meinem Haus noch nach Spuren. Wenigstens war der Tote nicht mehr da. Ich war völlig schockiert. Ich habe vor Angst alles zugesperrt und trotzdem die halbe Nacht nicht geschlafen. Die Vorstellung, dass ein Mord direkt vor meinem Haus geschehen ist, macht mir jetzt noch Angst. Ich überlege mir, ob ich nicht ausziehen soll.«

Sie schlang die Arme um ihren Körper, als wenn sie frieren würde oder sich vor etwas schützen wollte.

»Der Mord ist allem Anschein nach nicht hier geschehen«, erklärte Badenhop. »Wüssten Sie einen Grund, warum der Tote gerade an Ihrer Treppe abgelegt wurde?«

Ihre Laune verschlechterte sich. »Ich? Wieso ich? Was soll es mit mir zu tun haben? Wollen Sie mir noch mehr Angst machen?«

Warum war sie so ärgerlich? Was war mit dieser Frau? Hatte sie hysterische Züge? Sollte ihn der allererste Eindruck getäuscht haben?

»Keineswegs. Aber wir müssen jedem möglichen Hinweis nachgehen. Wenn Ihnen also eine Verbindung zu dem Mord und Ihrem Haus einfällt, und sei es auch nur eine Idee oder ein Verdacht, sagen Sie es mir bitte. Als Sie weggingen, haben Sie etwas beobachtet? Hat Sie jemand gesehen?«

Sie überlegte. »Ich glaube nicht. Drüben, auf der anderen Straßenseite, vor der Traberger-Halle waren Leute. Als ich wegfuhr, kamen gerade welche heraus, und auf dem Parkplatz gab es Bewegung. Aber ich habe nicht gesehen, was da los war.«

Das musste diese Weinprobe gewesen sein. »Welchen Film haben Sie denn gesehen?«

Sie lächelte. »›In guten Händen‹. Ein Film über die Erfindung des Dildos nach wahren Begebenheiten. Sehr amüsant. Die gute Laune nach dem Film ist mir aber ziemlich schnell verdorben worden, als ich nach Hause kam. Hören Sie, ich muss jetzt zur Arbeit. Ich habe schon meine ersten beiden Termine heute Morgen abgesagt wegen dieser Sache. Ich konnte einfach nicht wie üblich im Dunkeln aus dem Haus gehen. Aber mehr Versäumnisse kann ich mir nicht leisten. Jetzt muss ich los.«

»Was sind Sie von Beruf?«

»Physiotherapeutin. Ich arbeite in einer Praxis in Bad Dürkheim. Wenn es noch etwas gibt, können Sie mich ja anrufen oder vorbeikommen.«

Badenhop ließ sich ihre Telefonnummer geben, kam sich etwas unbeholfen vor, hatte das Gefühl, er habe etwas Wichtiges vergessen, und verabschiedete sich.

Auf dem Weg zum Kommissariat schaltete er das Radio ein. Nach wenigen Minuten wurde die Musik unterbrochen. Der Sender berichtete über den Mord an dem bekannten Weingutbesitzer.

Badenhop ärgerte sich, dass die dämliche Formulierung »Die Polizei tappt noch im Dunkeln« dabei nicht unterblieb. Die Polizei tappte nicht. Sie tat ihre Arbeit.

Kevin Gross hatte bereits bei einer Reihe von Forster Weingütern angerufen und mit Teilnehmern des gestrigen Abends gesprochen. Der eifrige Assistent hatte telefoniert und Telefonnummern gesammelt. Er kannte mittlerweile die Namen der Teilnehmer. Akribisch, wie er zu arbeiten pflegte, hatte er sogar eine kleine Zeichnung mit der Sitzordnung während der Probe angefertigt.

»Wir können immerhin bereits einiges eingrenzen. Es scheinen etwa zwanzig Personen da gewesen zu sein. Die Veranstaltung begann um zwanzig Uhr. Das ist eine Tradition in den Weinorten, diese Jungweinproben —«

»Können Sie mich bitte in aller Kürze über den Sinn aufklären«, unterbrach ihn Badenhop.

»Nun, den vergorenen und eigentlich fertigen, aber noch nicht abgefüllten Wein des neuen Jahrgangs nennt man Jungwein. In vielen Weindörfern ist es üblich, dass die Winzer unter sich, unter Ausschluss der Öffentlichkeit natürlich, einen Abend veranstalten, wo jeder einige interessante Jungweine mitbringt. Die werden gemeinsam verkostet und diskutiert. In der Regel ist ein Fachmann von außen dabei, der zu den Weinen« eine erste Meinung abgibt. Manchmal geben sich die Winzer untereinander Anregungen, wo vielleicht noch etwas verbessert werden kann. Die Weine sind ja noch nicht gefüllt, da gibt es noch verschiedene Möglichkeiten im Keller. Aber diese Proben sind auch wichtig, weil die Winzer ungefähr sehen, wo sie selbst in diesem Jahrgang mit ihren Weinen qualitativ stehen.«

Badenhop hatte nur registriert: Die Winzer vergleichen die Weine eines Dorfes.

»Okay. Gibt es Informationen, die uns weiterhelfen?«

»Man kann die Zeiten eingrenzen. Die Veranstaltung fing um zwanzig Uhr an. Werger war pünktlich da. Das Ganze endete offiziell etwa um zweiundzwanzig Uhr fünfzehn. Einige blieben noch da und haben geredet. Der Hausmeister sagt, er habe um zweiundzwanzig Uhr fünfundvierzig abgeschlossen. Es gibt aber etwas Interessantes.«

Gross sah den Kommissar an, als hätte er den Fall bereits gelöst. Er war ein eifriger junger Mann, der seinen Fleiß dadurch zu unterstreichen suchte, dass er regelmäßig mit Anzug und Krawatte zur Arbeit erschien. Leider sah er dabei aus, als hätte man ihn direkt an der Kleiderstange ohne Anprobe hineingesteckt. Badenhop, seit Jahren mit großer Selbstverständlichkeit Anzugträger, fragte sich manchmal, woran es lag. An der Figur seines Assistenten konnte es nicht liegen. Er war ein gut trainierter Langstreckenläufer und könnte eng geschnittene, modische Kleidung problemlos tragen.

Badenhop wurde ungeduldig. »Na los!«

»Vier Personen sind früher gegangen. Die Kellermeister von Buhl und Bassermann-Jordan kommen gemeinsam und gehen schon kurz nach einundzwanzig Uhr dreißig wieder gemeinsam. Sie treffen wenig später im ›Leopold‹ in Deidesheim ein, wo sie mit ihrem Chef zusammensitzen. Um zweiundzwanzig Uhr dreißig kommt auch der Betriebsleiter von Deinhard – die heißen jetzt von Winning – dazu, der bis zum Schluss bleibt. Dem Chef gehören alle drei Weingüter. Sie bleiben noch eine gute Stunde, also bis etwa dreiundzwanzig Uhr dreißig, und sind damit aus dem Spiel. Der Winzer Bert Heinen geht gegen einundzwanzig Uhr fünfundvierzig nach Hause und kommt kurz vor zweiundzwanzig Uhr dort an, wie seine Frau bestätigt. Unser Johann Werger verlässt wenige Minuten später ebenfalls die Veranstaltung, also kurz nach einundzwanzig Uhr fünfundvierzig. Das heißt, in den eineinhalb Stunden, bis er gefunden wird, ist der Mord passiert und der Transport zum Fundort. Alle anderen Teilnehmer der Veranstaltung sind mehr oder weniger bis zum Ende geblieben.«

»Also bis zweiundzwanzig Uhr fünfzehn oder spätestens zweiundzwanzig Uhr fünfundvierzig. Jeder von ihnen hätte aber noch Zeit gehabt, Werger zu erschlagen, wenn der Gerichtsmediziner keinen früheren Todeszeitpunkt feststellt. Genauso wie jeder andere, der Werger irgendwo getroffen haben kann. Damit sind wir also erst mal nicht besonders viel weiter.«

Auch die Auskünfte der Teilnehmer über ihre Aktivitäten nach der Veranstaltung brachten wenig brauchbare Informationen. Fast alle sagten aus, sie seien nach Hause gegangen. Einige hatten schon deshalb ein Alibi, weil sie in Gruppen gingen, die sich dann im Dorf auf die Häuser verteilt hatten. Bei den anderen bestätigten Ehefrauen oder Ehemänner, dass sie kurz nach Ende der Veranstaltung zu Hause waren. Es gab einfach nichts Auffälliges, aber es konnte natürlich leicht einer der Ehepartner gelogen haben.

Badenhop versuchte es dennoch weiter. »Ist denn während der Veranstaltung etwas passiert, das uns weiterbringt?«

Gross zuckte mit den Achseln und zog die Mundwinkel nach unten. »Wie man es nimmt ... Über Streit oder Bemerkungen, die mit dem Fall zusammenhängen könnten, hat mir niemand berichtet. Ich habe ein bisschen nach den Weinen gefragt. Das interessiert einen ja auch. Also abgesehen von den Auswärtigen wie Bassermann, von Winning, Bürklin und Buhl, deren Lagenweine immer zu den sehr guten gehören, hat von den Forster Betrieben Mosbacher wie immer den besten Eindruck hinterlassen. Eugen Müller, Werger, Acham-Magin und Heinrich Spindler halten sich gut. Frech und Heinen haben anscheinend sehr an der Qualität gearbeitet. Der Lucashof ...«

Badenhop verstand die Welt nicht mehr. Wovon redete der Mann? »Herr Gross, ich bitte Sie. Wozu soll uns das nützen?«

»Für den Fall kaum. Aber wenn man vielleicht ein bisschen Wein kaufen will ...«

Badenhop schnaufte und sah seinen Assistenten missbilligend an. Konnte man hier nicht einmal fünf Minuten dienstliche Gespräche führen, ohne dass es um Wein ging?

In scharfem Tonfall wies er Gross zurecht: »Dazu sind wir nicht hier. Ich schon gar nicht. Bleiben Sie doch bitte bei der Sache. Hat Werger einem der anderen Teilnehmer gesagt, warum er früher ging?«

Gross schluckte die Rüge ohne erkennbare Reaktion. »Nein, aber einige Leute scheint es überrascht zu haben. Er bleibt sonst immer bei Weinproben bis zum Schluss, weil er gern verkostet und sagt, dabei lerne er am meisten. Na ja, Sie nehmen mir nicht übel, dass ich das mit den Weinen vielleicht doch in den Bericht aufnehme. Der eine oder andere Kollege interessiert sich ja dafür. Wo wir doch jetzt die Information früher als jeder andere haben. Und man weiß ja nie. Vielleicht wird es mal gebraucht.«

Badenhop resignierte. »Du lieber Himmel, Gross. Es ist nicht zu fassen. Meinetwegen. Wie viele Aussagen von Teilnehmern fehlen Ihnen noch?«

»Vier oder fünf habe ich bisher nicht erreicht. Die Liste kann ich Ihnen schon fertig machen. Ich glaube nicht, dass noch viel Neues herauskommt. Die Aussagen wiederholen sich weitestgehend und stimmen überein.«

»Haben Sie den Mitarbeiter von Johann Werger gesprochen? Der soll auch da gewesen sein.«

»Patrick Zehner. Nein, der fehlt mir noch. Jedenfalls ist er nicht zusammen mit Werger gegangen. Er hat wohl was mit dieser Laura Clüsserath, hat mir einer von den Winzern gesteckt. Die arbeitet als Weinbauingenieurin bei Bert Heinen. Jedenfalls sind beide bis zum Ende geblieben und dann zusammen abgezogen.«

»Haben Sie die junge Frau gefragt?«

»Ja, aber die hat auch nichts anderes ausgesagt als die anderen. Dass ihr Chef kurz vor Werger gegangen ist. Sie selber fuhr gegen halb elf zusammen mit Patrick Zehner weg. Na ja, sie meinte noch, dass Werger merkwürdig geguckt hat bei der Probe.«

»Hat sie das näher erklärt?«

»Nein, aber soweit ich das weiß, guckt immer mal einer merkwürdig bei einer Probe. Je nachdem, wie einem der Wein gefällt oder nicht gefällt. Ich denke, sie wollte einfach etwas sagen, weil ich gefragt habe, ob sie bei Werger etwas gesehen hat. Und das war halt das Einzige.«

Badenhop war unschlüssig, ob man es mit dieser Schlussfolgerung auf sich beruhen lassen sollte. »Haben Sie viel Erfahrung mit Weinproben, Herr Gross?«

Der junge Polizist, dem Badenhops Fragerei schon langweilig geworden war, wurde wieder lebendig. »Ich war ein paarmal dabei. Das ist schon interessant, wenn die Experten verkosten. Wie sie den Wein schwenken, im Mund herumschmatzen, Grimassen schneiden und am Ende ihre Kommentare abgeben. Ich hab mal einen erlebt, der hat einen Wein aus Bordeaux direkt mit dem Jahrgang und dem Château erkannt. Wahnsinn.«

»Und Sie glauben, so ist die Bemerkung dieser Frau Clüsserath zu verstehen?«

»Ich denke schon.«

Badenhop verstand nichts von alledem. Aber vielleicht hatte die junge Frau doch mehr beobachtet. Sie war selbst ausgebildete Expertin. Wenn sie etwas in ihrem Beruf Selbstverständliches gesehen hätte, würde sie Gross extra darauf hinweisen? Möglich, aber eher nicht. Man sollte noch einmal bei ihr nachhaken, zur Sicherheit.

»Kommt ihr mit in die Mittagspause?« Hochdörffer streckte seinen Kopf durch die Tür. »Und? Hat die Abteilung Schwerverbrechen den Fall schon gelöst? Dann könnt ihr mir gleich verraten, wie ihr es gemacht habt. Pfälzischer Witz vereint mit nordischer Kühle, nicht wahr, Gross?«

»Immerhin haben wir die Tatzeit auf eineinhalb Stunden eingeschränkt«, erklärte Gross eilfertig.

Ansonsten haben wir kaum einen Anhaltspunkt, dachte Badenhop und schwieg. Er nahm seinen Mantel vom Haken und ging mit den anderen zur Tür.

Mussten sie unbedingt in diesen kleinen Laden mit mediterranen Spezialitäten gehen, der zur Mittagszeit vollgestopft war mit Leuten, die ein preiswertes Tagesessen, meist ein Nudelgericht, essen wollten? Jeder der Gäste schien mindestens einen der Polizisten zu kennen. Ihre Ankunft lenkte das Gespräch stark in Richtung Wergers Tod. Der hatte sich bereits herumgesprochen, obwohl noch nichts in der Tageszeitung stand.

Bald wurde über nichts anderes mehr geredet, wobei Badenhop sich unsicher war, ob diese Art Kommunikation mit dem Begriff »reden« noch richtig bezeichnet war. Jeder schien mit jedem zu palavern, und da mit normaler Lautstärke wenig auszurichten war, weil alle sprachen, wurde es immer lauter.

Zwar hörte man hin und wieder kurze Sätze wie »Eine Fettuccini!« oder »Wer bekomme gegrillter italienischer Gemüse?«, meist jedoch ging es um den toten Winzer. Man versuchte, sich mit Wissen über den Wergershof, über Forst im Allgemeinen und mit Theorien über die Todesumstände zu übertreffen. »Erschossen«, »erstochen« und »erschlagen« warfen mit Besteck fuchtelnde Schreihälse als Todesursache ins Gewühl, während andere gerade ein paar Sekunden Pause machten, weil sie sich von Tomatensoße triefende Nudeln in den Mund schoben. Neidische Nachbarn, Streit innerhalb der Familie, Beleidigungen durch den aufbrausenden Werger, die einer sich nicht habe gefallen lassen, und enttäuschte Liebe schwirrten als Motiv durchs Lokal.

Natürlich fielen auch einem der Kombattanten die gestohlenen

Trauben wieder ein. Sie spielten jedoch eine relativ geringe Rolle, weil niemand eine der allgemeinen Unterhaltung dienende Verbindung zu dem Todesfall herstellen konnte. Als alle ernsthaften Möglichkeiten im wahrsten Sinne des Wortes durchgekaut waren, verstieg man sich auf Witzeleien. Werger sei wahrscheinlich so »gasig« – den Begriff kannte Badenhop nicht, schloss aber richtig auf überhöhten Alkoholgenuss – aus der Weinprobe gekommen, dass er unglücklich umgefallen sei. Dröhnendes Gelächter. Ob die Polizei richtig nachgesehen habe, ob er nicht noch atme, wollte einer mit Blick auf die Beamten wissen. Vielleicht müsse der arme Kerl nur seinen Rausch ausschlafen. Allgemeines Gebrüll und dazwischen: »Swei Macchiato, bittä.«

Was hatte Badenhop im Reiseführer gelesen, den er sich gekauft hatte, bevor er umgezogen war? Wenn man ein Lokal in der Pfalz betrete und fürchterliches Geschrei höre, solle man nicht glauben, die Leute würden sich gleich prügeln. Es handele sich vermutlich um nichts anderes als eine ganz normale Unterhaltung. Dies hier war also ein Musterbeispiel auf engstem Raum. Würde er sich je daran gewöhnen können? Wohl kaum. In diesem Moment vermisste er die Grabesruhe in der Sushi-Bar neben seinem Hamburger Büro, wo er häufig ein paar Mittagshäppchen zu sich genommen hatte.

Seine neuen Kollegen schienen sich zu amüsieren. Man lachte über die eine oder andere Theorie und kommentierte einzelne Bemerkungen. Dabei fiel Badenhop durchaus auf, dass niemand sich zur Preisgabe einer dienstlichen Information hinreißen ließ. Wenigstens etwas, dachte er und biss in sein belegtes Brötchen.

Den Nachmittag verbrachte er mit den Ergebnissen der Spurensuche und einem Gespräch mit dem Gerichtsmediziner. Das Resultat war leicht zusammenzufassen: Die Spurensuche brachte keine verwertbaren Ergebnisse, keine Rückstände, nicht die in Kriminalromanen üblichen weggeworfenen Zigarettenkippen mit DNA-Spuren, keine brauchbaren Fingerabdrücke. Die Reaktion der Spürhunde erhärtete den Verdacht, dass der Tote direkt am Haus aus einem Auto geladen und abgelegt worden war.

Da Werger von der Traberger-Halle losgegangen war, setzte man die Spürhunde auch in der Umgebung der Halle ein. Sie führten die Beamten in die Halle, von der Tür zum Parkplatz. Vom Parkplatz zum Fundort der Leiche. Aber auch darüber hinaus. Offenbar hatte Werger den zwar einige Schritte weiteren, aber verkehrsarmen Weg durch das Dorf und durch die Wassergasse genommen. In der Umgebung der Halle fand sich nichts Auffälliges. Kein Ergebnis, keine Blutspur. Auf dem Weg von der Halle zum Fundort oder in der Umgebung der Halle war Werger jedenfalls nicht getötet worden.

Das Gespräch mit dem Gerichtsmediziner erbrachte immerhin einige Neuigkeiten. Die tödliche Verletzung war Werger etwa gegen zweiundzwanzig Uhr zugefügt worden. Die Tatwaffe musste ein kantiger Stein gewesen sein.

»Wir haben in der Wunde kleine Stücke von Flechten gefunden, wie sie auf Steinen wachsen, die der Witterung ausgesetzt sind. Es war sicher kein Stein, der eigens ausgegraben wurde oder zufällig irgendwo in einem Wohnzimmer herumlag«, erklärte der Pathologe.

»Wurde er mit dem Stein geschlagen, oder könnte er möglicherweise auch unglücklich gefallen sein?«

»Das ist schwer zu sagen. Zweifellos wurde er genau an der Schläfe getroffen. Er war nicht tot, wahrscheinlich aber bewusstlos. Der Stein hat eine stark blutende Wunde hinterlassen, die aber nicht sofort zum Tod führte. Gestorben ist er innerhalb von weniger als einer halben Stunde an inneren Blutungen im Gehirn. Hätte man ihn sehr bald danach behandelt, wäre er womöglich noch zu retten gewesen.«

Das hieß, schloss Badenhop, Werger wurde geschlagen oder war gefallen. Die zweite Person hatte kein Interesse, ihm medizinische Versorgung zukommen zu lassen, und ließ ihn sterben. Anschließend schaffte sie ihn vom Tatort weg. Die Leiche sollte nicht am Tatort gefunden werden.

Als Gross die Liste der Teilnehmer brachte, hatte er auch mit Patrick Zehner und den anderen Besuchern der Jahrgangsprobe gesprochen. Doch es hatte keine neuen Erkenntnisse gegeben. Patrick Zehner hatte während des ganzen Abends nicht mit seinem Chef gesprochen.

Auf Badenhops Bitte erläuterte Gross den Ablauf der Probe und

Zehners Aussage. »Diese Jahrgangsprobe ist eine ziemlich lockere Veranstaltung. Die Leute von den Weingütern sitzen nicht unbedingt zusammen. Als Patrick Zehner kam, war Werger schon da. Alle Leute sitzen an Tischen in einer Art Hufeisenform. Jeder hat ein paar Gläser vor sich stehen. Die Flaschen mit den Proben werden durchgegeben. Patrick saß neben Laura Clüsserath, mit der er auch gekommen war. Sie sind hinterher zusammen weggefahren, wie sie auch schon berichtete. Er hat sie am Weingut Heinen abgesetzt. Dort hat sie eine kleine Einliegerwohnung, die für Angestellte des Weinguts reserviert ist. Patrick Zehner sagt, er ist dann nach Hause gefahren. Das war kurz nach halb elf. Danach haben beide kein Alibi mehr, wie die meisten Teilnehmer. Zehner wohnt nicht auf dem Wergershof, sondern in Deidesheim. Er hat weder eine Ahnung, wo Werger herkam, noch warum er früher gegangen ist. Er sagt, er habe sich auch darüber gewundert. Werger sei oft einer der letzten gewesen. Er konnte stundenlang über Weine diskutieren und hat sich dabei manchmal ziemlich hineingesteigert, sagt Zehner. Es müsse einen Grund gehabt haben, warum er so früh ging.«

Badenhop hielt auf dem Nachhauseweg an einer Bäckerei, weil seine Frau ihn gebeten hatte, Brot mitzubringen. Dort sah er ein höchst eigenartiges Angebot auf einem selbst gemalten Schild: »Frische Faasnachdskiechelscher, 0,80/Stück.« Die Verkäuferin erklärte ihm, es handle sich um eine pfälzische Spezialität, typisch für die Faschingszeit.

Badenhop wollte seiner Frau eine kleine Freude machen. Dabei dachte er auch daran, dass sie sich doch ein wenig mit den regionalen Gebräuchen beschäftigen sollten, vor allem seine Frau, bei der er viele innere Sperren zu spüren glaubte. Er kaufte zehn Stück, nahm unbesehen die Tüte in Empfang und fuhr nach Hause.

»Das sind ganz normale Hefekrapfen, wahrscheinlich mit Marmelade gefüllt«, sagte Ingrid Badenhop, als sie eines der staubzuckerbedeckten Backwerke aus der Tüte zog. »Die gibt es überall. Sie heißen nur überall anders. Trotzdem lieb von dir, dass du sie mitgebracht hast. Die Jungs werden sie gern essen. Immerhin kein Saumagen. Du kannst auch welche zu deiner Mutter mitnehmen. Du hast sicher nicht vergessen, dass du ihr für heute einen Besuch versprochen hast.«

Nein, das hatte er nicht vergessen. Es war ihm auf der Heimfahrt eingefallen. »Ich fahre vielleicht noch schnell bei ihr vorbei. Dann bin ich zum Abendessen wieder hier.«

Er ließ vier der Hefeteile in der Tüte und fuhr los.

Saumagen hatten sie noch nie probiert. Die von Helmut Kohl zu überregionalen Ehren gebrachte pfälzische Spezialität hing wie ein Damoklesschwert über ihren kulinarischen Erwartungen an Pfälzer Spezialitäten. Allein das Wort!

Sie würden demnächst mit seiner Mutter in eine Weinstube gehen, wo es nur handfestes Pfälzer Essen gab. Seine Mutter war ganz begeistert. Er selbst glaubte nicht, damit ein Problem zu haben. Aber ihm wurde ein wenig mulmig bei dem Gedanken, wie seine Frau reagieren würde. Dabei hatten sie einige Male durchaus gut gegessen, seit sie hierher gezogen waren, allerdings eher gutbürgerlich und nicht ausgesprochen pfälzisch. Wenn das nur gut ging. Die Jungs hatten in der Schule schnell Freunde gefunden und schienen Hamburg kaum noch zu vermissen. Bei seiner Frau sah es anders aus. Sie ließ nur wenige Gelegenheiten zu Sticheleien aus.

»Da bist du ja endlich«, begrüßte ihn seine Mutter. »Wie schrecklich, diese Geschichte mit dem ermordeten Weingutbesitzer, der heute Nacht auf der Straße gefunden wurde! Im Rundfunk haben sie mehrfach davon berichtet. Ich weiß, du darfst nichts erzählen. Aber das muss furchtbar sein in einem Familienbetrieb. Da brechen ja die Familie und der Betrieb gleichzeitig zusammen. Ach, Berliner! Die haben wir ja in Hamburg immer so gern zu Silvester gegessen! Hier sind sie etwas später dran«, sie zwinkerte ihm zu, »und essen sie zu Fasching. Danke schön! Komm, ich mache einen Kaffee, dann probieren wir sie.«

Ohne eine Antwort abzuwarten, ging sie mit der Tüte in die Küche und hantierte an der Kaffeemaschine. Als sie mit zwei Tassen und dem Faschingsgebäck in einem Körbchen zurückkam, meinte sie: »Sie schmecken eigentlich besser, wenn sie ein bisschen warm sind. Aber es geht auch so. Weißt du, ich wohne auch gern hier, weil ich mich sicherer fühle als in der Großstadt. Und dann passiert so etwas in einem dieser hübschen Weinstraßendörfer.«

»Ja, fast wie Disneyland. Da darf auch nie etwas wirklich Schlimmes passieren. Die Wirklichkeit ist leider manchmal anders, obwohl du dir sicher keine Sorgen um deine Sicherheit machen musst, Mutter.« Sicherer als in Hamburg konnte sie sich hier tatsächlich fühlen, aber was war schon wirklich sicher?

»Ich habe gelesen, es gibt Einbrecherbanden, die ganz gezielt alte Leute ausspionieren. Kürzlich ist eine Straße weiter bei einer alten Dame eingebrochen worden, als sie übers Wochenende zu ihrer Tochter gefahren ist. Die sind über die Veranda ins Haus gekommen. Viel Geld haben sie nicht gefunden, haben aber alles aus den Schubladen geworfen und viel kaputt gemacht. Da fühlt man sich anschließend im eigenen Haus nicht mehr wohl, ganz abgesehen von der Angst.«

Badenhop wollte nicht, dass seine Mutter sich in Ängste hineinsteigerte. »Meine Kollegen arbeiten dran, die Burschen zu finden. Aber lass uns von Schönerem reden. Wie hieß noch mal die besonders typische Weinstube, die du uns zeigen wolltest?«

»Henninger‹ in Kallstadt! Du wirst sehen, das gefällt auch Ingrid. Das Anwesen aus dem 17. Jahrhundert ist ein Traum. Die holzgetäfelten Gaststuben sind über hundert Jahre alt, und viele Rezepte stammen noch von der berühmten Luise Henninger. Die ist so eine Art früher Pfälzer Witzigmann. Im Sommer kann man im Hof sitzen unter Feigenbäumen und Oleander, stell dir das vor!«

Insgeheim nahm sie sich vor, durch geschickte Vorbestellung ein wenig nachzuhelfen, damit Hamburger Vorurteile gegenüber der regionalen Küche abgebaut werden konnten. Es würde ihr sicher etwas einfallen, um sogar ihre der Region nicht sonderlich zugewandte Schwiegertochter zufriedenzustellen.

Badenhop, der ihr verschmitztes Lächeln sah, aber nicht zu interpretieren wusste, lachte.

»Du solltest dich der hiesigen Tourismus-Werbung zur Verfügung stellen.« Schnell fügte er hinzu: »Aber ich freue mich darauf, auch weil wir mal wieder alle zusammen etwas unternehmen und sogar die Jungs mitgehen wollen.«

»Ich hatte halt mit Karl einen leichten Zugang, weil er selbst Pfälzer war.« Sie wurde ernst. »Du musst dafür sorgen, dass Ingrid ein wenig mehr unter die Leute kommt. Sie kennt hier niemanden und sitzt die meiste Zeit zu Hause. Da läuft alles an einem vorbei, und man fühlt sich als Außenseiter. Wenn man dann einmal im Monat zwischen einem Haufen munterer Pfälzer sitzt, kann man sich leicht deplatziert fühlen und glaubt, das sind lauter vorlaute und ungebildete Schreihälse. Ich kann mir schon denken, dass diese Vorstellung deiner Ingrid nicht gefällt.«

Badenhop wusste, dass sie recht hatte, mochte aber kein ernstes Gespräch beginnen und boxte sie liebevoll an.

»Du bist schuld. Du hast uns hergelockt. Meine Kollegen sind in Ordnung, aber ich habe auch noch nicht durchschaut, wo hier die Grenze zwischen offenherzig und ungehobelt verläuft. Manchmal fühle ich mich nicht richtig ernst genommen. Ich habe das Gefühl, dass ich die Mentalität erst verstehen kann, wenn ich einige Menschen näher kennengelernt habe.«

Kaum hatte er es ausgesprochen, drängte sich das Bild von Katrin Mellen vor seine Augen. Er erschrak. Was hatte das zu bedeuten?

Schnell schüttelte er es ab und sprach von den lockeren »Pfälzer Berlinern« mit Marmeladenfüllung.

SECHS

Gerade hatte Badenhop am nächsten Morgen seinen Mantel ausgezogen, da erhielt er von der Telefonistin die Nachricht, es habe ihn eine Dame sprechen wollen. Es sei ihr komisch vorgekommen, weil sie nicht sagen wollte, wer sie sei. Sie wollte nur mit dem Kommissar sprechen und würde noch mal anrufen.

Kurz darauf klingelte sein Telefon.

»Kommissar Badenhop? Sie sind der verantwortliche Beamte für den Fall Werger? Hier ist Christa Frech aus Forst. Ich habe eine Beobachtung gemacht, die möglicherweise mit dem Fall zu tun hat. Vielleicht hat es aber auch gar nichts zu sagen. Ich möchte natürlich niemanden in Verdacht ziehen. Können Sie mir versprechen, dass Sie das sehr diskret behandeln?«

»So weit es möglich ist, gern. Worum geht es denn?«

»Das möchte ich Ihnen nicht am Telefon sagen.«

»Gut. Wann können Sie herkommen?«

»Ich möchte mich lieber mit Ihnen irgendwo treffen, wo uns niemand sehen kann, der mich womöglich kennt.«

»Gut, Frau Frech. Nicht weit von hier ist der Park der Villa Böhm. Kommen Sie um zehn Uhr unten an den Eingang. Dann machen wir einen kleinen Spaziergang.«

»Ich kann leider erst morgen, aber die Zeit passt.«

Gross hatte wieder diesen triumphierenden Gesichtsausdruck, der Badenhop ein wenig belustigte.

»Ich habe nachgedacht«, erklärte er vieldeutig.

»Das sollten Sie tatsächlich hin und wieder tun. Zu welchen Ergebnissen sind Sie gekommen?«

»Es gibt eine Sache, die man untersuchen könnte. Werger ist zu Fuß zu der Veranstaltung gelaufen. Aber der Spürhund hat ihn nur in und um das Gebäude und auf seinem Hinweg ausmachen können. Das bedeutet doch, dass er weggefahren sein muss.«

»Könnte sein. Oder er ist den gleichen Weg zurückgegangen. Halt. Ich verstehe, was Sie meinen. Wenn die Hunde den Weg zurückverfolgen können bis zu seinem Haus, dann ist das entweder nur der Hinweg und er ist von der Veranstaltung weggefahren, obwohl er kein eigenes Auto dabeihatte. Oder er ist den gleichen Weg zurückgelaufen. Aber dann müsste er zu Hause angekommen sein oder auf dem Rückweg jemanden mit einem Auto getroffen haben. Frau Werger hat eindeutig ausgesagt, dass er nicht nach Hause kam. Wie dem auch sei: Wir geben eine Suchmeldung heraus. Wer ihn unterwegs gesehen oder im Auto mitgenommen hat, soll sich melden. Ich fürchte nur, das war der Täter.«

Staatsanwältin Karin Welsch hatte angerufen und mit leicht pikierter Stimme gefragt, wann er geplant hatte, ihr ein paar Details über den Mordfall Werger mitzuteilen. Er würde sie heute Nachmittag treffen müssen. Lust dazu hatte er nicht. Sie erinnerte ihn zu sehr an einige seiner früheren Kollegen in Hamburg.

Sie saßen sich im Büro des Weinguts gegenüber, sie hinter, er vor dem Schreibtisch. Doris Werger machte wie immer den Eindruck, als habe sie ihre Gefühle im Griff. Patrick wusste, dass ihr diese kühle Gefasstheit heute sicher nicht leichtfiel, aber er bewunderte ihre Haltung.

»Herr Zehner, ich muss Ihnen nicht sagen, dass wir jetzt sehr auf Sie angewiesen sind. Können Sie den geplanten Fülltermin für den Gutswein und die Aromasorten halten?« Doris Werger sah Patrick mit einem Hauch von Zweifel an.

Die Situation gefiel ihm nicht, sie machte ihn unsicher. Einerseits fiel es ihm schwer, ganz unberührt über den Fortlauf des Geschäfts zu sprechen. Andererseits fand er als fast zwanzig Jahre jüngerer, angestellter Kellermeister keine angemessene Form, der sowieso eher reservierten Chefin gegenüber zu zeigen, wie sehr ihn das Geschehene bedrückte. Laura könnte das, dachte er.

Ein warmes Gefühl durchfloss ihn. Am liebsten hätte er sie jetzt hier gehabt.

Schnell sagte er nur: »Soweit ich sehe, ja. Wir kriegen das hin. In ein paar Wochen, bei den wertvolleren Weinen, wäre es gut, wenn jemand mit mehr Erfahrung helfen könnte.«

Er blickte sie an und meinte, etwas wie tiefe Trauer, fast Verzweiflung in ihren Augen erkennen zu können.

Wenigstens etwas Tröstliches hatte er zu berichten. »Das wird wahrscheinlich auch klappen. Ich habe heute Morgen, als Sie nicht hier waren, zwei Anrufe angenommen, die eigentlich für Sie waren.

Es waren Jürgen hier aus dem Ort und Hans-Jürgen Weiß. Sie haben beide angeboten, wenn wir Hilfe brauchen, egal welcher Art, sollen wir uns melden. Das ist sicher gut. Die wissen ja auch, dass ich nicht so viel Erfahrung habe wie Ihr Mann, ich meine, wie Ihr Mann hatte. Also, so schlimm alles ist, aber ich finde das sehr nobel von den beiden. Laura Clüsserath hat auch gesagt, sie würde aushelfen, wenn sie frei hat. Aber sie weiß nicht genau, wie die Heinens das finden. Die sind ja nicht so unkompliziert eingestellt, hab ich den Eindruck.«

Der letzte Vorschlag schien ihr nicht zu gefallen. Er solle Laura mal ihre Arbeit dort machen lassen. Sie könne nicht noch Komplikationen mit Kollegen gebrauchen. Mit Jürgen und Hans-Jürgen sei das etwas anderes. Sie seien Freunde ihres Mannes. Sie werde sie gleich zurückrufen und sich für ihr Angebot bedanken. Wahrscheinlich würden sie es annehmen müssen, vor allem bei der Füllung, sicher auch im Herbst. »Ansonsten bin ich sehr froh, dass Sie hier sind. Wenn die Belastung zu groß werden sollte, sagen Sie Bescheid. Vielleicht brauchen wir noch jemanden, der Sie unterstützt. Zunächst würde ich vorschlagen, dass wir uns jeden Morgen hier treffen, um die Tagesarbeiten und die Planungen zu besprechen.«

»Ist in Ordnung, Frau Werger. Ich arbeite übrigens gern hier. Machen Sie sich keine Sorgen. Entschuldigung, ich meine nur: Im Betrieb bekommen wir das hin.«

Sie lächelte matt. »Danke, Patrick. Ich weiß das zu schätzen.«

Christa Frech wartete pünktlich am Mittwochmorgen um zehn Uhr am Gittertor auf der Innenseite des Parks auf den Kommissar. Die schmale, vielleicht fünfzigjährige Frau mit dunklen Haaren und bequemer Pagenfrisur trug eine Art Lodenmantel und eine Wollmütze in gedeckten Farben.

Eine gepflegte, aber harte, vielleicht sogar verbitterte Frau, war Badenhops erster Gedanke. Er fand es sonderbar, hier durch den winterlichen Park zu spazieren, statt sich in seinem Büro anzuhören, was sie zu sagen hatte. Aber wie hatte ein Berliner Kommunarde einst gewitzelt, als er vor Gericht aufstehen sollte? Wenn's der Wahrheitsfindung dient ...

»Frau Frech? Danke, dass Sie gekommen sind. Ich hoffe, dass Ihnen der Park diskret genug ist. Kommen wir gleich zur Sache. Was haben Sie zu berichten?«

Sie presste die Lippen zusammen, reckte kurz das Kinn nach oben und erklärte betont deutlich: »Sie müssen mir versprechen, dass Sie die Information für sich behalten. Ich weiß ja gar nicht, ob es etwas mit dem Fall zu tun hat. Wenn nicht – und es würde bekannt werden – wäre alles nur noch schlimmer.«

Das fängt ja gut an, dachte Badenhop, wollte sie aber beruhigen. »Frau Frech, ich kann Ihnen versprechen, so diskret wie möglich mit Ihren Informationen umzugehen. Wenn sich herausstellt, dass sie für den Fall relevant sind, werden wir sie natürlich zu den Akten nehmen müssen. Dann können sie auch meine Kollegen sehen, die ebenfalls diskret damit umgehen werden. Es gehört sicher nicht zu den Aufgaben der Polizei, unbeteiligte Personen in Schwierigkeiten zu bringen, indem sie Indiskretionen unter die Leute bringt. Aber nun sagen Sie mir erst mal, was Sie beobachtet haben. Kommen Sie, wir gehen ein Stück.«

Sie war offenbar mit seiner Antwort nicht zufrieden, hob die Augenbrauen, schüttelte leicht den Kopf, überwand sich aber schließlich. »Na gut. Ich bin seit einiger Zeit wegen eines Rückenleidens in Behandlung. Der Arzt hat mir Rehasport und ein paar Stunden physiotherapeutische Behandlung verschrieben. Ich erhalte sie in einer Praxis in Bad Dürkheim.«

Badenhop schwante Ungutes. »Ist es die Praxis von Frau Mellen?«

»Ja, wie kommen Sie darauf?« Da er nicht antwortete, fuhr sie fort: »Ich bin aber nicht bei ihr zur Behandlung. Ich weiß nicht, ob Sie diese Praxen kennen. Die Behandlungsplätze sind nur durch Stellwände und Vorhänge voneinander getrennt. Man hört, wenn die Therapeuten und die Patienten sich unterhalten.«

Sie machte eine Pause wie um nachzudenken. »Ich weiß nicht, wie ich es sagen soll. Vor einiger Zeit, es muss etwa drei Wochen her sein, hörte ich von einem anderen Behandlungstisch her eine Stimme, die ich kannte.«

Gerade gingen sie an dem mächtigen Gründerzeitgebäude im Neorenaissancestil vorbei, das inmitten des Parks stand. An der Villa Böhm beeindruckte ihn vor allem die prächtige Südfassade und im Inneren der großartige Treppenaufgang, weniger die Kunstausstellung, die er sich kürzlich mit seiner Frau angesehen hatte.

Wie beiläufig fragte er jetzt: »Vor drei Wochen, also Ende Januar. Wer war es?«

»Johann Werger.«

»Er war also in Behandlung in der Praxis, in der Frau Mellen arbeitet.«

»Nicht nur. Es war Frau Mellen, die ihn behandelte und mit der er sich unterhalten hat.«

Das hatte ihm die Physiotherapeutin verschwiegen. Was hatte das zu bedeuten? Sie konnte es wohl kaum vergessen haben. Wie hatte sie sich noch mal geäußert?

Sie hatte auf Werger als bekannte Persönlichkeit hingewiesen, hatte sich ein wenig echauffiert wegen Badenhops flapsiger Bemerkung und ihn genau damit abgelenkt von der Frage, die er hätte stellen müssen: ob sie Werger auch näher gekannt hatte oder nur als Bürger und Weingutbesitzer. Er ärgerte sich über das Versäumnis, aber auch über ihre Unehrlichkeit. Sofort nach diesem Gespräch musste er erneut mir ihr reden.

Instinktiv, um Katrin Mellen nicht in ein falsches – oder richtiges? – Licht zu rücken, und auch, um Frau Frech keinen Anlass zu Spekulationen zu geben, log er rasch: »Ja, ich weiß.«

»Das ist gut, nicht, dass sie Ihnen das schon gesagt hat. Vielleicht wissen Sie noch mehr.« Sie sah ihn lauernd an.

Badenhop dachte an eine Schlange, kurz vor dem tödlichen Biss.

»Ich darf nicht mit Ihnen über unsere Ermittlungen sprechen, Frau Frech. Wissen Sie denn noch mehr? Worüber haben die beiden sich unterhalten?«

Das war es nicht, wie er an ihrer Reaktion spürte. »Über nichts Besonderes eigentlich. Werger hat erzählt, bei welchen Bewegungen er Schmerzen hat. Sie hat ihm anscheinend ein paar Übungen gezeigt, die er zu Hause machen kann. Dann hat er erzählt, dass er bald wieder einige Reisen hat, bei denen er viel im Auto sitzen muss. Mehr weiß ich nicht mehr. Es schien mir belanglos.«

Aber Sie haben gut zugehört, dachte er. Er bemerkte, dass sie den Rundweg durch den Park abgeschlossen hatten und wieder am Eingang standen. Deshalb blieb er stehen und streckte ihr die Hand hin.

»Gut, Frau Frech. Ich danke Ihnen, dass Sie mir das gesagt haben.«

Sie sah ihn an, als hätte er überhaupt nichts kapiert und sie noch einen ganz besonderen Trumpf in der Hand.

»Ich bin noch nicht fertig.« Da war die Schlange wieder.

»Oh, Entschuldigung. Bitte, fahren Sie fort.«

Sie sah sich um, als ob sie Beobachter fürchtete. »Als meine Behandlung beendet war, bin ich durch den schmalen Gang zwischen den Behandlungsplätzen weggegangen. Die Vorhänge schließen einigermaßen, aber nur, wenn man sie wirklich ganz zuzieht.« Und man war ja auch neugierig, dachte Badenhop ein wenig boshaft. »Als ich bei Werger vorbeikam, sah ich ihn und die Mellen durch einen Spalt. Sie waren offenbar auch gerade mit der Behandlung fertig.«

Sie machte eine Pause. Ihren Versuch, nach Worten zu ringen, buchte Badenhop unter schauspielerische Leistungen. Wie viel Zeit hatte sie wohl gehabt, um hinter den Vorhang zu spitzeln?

»Und?«

Da biss die Schlange zu. »Er hat sie geküsst.«

Sie hatte Badenhop erwischt. Er hatte Mühe, ruhig zu bleiben. Das war, wenn es stimmte, eine fundamentale Information, die den Fall in ein völlig anderes Licht rückte. Den Fundort der Leiche selbstverständlich auch. Sie hatte seine Überraschung bemerkt. Gesättigt und zufrieden zog sich die Schlange zurück.

»Wie konnten Sie das so genau sehen?«

»Ich weiß nicht. Es war halt gerade in diesem Moment, ein ganz kurzer Blick. Ich hatte auch den Eindruck, dass sie ihn wegschob. Vielleicht hatte sie bemerkt, dass der Vorhang nicht ganz geschlossen war, und er hatte es nicht bemerkt. Sie wollte sicher nicht das Risiko eingehen, erwischt zu werden.«

»Das konnten Sie so genau sehen? Oder war es, als ob sie nicht geküsst werden wollte?«

»Den Eindruck hatte ich nicht. Da bin ich natürlich nicht ganz sicher. Sie hat dabei nervös auf den Vorhang gesehen, zum Glück nicht in meine Richtung. Ich bin dann auch gleich weitergegangen. Mir war es peinlich.«

Badenhop hätte sie gern korrigiert. Es wäre ihr peinlich gewesen, wenn ihr Voyeurismus bemerkt worden wäre. Dass sie genau den intimen Moment erwischte, störte sie keinesfalls.

»Hat sie Sie gesehen?«

»Ich glaube nicht. So, jetzt wissen Sie alles. Herr Kommissar, Sie verstehen sicher, warum ich das sehr vertraulich behandelt haben möchte. Wenn etwas zwischen Herrn Werger und dieser Frau Mellen gewesen wäre – Sie wissen schon – müsste es Frau Werger ja nicht noch zusätzlich erfahren, wo sie gerade ihren Mann verloren hat. Aber wenn es etwas mit der Sache zu tun hätte, wollte ich es doch nicht verschwiegen haben, verstehen Sie?«

»Das verstehe ich sehr gut. Und ich danke Ihnen, dass Sie so verantwortungsvoll gehandelt haben. Ich muss allerdings auch Sie bitten, diese Geschichte unbedingt für sich zu behalten. Vor allem wenn sich herausstellt, dass Ihre Beobachtung etwas mit dem Verbrechen zu tun haben sollte, ist aus Sicht der Polizei Ihre Diskretion wichtig«, fügte er mit Nachdruck hinzu. »Die Ermittlungen könnten sonst erheblich gestört werden.«

»Das ist doch ganz selbstverständlich.« Sie sah ihn streng an. »Sie halten mich doch nicht für ein Waschweib?«

Da war er sich nicht so sicher. Waschweib eher nicht, dachte er, dazu war sie nicht leutselig genug. Aber jemand, der im richtigen Moment Nadelstiche zu setzen beliebte.

»Keinesfalls, Frau Frech. Kommen Sie gut nach Hause. Und nochmals vielen Dank.«

Zurück im Büro rief Badenhop Gross zu sich.

»Wir brauchen einen Durchsuchungsbefehl für das Haus von Frau Mellen. Sie hatte möglicherweise intime Beziehungen zum Mordopfer, die sie bewusst verschwiegen hat. Sie macht sich damit natürlich dringend tatverdächtig, ganz abgesehen davon, dass der dann mögliche Tathergang viele unserer Fragen lösen würde. Werger wäre nach der Veranstaltung zu ihr gegangen, sie hätten Streit bekommen. Sie könnte Werger im Haus erschlagen und auf die Treppe gelegt haben, bevor sie ins Kino fuhr. Ich werde sie ausfindig machen, sie befragen und gebe Ihnen dann eine Uhrzeit, wann die Durchsuchung stattfinden kann, ohne dass sie Gelegenheit hat, vorher noch mal das Haus zu betreten.«

Gross wandte sich zur Tür um.

»Noch eine Kleinigkeit«, rief Badenhop ihm nach. »Haben Sie diese junge Frau Clüsserath erreicht, die ich sprechen wollte?«

Gross zuckte mit den Achseln. »Nein. Im Weingut haben sie mir gesagt, sie sei für ein paar Tage weggefahren. Aber übermorgen ist sie wieder da. Ich dachte, das ist okay.«

Badenhop erreichte Katrin Mellen in der Praxis und teilte ihr mit, dass sich noch ein paar Fragen ergeben hätten. Sie schien überrascht und erklärte, sie habe den ganzen Tag Behandlungen. Wenn es schnell gehe, könne er sie doch jetzt am Telefon fragen. Bis zum nächsten Patienten habe sie ein paar Minuten.

»Ich kann Ihnen nicht versprechen, dass es nur ein paar Minuten dauert. Das hängt von Ihren Antworten ab. Sagen Sie mir, wann Sie aus der Praxis gehen, dann hole ich Sie ab.«

Die Praxis befand sich in der Nähe des Bad Dürkheimer Kurhauses. Badenhop parkte auf dem großen Platz, der sich in jedem Herbst in das größte Weinfest der Welt verwandelt und an dessen Rand das »Dürkheimer Riesenfass« steht. Da er noch ein paar Minuten Zeit hatte, ging er näher heran. Es handelte sich tatsächlich um ein Holzfass, natürlich eine Ausflugsgaststätte, stellte er fest.

Ein älterer, rundlicher Herr mit wucherndem Oberlippenbart, Spazierstock, Hut und Dackel sah ihm zu, wie er die Kuriosität betrachtete, kam näher und fragte: »Na, zum ersten Mal in Dürkheim?«

»Das nicht, aber ich sehe mir das hier zum ersten Mal an.«

Der Mann packte ihn am Ärmel und zog ihn näher an das Fass.

»Da haben Sie Glück. Ich kann Ihnen etwas dazu sagen. Das Fass wurde 1934 von dem Winzer und Küfermeister Fritz Keller hier auf dem Wurstmarktgelände gebaut. Sehen Sie es sich an. Es steht immer noch. Im Schwarzwald wurden dafür fast zweihundert Tannen gefällt, jede an die vierzig Meter hoch. Jeweils ein Tannenbaum war notwendig, um eine der einhundertachtundsiebzig Fassdauben von jeweils fünfzehn Metern Länge und fünfzehn Zentimetern Stärke herzustellen.«

»Nimmt man nicht anderes Holz für Fässer?«

Der Mann zeigte auf das Fass. »Eiche. Natürlich. Aber wissen Sie, was das gekostet hätte aus Eiche? Es war ja nicht allen Ernstes geplant, die 1,7 Millionen Liter Wein reinzufüllen, die reinpassen würden. Es ging nur darum, das größte Holzfass der Welt zu bauen. Und das ist es ja bis heute.«

Badenhop war nicht erstaunt darüber, dass ein Weltrekord, den die Pfälzer aufstellten, mit Wein zu tun hatte. Er sah auf seine Uhr. »Da habe ich wieder etwas gelernt. Warum wissen Sie das alles?« »Ich wohne hier, und das Fass ist ein Stück Heimatkunde. Finde ich wichtig. Früher gab es das sogar als Schulfach. Aber wenn man jung ist, interessiert man sich mehr für die große, weite Welt. In meinem Alter lernt man wieder, auf die Kleinigkeiten in der unmittelbaren Umgebung zu achten. Na ja, eine Kleinigkeit ist das Monstrum ja nicht, aber Sie wissen schon, was ich meine.«

»Ja, Sie haben recht. Leider muss ich jetzt zu einem dringenden Termin in die Innenstadt. Es war mir ein Vergnügen. Auf Wiedersehen und vielen Dank.«

Diese wohlerzogene, norddeutsche Art hat auch etwas für sich, dachte der ältere Herr, während in Badenhops Kopf der Begriff »Heimat« noch eine Rolle spielte, bevor er von dem anstehenden Gespräch verdrängt wurde.

Badenhop wollte eine möglichst unverfängliche, unkomplizierte Situation herstellen, um zu beobachten, wie rasch Katrin Mellen bereit war, mehr als bisher preiszugeben. Sie gingen in ein kleines Café am Römerplatz und setzten sich in eine ruhige Ecke.

Manche Frauen gehen, als würden sie zielgerichtet und energisch den langen Flur eines Verwaltungsgebäudes entlanglaufen, hatte Badenhop gedacht, als sie von der Praxis zum Café gingen. Viele High-Heels-Trägerinnen machten ständig den Eindruck, als befänden sie sich auf dem Laufsteg. Reizvoll, aber künstlich. Katrin Mellen trug flache Schuhe und ging, als wäre sie auf dem Weg vom Schlafzimmer ins Bad. Völlig natürlich, selbstverständlich und dennoch auf eine Art sexy, dass Badenhop sich bewusst vornehmen musste, diesmal wirklich hundert Prozent Konzentration abzuliefern.

Sie bestellte ein Mineralwasser, er einen Milchkaffee. Badenhop legte seinen Notizblock auf das runde Tischchen.

»Und, was möchten Sie noch von mir wissen?«

»Seit wann wohnen Sie in Forst?«

»Huch, jetzt bin ich aber gespannt, was das mit dem Fall zu tun hat.« Sie lächelte ihn mit einer Mischung aus Koketterie und Verärgerung an. »Aber Sie werden sicher einen Grund haben zu fragen. Seit etwa zwei Jahren. Nach der Scheidung –«

Badenhop blieb kühl und streng. »Haben Sie Kinder?«, unterbrach er sie.

»Nein. Nach der Scheidung wollte ich aus Mannheim raus. Ich habe diese Stelle in Dürkheim angenommen. Das Häuschen in der Wassergasse gefiel mir gut. Es gibt einen kleinen Garten. Dass es ziemlich nahe an der Dorfumgehung steht, habe ich halt in Kauf genommen.«

»Haben Sie viel mit dem Dorf zu tun? Anders gefragt: Fühlen Sie sich integriert?«

»Also hören Sie: Sie kommen anscheinend nicht aus der Gegend und stammen womöglich aus der Stadt. Sich als alleinstehende Frau in einem Dorf integriert zu fühlen – da müsste man schon Mitglied bei den Landfrauen oder im Kirchenchor sein. Beides ist nicht unbedingt das, was mich interessiert. Oder man müsste etwas mit Wein zu tun haben, das ginge vermutlich auch. Ich habe nichts gegen die Leute hier, aber ich bin eine Fremde. Mein Bekanntenkreis befindet sich eher in Mannheim, wo ich bis vor zwei Jahren gewohnt habe, und in Dürkheim, wo ich mich hin und wieder mit Kollegen treffe.«

»Ist Ihnen in dieser Zeit etwas begegnet, das darauf hindeutet, dass man Ihnen schaden will oder dass man Ihre Anwesenheit als störend empfindet?«

Sie schien ungeduldig zu werden. »Wie kommen Sie darauf? Mir schaden? Indem man mir eine Leiche vor die Haustür legt?«

»Das haben Sie gesagt. Ich meine eher, dass man Ihnen abweisend begegnet ist oder dass man Sie verleumdet hat.«

»In Dörfern werden immer Geschichten und Gerüchte verbreitet. Ich bekomme das gar nicht mit, weil ich wenig Verbindung zum Dorf habe. Wenn ich mal mit Bekannten beim Weinfest war oder in einer der Weinstuben, hat man uns immer sehr korrekt behandelt. Aber worauf wollen Sie hinaus?«

Sie gab nicht den geringsten Fingerzeig, dass sie mit einem Mann aus dem Dorf eine Beziehung hatte. Aber so weit war Badenhop noch nicht.

»Es geht immer noch darum, dass eine Leiche auf Ihrer Eingangstreppe lag und ich der ermittelnde Polizist bin. Ich versuche herauszufinden, wie Ihre Verbindungen ins Dorf waren.« Badenhop blätterte in seinen Notizen. »Betrachten wir das Ganze aus der

Sicht des Toten. Als ich Sie fragte, ob Sie Johann Werger kannten, antworteten Sie: ›Jeder im Dorf kennt ihn. So groß ist Forst nicht. Ihm gehört eines der bekanntesten Weingüter.‹ Mehr sagten Sie nicht.«

»Hätte ich mehr sagen sollen?«

»Ich habe Sie ja immerhin nicht danach gefragt. Das war vielleicht ein Fehler. Aber ich frage Sie jetzt.« Er sah ihr in die Augen. »Kannten Sie Herrn Werger nur als Bürger und Weingutbesitzer?«

Sie atmete heftig durch die Nase aus und presste die Lippen zusammen. »Ach so. Ich weiß, worauf Sie hinauswollen.«

Er hatte den Eindruck, ihre Gesichtsfarbe war für einen Augenblick ein wenig dunkler geworden. Nervös schenkte sie sich Wasser nach und trank.

»Und?«

»Er war mein Patient. Der Arzt hatte ihm zehn Behandlungen Physiotherapie verschrieben wegen seines Rückenleidens. Ich kenne ihn also nicht nur aus dem Dorf, sondern auch seinen Rücken.«

Badenhop stellte sich zu seinem Ärger die Frage, welche Körperteile sie noch kannte. Er musste sich konzentrieren.

»Wie viele Stunden sind davon bereits abgearbeitet?«

»Alle. Er hatte seine letzte Behandlung vor etwa drei Wochen.«

»Was war er für ein Mensch? Wie schätzen Sie ihn ein? Hatte er Sorgen? War er ausgeglichen? Bitte sagen Sie mir alles, was Sie über ihn wissen.«

»Ich habe ihn vor der Behandlung fast nicht gekannt. Er war ein bekannter Winzer und in seinem Beruf sicherlich ehrgeizig und erfolgreich. Was ich gehört hatte, war, dass er jähzornig sein konnte. Ich habe ihn so nicht erlebt. Er war mir gegenüber höflich, korrekt und gebildet. Er konnte auch ziemlich witzig sein. Ich fand ihn in Ordnung.«

»Nur in Ordnung?« Würde sie wieder nur ein weiteres Scheibchen preisgeben?

»Sympathisch. Was wird das hier? Was wollen Sie?«

Sie wurde wieder ärgerlich. Oder spielte sie ihm den Ärger vor? Sie musste doch pausenlos an das denken, was sie noch nicht verraten hatte.

Das Versteckspiel musste jetzt ein Ende haben. Freiwillig würde sie nichts sagen. Warum wurde er gerade ärgerlich? Man verschwieg ihm doch in seinem Beruf ständig wichtige Einzelheiten, ohne dass es ihn sonderlich berührte.

»Nun, Frau Mellen, ich habe Ihnen Gelegenheit gegeben, zu reden und mir weiterzuhelfen. Ich habe den Eindruck, dass Sie sehr genau das beantworten, was ich Sie direkt frage, aber keinesfalls mehr. Mit den offenen Fragen scheinen wir nicht mehr weiterzukommen. Deshalb eine ganz direkte Frage: Hatten Sie eine intime Beziehung zu Herrn Werger?«

Patrick machte den Literwein füllfertig und bereitete alles für die Abfüllung vor. Er hatte Doris Werger nicht beunruhigen wollen. Aber ganz sicher fühlte er sich mit der Abfüllanlage nicht. Er hatte sie erst einmal bedient, und da war Werger in der Nähe gewesen. Immerhin hatte er alles so gut er konnte organisiert. Er würde Jürgen fragen können, wenn etwas unklar war. Der hilfsbereite Kollege würde den ganzen Tag im eigenen Weingut sein und gern auf einen Sprung vorbeikommen, wenn der junge Kellermeister es für nötig hielt.

Nun war Patrick zu Hause und musste sich umziehen. Er sollte am Abend eine der vielen Weinproben bei Kunden besprechen, die Werger meist selbst geleitet hatte. »Menu mit Pfälzer Weinen«, stand auf der Einladung des Frankfurter Hotels, zu dem er gleich fahren musste. Darunter: »Die Winzer sind selbst anwesend.« Die Winzer. Das war nun er – in Vertretung eines Toten.

Ein paar Minuten blieben ihm noch. Er würde Laura rasch anrufen, die für zwei Tage zu ihrer Familie gefahren war, weil ihre Mutter fünfzig wurde.

»Habt ihr schön gefeiert?«

Er hätte sich denken können, dass er als Antwort mehr als einen oder zwei Sätze erhalten würde.

»Was glaubst du? Die ganze Verwandtschaft und alle möglichen Bekannten meiner Eltern waren da. Sie haben den Dorfsaal gemietet. Der Caterer war … na ja. Sie haben gegrillt, an einem riesigen Grill mit Spießen. Danach gab es Kuchen. Du glaubst nicht, wie viele Kuchen meine Mutter und meine Oma gebacken haben. Ich bring dir was mit, ja? Einen Alleinunterhalter hatten sie engagiert, einen Kerl mit einem elektrischen Klavier oder Orgel oder so mit allem drin. Hat sich angehört wie ein ganzes Orchester. Aber die

Musik hat mir gut gefallen. Er hat Oldies aus den Achtzigern gespielt, als meine Mutter noch jung war. War ziemlich lustig. Getanzt wurde auch. Und Ströme von Moselriesling sind geflossen. Sie haben mich gefragt, wie es mir so ergeht in der Pfalz.«

»Und?«

»Na ja, von dir hab ich nichts erzählt. Das findest du doch sicher auch erst mal besser. Aber die Geschichte mit deinem Chef hat sich bis an die Mosel herumgesprochen. Sie wollten alles ganz genau wissen. Viel wusste ich nicht zu erzählen. Es ist ja noch wenig bekannt, beziehungsweise kaum mehr als in der Zeitung steht. Da fällt mir ein, ich muss dir was erzählen. Der Polizist hat mich drauf gebracht, als er mich gefragt hat, was an dem Abend alles passiert ist.«

Patrick hatte es genau registriert: Die höchste Stufe hatte er bei ihr noch nicht erreicht, den Moment, wo man die Beziehung bei den Eltern offiziell macht. Es versetzte ihm einen winzigen Stich, aber wenn er ehrlich war, war es ihm eigentlich recht. Er war schon manchmal vor Frauen geflüchtet, die ihn unbedingt ihren Eltern vorstellen wollten. Was sie wohl noch wegen der Probe wollte?

»Erzähl es mir genau, wenn wir uns heute Abend sehen. Da haben wir dann hoffentlich mehr Zeit. Ich muss gleich los nach Frankfurt. Und außerdem freu ich mich auf dich. Ich hab schon richtig Entzugserscheinungen.«

»Das höre ich gern. Aber ich muss dir das wirklich noch mal erzählen mit der Probe.«

»Einverstanden. Ganz ausführlich und mit jeder einzelnen Handbewegung, die alle Leute gemacht haben.«

»Ach, du bist doof. Ich meine es ernst.« Sie ärgerte sich anscheinend ein bisschen, weil er sich nicht dafür interessierte. »Hau schon ab. Und viel Spaß in Frankfurt. Aber nicht zu viel. Versack nicht. Ich hab dich lieb.«

Katrin Mellen starrte Badenhop an. In ihrem Gesicht spiegelten sich verschiedenste Regungen, die er zu interpretieren und zu sortieren suchte, was ihm nicht gelang: War es Überraschung, Angst, Abscheu, Empörung, Verzweiflung, Scham? Von allem etwas? Sie lehnte sich zurück und senkte den Blick. ·

»Das ist es also.«

Badenhop war verärgert, er hatte gehofft, dass sie ehrlicher wäre. Sie machte sich immer verdächtiger. Er wartete schweigend und sah sie an. Etwas sagte ihm: Dies ist keine Mörderin, sie steckt nur in der Klemme. Was verursachte diesen Eindruck? Die Lockungen des Weibes oder sein polizeiliches Gespür? Jetzt bitte kein Beschützerinstinkt! Konzentrier dich auf deine Arbeit, Badenhop, hämmerte die linke Gehirnhälfte.

Ihre Augen füllten sich mit Tränen. Sie kramte in ihrer Tasche.

»Ich will hier raus. Jetzt sofort.«

»Und ich will eine Antwort.«

»Ja, verdammt, Sie wissen es doch anscheinend«, schrie sie ihn an. Sie warf einen Schein auf den Tisch und stand auf.

Er stand ebenfalls auf, gab ihr den Schein zurück, drehte sich in Richtung Theke, überlegte es sich dann anders, ging wieder auf sie zu und erklärte betont dienstlich: »Bitte gehen Sie nicht weg. Wir sind leider noch nicht fertig, Frau Mellen.«

Dass jetzt alles erst richtig anfing, sagte er lieber nicht. Er ging zum Bezahlen an die Theke.

»Wo haben Sie Ihren Wagen?« fragte er, als sie auf die Straße traten.

»Wir können zusammen gehen.«

»Unten auf dem Wurstmarktgelände. Was haben Sie mit mir vor? Was wollen Sie noch?«

War das jetzt naiv oder unverschämt? »Was ich noch will, Frau Mellen? Ich nehme Ihnen viele Reaktionen ab. Aber diese nicht«, sagte er lauter als beabsichtigt. »Sie verschweigen die Tatsache, dass der Tote auf Ihrer Treppe Ihr Geliebter war, und fragen mich allen Ernstes, was ich noch will? Sie müssen doch wissen, dass Sie damit von einer Randfigur des Geschehens zur Hauptverdächtigen werden! Und Sie haben es auch schon vor ein paar Tagen gewusst. Sonst hätten Sie es doch nicht verschwiegen! Ich sage Ihnen, was ich noch will, Frau Mellen. Ich muss ganz genau wissen, was passiert ist. Wann Sie Herrn Werger zuletzt gesehen haben. Wer von Ihrer Beziehung wusste. Alles. Was auch nicht ausbleiben kann: Wir müssen natürlich Ihr Haus durchsuchen. So, wie es aussieht, wäre der klassische Mord aus Leidenschaft nahe liegend. Sie könnten Werger in Ihrem Haus erschlagen und einfach vor die Tür gelegt haben. Und vor allen Dingen, Frau Mellen: Wenn Sie den Tod

Ihres Geliebten verursacht haben, sagen Sie es lieber jetzt als später.«

Sie war einen Moment stehen geblieben und schaute ihn ungläubig an, ging aber weiter, als sie sah, dass er sie stehen ließ.

»Das ist doch alles nicht wahr. Ich habe ihn an diesem Abend nicht gesehen. Ich habe ihn nicht umgebracht. Ich weiß nicht, wie er auf meine Treppe gekommen ist. Es ist so furchtbar.«

Wergers Geliebte schüttelte den Kopf, schien sich aber innerlich ein wenig gefangen zu haben. Sie sah ihn an.

»Hören Sie. Ich habe Ihnen nicht gleich alles gesagt, aber ich habe Sie noch kein einziges Mal belogen. Ich belüge Sie auch jetzt nicht.«

Sie lief einen halben Schritt hinter ihm her. Ihre Stimme hatte einen flehentlichen Ton. Badenhop blieb ungerührt. Er war verärgert, enttäuscht. Welch feine Unterschiede manche Menschen noch machen konnten, wenn es um die Aufklärung eines Mordes ging. Gelogen, nicht alles gesagt, alles ein wenig anders gesagt.

Kühl fragte er, während er weiterging: »Sie wollten mich doch offensichtlich täuschen. Was hat Sie dazu bewogen, so zu tun, als würden Sie Herrn Werger nur als Bürger von Forst und Weingutbesitzer kennen?«

In diesem Augenblick veränderte sich die Situation. Sie nahm plötzlich sein Verhalten nicht mehr hin, blieb erneut stehen und rief ihm zu: »Halten Sie mal an, verdammt noch mal, und sehen Sie mich an, wenn ich mit Ihnen rede!«

Badenhop war so verblüfft, dass er tat, was sie sagte.

»Warum fragen Sie? Ist das so schwer zu verstehen? Ich wollte nicht, dass alles herauskommt und nachträglich durch das Dorf getratscht und durch die Presse gezogen wird. Sie wissen doch so gut wie ich, wie schnell so etwas geht. Vielleicht war es blöd von mir, okay. Aber ich sage noch mal: Ja, wir hatten eine Beziehung. Ja, ich will keinen Tratsch darüber. Nein, ich habe nichts mit dem Mord zu tun. So ist das.«

Ihre Reaktion beeindruckte ihn sofort. Badenhop sah sie an, wie sie da vor ihm auf dem Gehweg stand. Eine wütende, traurige, schöne Frau, die ihm seinen Ärger zurückgegeben hatte. Nein, vor ihm hatte sie keine Sekunde Angst gehabt, sondern vor den Folgen ihrer dummen Unehrlichkeit. Ihre Augen funkelten. In einem irrsinnigen Tempo hatte sie von Defensive auf Offensive umgeschaltet. Welche Kraft!

Vielleicht hatte sie recht. Wenn sie unschuldig war, hatte sie ebenso wenig Interesse daran, dass ihr Verhältnis zu Werger bekannt wurde, wie wenn sie schuldig war. Badenhop spürte, wie er sich von Sekunde zu Sekunde mehr zu dieser Frau hingezogen fühlte, doch keineswegs nur wegen ihrer auffälligen Weiblichkeit. Er musste einen Impuls unterdrücken, sich bei ihr für seine Grobheit zu entschuldigen. Was passierte da mit ihm?

»Das würde ich Ihnen gern glauben.« Das war aufrichtig gemeint. »Nehmen wir an, es stimmt, was Sie sagen. Dann müssen wir immer noch herausfinden, wer den Toten vor Ihre Tür gelegt hat. Haben Sie eine Vorstellung, was passiert sein könnte, einen Verdacht?«

»Nein. Ich glaube nicht, dass es mit unserer Beziehung zu tun hatte.«

»Pah, rein zufällig liegt Ihr Geliebter tot ausgerechnet auf Ihrer Treppe? Frau Mellen, ich bitte Sie! Aber wir werden es herausfinden. Jetzt folgen Sie mir bitte. Wir fahren zu Ihrem Haus. Ich benachrichtige die Spurensicherung. Ich nehme an, mein Kollege bringt den Durchsuchungsbefehl mit.«

»Mit wie vielen Wagen und Blaulichtern kommen Sie?«

Schon wieder angriffslustig. »Frau Mellen! Erstens machen Sie bitte nicht mich für die Situation verantwortlich, in die Sie sich gebracht haben. Zweitens kommt niemand mit Blaulicht. Drittens: Es ist ein einziges Auto. Und jetzt fahren Sie bitte hinter mir her.«

Als sie in Forst ankamen, waren Gross und die Spurentruppe noch nicht eingetroffen.

»Ich möchte gern mehr über Ihre Beziehung zu Johann Werger erfahren. Wir müssen sowieso warten. Da können wir die Zeit nutzen. Wie hat es angefangen?«, fragte Badenhop, als sie im Wohnzimmer saßen.

Sie schien nervös zu sein, stand sofort wieder auf und stellte sich vor ein abstraktes Gemälde, das ein wenig aussah, als hätte sie es selbst gemalt.

»Wir haben uns gern unterhalten während der Behandlungen. Anfangs war er ziemlich bedrückt wegen seiner Beschwerden, aber es hat sich erkennbar gebessert. Er hat auch brav seine Übungen zu Hause gemacht. Die wenigsten Patienten sind so konsequent. Als er einmal ziemlich witzig war, habe ich gesagt, es müsse ihm wohl recht gut gehen, wenn er schon wieder so witzig sei. Da hat er leise geantwortet, da sei ich ja schuld daran. Nur hätten ja die Stoffwände Ohren, und er wäre noch viel witziger, wenn er mich mal zu einer Tasse Kaffee einladen dürfte. Ich musste lachen und konnte es ihm nicht abschlagen. So fing es an.«

»Hat es Sie nicht gestört, dass er verheiratet war und Familie hatte?«

»Ich bin davon ausgegangen, dass er selbst wissen muss, was er tut und was er seiner Familie zumutet.«

Diese Antwort überraschte Badenhop. Er hätte erwartet, dass sie über sich und ihre Erwartungen spräche. Über Frauen und ihre unglücklichen Verhältnisse mit verheirateten Männern. Die Geheimnistuerei, das Warten und die Vertröstungen auf eine Trennung von der Ehefrau, die nicht erfolgt. Deshalb fragte er:

»Und Sie? Was hat er in dieser Konstellation Ihnen zugemutet?«

Sie setzte sich wieder. »Ach, zugemutet hat er mir wenig, abgesehen davon, dass wir immer aufpassen mussten, weil man ihn überall kennt. Wissen Sie, wir haben uns ein bisschen verliebt, beide. Das war schön und hat uns gutgetan. Ich hatte aber nie die Erwartung, dass er seine Familie oder gar das Weingut meinetwegen verlassen würde. Stellen Sie sich vor, welche Konsequenzen das alles gehabt hätte, wirtschaftlich und familiär. Ich war mir ziemlich sicher: Eine solche Zentrifugalkraft hatte unsere Beziehung nicht. Ich hätte mich innerlich dagegen mit Händen und Füßen gewehrt, mich so sehr zu verlieben, dass ich eine Zukunft mit diesem Mann erhoffe.«

Das hörte sich klug, erfahren und sehr emanzipiert an. Es gefiel Badenhop, machte ihn aber zugleich skeptisch.

»So gut haben Sie sich emotional im Griff?«

»Hätte ich gern. Man kann sich nicht immer auf das verlassen, was man sich vornimmt … Ich weiß nicht … manchmal gehen die Gefühle doch mit einem durch. Aber jedenfalls ist es nicht passiert. Verstehen Sie es nicht falsch. Es war nicht nur eine Bettbeziehung. Wir haben uns gut verstanden und gern und viel geredet. Ich … ich vermisse ihn.«

Badenhop hatte den Eindruck, dass sie ehrlich geantwortet hatte. Katrin Mellens Selbstverständlichkeit war zurückgekehrt.

»Und wie ging es Werger dabei?«

In diesem Moment klingelte es. Vor der Tür standen Gross und die Spurensicherungsgruppe.

»Hallo Chef«, sagte der Assistent. »Es hat alles geklappt. Ich hoffe, Sie mussten nicht zu lange warten.«

»Nein. Die Zeit ist vergangen wie im Flug«, murmelte er mehr zu sich selbst. Dann sagte er etwas lauter: »Sie sollen draußen im Garten und auf der Veranda anfangen, das Wohnzimmer zuletzt. Frau Mellen muss mir noch verschiedene Auskünfte geben.«

Sie sah ihn an, schien zu zögern. »Ich weiß nicht genau, wie so etwas geht und was Sie suchen. Werden die Leute jetzt alles durcheinanderwerfen, wie man das in manchen Filmen sieht? Sie werden vermutlich Spuren von Johann finden. Er war zwei- oder dreimal hier.«

Badenhop deutete auf den Sessel. Er dachte weniger an Haare im Bad als an Spuren einer tätlichen Auseinandersetzung, an Blutrestspuren. Wenn sie die Mörderin war, hatte sie den Mann hier erschlagen. Sie hätte ihn sonst niemals draußen auf die Treppe gelegt.

»Machen Sie sich mal deswegen keine Sorgen. Wir werden sehen, was wir finden, und dann, wie es zu interpretieren ist. Ich möchte auf die Frage zurückkommen, wie Werger mit Ihrer Beziehung umging. Vielleicht zunächst: Wenn er nur zwei- oder dreimal hier war, wo haben Sie sich getroffen?«

»Es war natürlich nicht ganz einfach, weil ihn viele Leute kannten. Er schien mir merkwürdigerweise unvorsichtig zu sein und wäre gern auch hierhergekommen. Ich fand, das wäre ein zu großes Risiko. Wir konnten nicht mal ohne Weiteres hier an der Weinstraße in ein Restaurant oder in eine Weinstube gehen. Jeder Wirt hätte ihn erkannt. Also trafen wir uns meist außerhalb der Pfalz. Da er häufig zu Veranstaltungen irgendwo geschäftlich in Deutschland unterwegs war, haben wir uns einige Male dort getroffen. Ich habe an Wochenenden Zeit, und ich reise gern. Aber es ging ja auch kaum länger als drei oder vier Monate.«

»Hat er es ebenfalls so – sagen wir – leger genommen wie Sie?«

Sie versuchte, sich auf ihre Antworten zu konzentrieren, kam ihm jedoch etwas fahrig vor.

Wenn sie ein Geräusch hörte, ging sie immer wieder an die Tür, sah hinaus. Sie hätte wohl am liebsten kontrolliert, was die Beamten in ihrem Haus alles durchwühlten. Nun setzte sie sich wieder, sah ihn ernst an, überlegte einen Moment und schien sich um eine genaue Antwort zu bemühen.

»Leger ist nicht der Ausdruck, den ich benutzen würde, auch nicht für meine Gefühle zu ihm. Ich glaube, es war für ihn ein wenig anstrengender als für mich. Er hatte mehr zu verlieren. Ich bin seit meiner Scheidung weitgehend ungebunden, habe Bekannte, Freunde sehr unterschiedlicher Art. Er war stark eingebunden in dieses Leben mit seinem Weingut, der Arbeit und seiner Familie. Das war fast wie eine abgeschlossene Welt, sicher sehr interessant und keineswegs anspruchslos, aber doch abgeschlossen. Ich will damit sagen, für ihn war es ein stärkerer Ausbruch aus dem gewohnten Leben als für mich. Es hat ihn vielleicht deshalb ein wenig stärker umgerissen als mich.« Sie machte eine kleine Pause. »Er war mit Sicherheit nicht weniger verliebt in mich als ich in ihn ... Warum erzähle ich Ihnen das alles so genau? Das tut doch nichts mehr zur Sache. Er ist tot.«

»Wer wusste von Ihrer Beziehung?«

Badenhop schien es, als hätte er mit dieser Frage eine Tür geschlossen. Etwas wie Nähe, Vertrauen, das mit der Beschreibung der Beziehung zu Werger entstanden war, verschwand von einer Sekunde auf die andere. Sie zögerte, stützte den Kopf auf die Hand, schwieg. Dann sah sie zur Seite, zur gegenüberliegenden Wand, als ob irgendwo im Zimmer die Antwort auf diese Frage versteckt wäre.

»Sagen Sie mir bitte, wer davon wusste.«

»Es haben uns Leute gesehen in den Städten, in denen er beruflich zu tun hatte.«

Sie wich schon wieder aus. »Frau Mellen! Sie wissen doch, wonach ich frage: Welche Personen, die einen von Ihnen beiden kannten, wussten von Ihrer Beziehung? Es können ja nicht viele gewesen sein, nachdem Sie offenbar gut aufgepasst haben.«

»Hat sie es Ihnen gesagt?«

Badenhop war verwirrt und dachte an Christa Frech. Hatte Katrin Mellen ihre neugierigen Blicke bemerkt? Dennoch fragte er:

»Wer, Frau Mellen?«

Sie wand sich, schluckte. Plötzlich wusste er, worauf es hinauslief.

»Wusste seine Frau davon?«

Sie nickte, sah weg. Ihre Augen füllten sich mit Tränen. »Er hat nie schlecht von ihr gesprochen. Ich wollte dieser Frau nichts antun ... schon gar nicht ... mein Gott ... Ich wollte es nicht. Und ich wollte auch nicht, dass alles so kommt.«

Tat ihr nun Doris Werger als betrogene Ehefrau leid oder hatte sie Schuldgefühle, weil sie Wergers Frau durch ihre Affäre womöglich zum Mord an ihrem Mann getrieben hatte?

»Seit wann wusste sie es?«

Noch immer sichtlich bewegt, berichtete Katrin Mellen, vor etwa zwei Wochen habe Werger angerufen und gefragt, ob er vorbeikommen könnte. Sie sei überrascht gewesen, weil er sie hier besuchen wollte. Er hatte erklärt, es sei ihm wichtig. Als er kam, sagte er, seine Frau wisse alles. Es habe eine Aussprache gegeben. Er habe nicht gesagt, wie es dazu kam. »Er sagte nur, wir könnten nicht weitermachen. Er würde das nicht schaffen seiner Frau gegenüber.«

Badenhop war erneut überrascht. »Sie liefern mir gerade Ihr Motiv auf dem Servierteller.«

Sie schüttelte den Kopf und fuhr nachdenklich fort: »Das glaube ich nicht. Ich habe ihn selten so bedrückt gesehen. Und ich habe gespürt, dass auch ich mehr Angst vor diesem Tag gehabt hatte, als ich mir vorher zugeben wollte. Die Vorstellung, dass er aus meinem Leben in diesem Moment verschwindet, gefiel mir nicht.«

»Und?«

»Er schaffte es auch nicht.«

»Das heißt ...«

»Wir konnten nicht anders. Wir haben zusammen geschlafen. Als er wegging, hätte ich nicht sagen können, wie es weitergehen würde. Zwei Tage später rief er an. Er sagte, er fühle sich moralisch beschissen, aber er könne nicht einfach aufhören. Er wollte sich mit mir verabreden, damit wir uns treffen.«

»Haben Sie sich getroffen?«

»Nein. Ich bat ihn, ein paar Tage zu warten und in Ruhe zu überlegen, ob er es unter den neuen Umständen wirklich noch in Ordnung findet. Ich vermutete, es würde nie mehr so einigermaßen ungezwungen und unkompliziert sein. Er hat das auch verstanden und konnte sich mit Sicherheit selbst ausmalen, was alles auf dem Spiel stand. Aber er war nicht begeistert. Ich musste ihn fast dazu zwingen, ein paar Tage nachzudenken.«

»Hat er wieder angerufen?«

»Nein. Er lag tot vor meiner Tür.«

SIEBEN

»Cool.«

Mit diesem Wort war zur Überraschung aller Beteiligten schon in den ersten Sekunden der Bann gebrochen.

Jens besaß mit seinen fünfzehn Jahren gegenüber seinem zwei Jahre jüngeren Bruder Hendrik die Meinungsführerschaft unter den beiden Badenhop-Söhnen. Er brauchte nur einen kurzen Blick in die holzgetäfelte Stube des Kallstadter »Henninger« zu werfen, um eine gewisse Spannung, die auf der Fahrt noch zu spüren war, zu pulverisieren.

Waren die Jungs positiv gestimmt, übertrug sich das leicht auf die ganze Familie. Gut möglich, dass sie nun sogar offen für das Essen waren. Die Oma strahlte, Badenhop legte seiner Frau den Arm um die Schulter, und guten Mutes schritt man zum reservierten Tisch. Überlegungen zu der Frage, wie stark die mehr oder weniger zufällige Stimmung pubertierender Jugendlicher ganze Familiengesellschaften in Stress oder eitle Freude versetzen konnten, wurden nicht angestellt.

»Schön, dass es dir gefällt«, sagte Badenhop nur.

Jens führte aus, dass er sich an die Jagdstuben mancher Filme erinnert fühlte, die in den Alpen spielten und in denen es dann meist irgendwann zu lautstarken Auseinandersetzungen kam mit Schlägereien, die dann draußen vor der Tür stattfanden, weil der Wirt die Streithähne rauswarf. Das sei so ziemlicher Alpenkitsch, aber irgendwie cool. Leider, seufzte Badenhops Mutter, werde hier bald umgebaut und gründlich modernisiert. Sie habe ein wenig Angst davor, auch wenn die Eigentümer ausdrücklich erklärt hätten, man würde den Stil nicht antasten und nur technisch modernisieren.

Der Mut, sich so richtig ans Pfälzische zu wagen, verließ die Jungen bei den Vorspeisen ebenso wie Badenhops Frau, die mit hochgezogenen Augenbrauen anmerkte: »Wenn Entenstopfleber-Carpaccio in Beerenauslese mariniert ein Klassiker ist, sehe ich die regionale Küche hier mit ganz anderen Augen.«

Sie wurde auf die Nähe zum Elsass verwiesen, mit dem es viele kulinarische Gemeinsamkeiten gab.

Die Jungs tasteten sich über »Grumbeersupp« an die Pfälzer Küche heran. Badenhop und seine Mutter wagten sich an »angemachtes Bratwurstfüllsel«.

Nachdem die alte Dame darauf verzichtet hatte, den gefürchteten Saumagen zur obligatorischen Hauptspeise zu erklären, blieb die Mehrzahl der Runde mit Bratwurst, Rumpsteak mit Zwiebeln und Zanderfilet mit Pfifferlingen auf der vermeintlich sicheren Seite, wobei die grobe und würzige Pfälzer Bratwurst nicht ganz dem entsprach, was Hendrik sich darunter vorstellte. Nur Badenhop bestellte mutig das »Pfalz-Glück« mit Saumagen, Bratwurst und Leberknödeln.

Beschwerden über das Essen gab es keine, außer dass Hendrik eine Fleischeinlage bei seiner Suppe vermisste, sich aber aufklären lassen musste, dass »Grumbeere« Kartoffeln sind und diese Suppe nun mal fleischlos sei, abgesehen vielleicht von vereinzelten Speckschnipselchen.

»Ein paar Garnelen hätten allerdings nicht schlecht gepasst«, gab Jens zu bedenken.

Badenhop fühlte sich wohl im Kreis der Familie. Dennoch konnte er nicht vermeiden, dass seine Gedanken abschweiften. Was Katrin Mellen aussagte, ihre Rolle dabei, ihre Zweifel und ihre Interpretation der Beziehung ließen ihm keine Ruhe. Die Therapeutin bestätigte Badenhops ersten Eindruck, dass sie eine sehr bewusst handelnde, selbstkritische, wenn auch fraglos emotionale Person war. Sie hatte über ihre Gefühle zu Werger erstaunlich offen und differenziert berichtet. Dieser Teil ihrer Aussage schien ihm sehr glaubhaft. Konnte man daraus schließen, dass sie insgesamt die Wahrheit sagte? Sicher nicht. Sie war begabt darin, Teile der Wahrheit überzeugend darzustellen und andere zu verschweigen.

Der starke Reiz, den sie auf Badenhop ausübte, war auch angesichts des schlimmen Verdachts, unter dem sie stand, und des Ärgers, den sie ihm mit ihrer Scheibchentechnik verursacht hatte, kaum geringer geworden. Natürlich war er sich im Klaren darüber, dass sie – selbst wenn ihre Aussage in groben Zügen stimmen sollte – ihre Rolle dabei ein wenig geschönt hatte. Sehr konsequent war ihr Verhalten nicht, als es darum ging, die neue Situation und die Aussicht auf noch mehr Geheimnistuerei und Beziehungskrampf zu vermeiden. Hätte sie klipp und klar gesagt, unter den neuen Bedingungen gebe es keine Annäherung mehr, würde Werger vielleicht noch leben.

Würde er? Wenn Katrin Mellen die Wahrheit sagte, geriet Doris Werger unter starken Verdacht. Sie hatte womöglich nicht ertragen, dass Werger sein Versprechen brach. Werger war vielleicht nach der Veranstaltung nach Hause gegangen – den gleichen Weg, den er gekommen war. Dort hatte es eine Auseinandersetzung gegeben, die tödlich endete.

Badenhop stand ein weiteres unangenehmes Gespräch mit Doris Werger bevor. Ein Gespräch, das erneut um Liebesverrat, Lügen, Beziehungskrisen und einen toten Mann ging.

Seine Mutter riss ihn aus den Gedanken, denn plötzlich bat sie um Ruhe. Er hatte sich gleich gedacht, dass sie eine Überraschung plante. Lächelnd erklärte sie, sie habe sich erlaubt, ein kleines Zwischengericht für alle vorzubestellen, deutete dem Kellner an, dass nun serviert werden könne, und meinte vielsagend: »Es ist eine Art Eintopf. Wie es genau heißt, sage ich euch später.«

Der Kellner brachte eine große Schüssel, die intensiv nach Majoran und Kastanien duftete und in der auch Fleischstückchen und allerlei Kleingehacktes zu sehen war. Jeder bekam zwei Löffel auf einen kleinen Teller und durfte probieren.

Mit »Cool, Maronen!«, setzte Jens eine erste Duftmarke. Es wurde probiert, gegessen, rundweg gelobt.

»Super, und man muss nichts schneiden«, brachte Hendrik ein technisches Argument ins Spiel.

»Ungewöhnlich gewürzt, aber gut«, kommentierte Ingrid Badenhop. »Wenn du es hier so zelebrierst, Mutter, muss es wohl etwas Pfälzisches sein, oder?«

»Wie ich sehe, schmeckt es euch.« Zufrieden sah die alte Dame einen nach dem anderen an. »Es ist Saumagen. Ich habe ihn nur ein bisschen anders servieren lassen.«

»Krass«, kam aus der Ecke von Hendrik und Jens.

Badenhop schüttelte den Kopf. »Warum bloß bin ich nicht wirklich überrascht? Aber wo ist der Saumagen?«

»Heute isst man den Saumagen meist als auf beiden Seiten angebratene Scheibe, wie der Herr ihn nachher bei seinem Gericht bekommt«, erläuterte der herbeigeeilte Kellner. »Der klassische Saumagen wurde aber nicht angebraten, was auch gar nicht ging, weil

er nicht so stabil war, dass man Scheiben schneiden konnte. Er brö-
selte ein wenig, wie dieser hier, bei dem wir die üblichen Kartoffeln durch Kastanien ersetzt haben. Der Saumagen wird mit den
Zutaten gefüllt, verschlossen und gekocht. Wenn man eine Scheibe bekommt, findet man den Magen außen herum als dünne Hülle, die man mitessen kann oder nicht.«

»Das war jetzt aber nicht das, was die Sau gerade im Magen hatte, als sie geschlachtet wurde, oder?« Hendrik schienen nachträglich
gewisse Befürchtungen heimzusuchen.

»Nein, der Magen dient nur als Hülle für die Füllung, ähnlich
den Därmen bei einer Wurst. Wenn es Sie interessiert: Es gibt sehr
viele verschiedene Rezepte für Saumagen. Der Herr bekommt ja
gleich die angebratene Scheibe mit Kartoffeln. Fast jeder Metzger
und viele Restaurants haben eigene Rezepte. Es ist sogar ein Buch
darüber erschienen von der bekannten Fernsehjournalistin Judith
Kauffmann.«

»Na, erst mal hat es uns tatsächlich geschmeckt. Da sind ja wohl
manche Barrieren gefallen. Die Familie hat einen großen inneren
Schritt in Richtung Pfalz gemacht«, versuchte sich Badenhop an
einem frühzeitigen Fazit.

»War gar nicht schlimm«, schob Jens nach.

Aber er parierte damit auch sehr geschickt den Vorstoß seines
Vaters.

Etwas später am Abend feierten Laura und Patrick ihr Wiedersehen
nach langer, zweitägiger Trennung mit einer Flasche Sekt. Sie hatten einige andere angenehme Verrichtungen bereits hinter sich gebracht und lagen entspannt in Patricks Bett.

Sie habe sich so gefreut, ihn zu sehen, war Lauras Begrüßung
und Erklärung für die Tatsache gewesen, dass sie schon nach den
ersten Küssen sein T-Shirt aus der Hose zu ziehen begann.

Patrick wehrte sich keinesfalls. Er war damit beschäftigt, unter
Lauras Oberkleidung schon mal ein Stückchen nackter Haut zu er-
wischen, nuschelte kurz darauf in ihren Nacken: »Du weißt ja, die
Vorspeise bist du« und rannte damit offene Türen ein.

Laura fand anschließend, es sei eine sehr gute Idee gewesen,
heute kein auswärtiges Essen zu planen. Sie drehte die Heizung höher und erklärte fröhlich, man müsse sich dann zwischendurch nicht

immer so viel anziehen. Worauf sich dieses »zwischendurch« bezog, bedurfte keiner näheren Erläuterung.

Kurz darauf mampften sie Spaghetti Bolognese, eine Packung Vanilleeis und süffelten den saftigen Weißburgunder/Chardonnay von Knipser.

Man hatte sich nach mehreren Tagen viel zu erzählen. Geburtstagsfeier und Verwandtschaft galt es in allen Aspekten zu durchleuchten und zu kommentieren. Die Eltern planten schon Lauras Rückkehr an die Mosel und stellten Überlegungen an, aus dem Nebenerwerbsbetrieb ein richtiges Weingut zu machen, was für Laura »noch so weit weg ist, dass ich mich keinesfalls damit auseinandersetzen will«.

Patrick erklärte, dass er hin- und hergerissen sei von seiner neuen Rolle am Wergershof. Einerseits mache ihn die Verantwortung stolz, die ihm Doris Werger übertragen hatte. Andererseits bereite sie ihm ein wenig Angst. Es sollte nicht nach ein oder zwei Jahren heißen, nach Wergers Tod habe die Qualität nachgelassen, weil der junge Zehner es halt nicht schaffe.

Patrick gehörte nicht zu den jungen Kellermeistern, die sich nach ihrem ersten gelungenen Wein gleich als *Master of the Universe* fühlten. Er wusste auch nicht, ob die ganzen Umstände des Todes von Werger auf Dauer vielleicht doch die Verhältnisse am Wergershof negativ beeinflussen würden.

Patrick hatte längst gemerkt, dass Laura diese überlegte Art mochte, ruhig und eher vorsichtig an seinen Beruf heranzugehen. Aber an dieser Stelle richtete sie sich plötzlich ruckartig auf. »Wir müssen unbedingt noch mal über die Jungweinprobe und Wergers Gesicht reden. Es könnte doch sein, dass es etwas zu bedeuten hatte.«

»Wergers Gesicht? Also mir ist nichts aufgefallen.«

»Wahrscheinlich war das in der Steinzeit schon so. Männer sind stark. Frauen müssen deshalb genauer beobachten, um Nachteile auszugleichen. Jedenfalls saß uns Werger ja so schräg gegenüber. Wir konnten ihn eigentlich gut sehen. Irgendwie hab ich mir angewöhnt, beim Verkosten auch immer die Gesichter der Leute zu betrachten. Sie machen ja öfter mal Grimassen.«

»Deshalb wundert es mich, dass dir eine Grimasse von dem Werger besonders aufgefallen ist.«

»Wart doch mal. Vielleicht hab ich das nicht richtig ausgedrückt.

Der Werger hat die ganze Zeit ziemlich unauffällig probiert, hat ja auch hin und wieder Kommentare abgegeben. Aber auf einmal hat er plötzlich vor sich hingestarrt, ist sich so komisch durch die Haare gefahren, ist auf dem Stuhl herumgerutscht, und ich glaube, er ist auch blass geworden. Das war nicht so eine normale Grimasse wie beim Probieren. Das war ganz komisch.«

»Hm, was du alles siehst! Aber wenn es so war, das könnte vielleicht wirklich wichtig sein. Es war ja ganz kurz vor seinem Tod. Vielleicht auch nicht. Aber was sollte da passiert sein?«

»Vielleicht ist ihm schlecht geworden. Er ist ja auch nicht viel später gegangen. Oder es ist etwas ganz Komisches mit einem Wein gewesen.«

»Hat er vielleicht eine SMS bekommen? Vielleicht vom Mörder, der geschrieben hat: Komm sofort dort oder dorthin, sonst …«

»Ach du! Du nimmst mich nicht ernst. Und ich habe nicht gesehen, dass er ein Handy gehabt hat.«

»Doch, doch, ich nehme das schon ernst. Alles, was in den letzten Stunden seines Lebens passiert ist, kann ja wichtig sein. Man müsste halt wissen, was diese Reaktion ausgelöst hat, die du beobachtet hast. Werger hat übrigens fast nie ein Handy bei sich. Wenn man ihn anrufen will, klingelt es in seinem Büro vor sich hin.«

»Es könnte doch mit einem Wein zu tun gehabt haben. Wann war es denn genau? Der größte Teil der Probe war schon vorbei. Es ist ja diesmal – ich fand das übrigens eine gute Idee – nach Lagen probiert und verglichen worden, und die sehr guten Lagen wie Kirchenstück, Jesuitengarten und Pechstein kamen am Ende. Er hat auch eigentlich nicht vor sich hingestarrt, sondern wahrscheinlich auf die Weingläser, die vor ihm standen.«

»Aber er hat doch vorher auch Kommentare über die Weine abgegeben. Wenn ihm etwas aufgefallen wäre, hätte er doch grad wieder etwas gesagt«, entgegnete Patrick.

»Und wenn es etwas Schlimmes war?«, fragte Laura.

»Was soll da schlimm gewesen sein? Die Weine waren doch fast alle ziemlich gut, zumindest am Ende die von den guten Lagen.«

»Ich weiß auch nicht. Meinst du, man soll die Polizei da noch mal ansprechen?«

»Hast du das nicht schon gemacht?«

»Ja, aber der mich angerufen hat, hat ungefähr so reagiert wie du zuerst: Grimassen macht man doch immer bei Weinproben und so.«

Laura zuckte mit den Schultern.

»Wir sollten einfach überlegen, was dahinterstecken könnte. Dann kann die Polizei mehr damit anfangen.«

»Gut, aber ich muss erst noch ein bisschen unter die Decke.«

»Dass die Frauen immer frieren müssen ...«

»Nicht deshalb, du Doofie. Komm sofort her!«

Gross berichtete Badenhop am nächsten Morgen von der Durchsuchung in Mellens Haus. Sie hatte den Verdacht gegen die Physiotherapeutin nicht erhärten können. Es waren im Haus Haare und Fingerabdrücke von Werger gefunden worden, aber keinerlei Hinweis auf eine Gewalttat. Im Garten und auf der Veranda hatte es keine Hinweise auf eine Anwesenheit Wergers gegeben. Es hatte nirgends so ausgesehen, als wäre extra und besonders sorgfältig gereinigt worden. »Aber die Küche hat einen Fliesenboden. Falls sie ihn dort erschlagen hätte, könnte sie problemlos alles so sauber machen und die Mordwaffe entfernen, dass wir nichts mehr feststellen können. Vor allem, wo sie ja zugibt, dass er im Haus gewesen ist.«

Gerade als Badenhop sich an seinen Schreibtisch gesetzt hatte und mit Doris Werger den fälligen Gesprächstermin ausmachen wollte, meldete die Pforte einen Besuch für ihn. Er erwarte keinen Besuch, hatte Badenhop abgewehrt. Ein Herr namens Heiner Lange sei hier. Er wolle eine Aussage zum Mord an Werger machen. Es sehe nicht so aus, als sei er einer von den üblichen Wichtigtuern, die Werger nach Verlassen der Weinprobe an allen möglichen Orten gesehen haben wollten. Der Mann habe erklärt, er habe etwas gehört, das möglicherweise den Mörder überführen könne. Na dann, hatte Badenhop eher ironisch gemeint, möge man ihn halt in sein Büro bringen.

Kurz darauf trat ein etwa fünfundsechzigjähriger Pfälzer mit Hut, dicker Jacke, umbrafarbenen Breitcordhosen und klobigen Schuhen in sein Büro und fing an, in breitestem Pfälzisch Erklärungen abzugeben und zu gestikulieren. Badenhop hatte bisher nie mit Personen zu tun gehabt, die nicht in der Lage waren, Hochdeutsch zu sprechen. Er hatte den Eindruck, eine ihm weitgehend fremde Sprache zu hören, und rief nach kürzester Zeit Kevin Gross herbei, angeblich, damit der die Aussage aufnehmen konnte, tatsächlich, weil

Badenhop befürchtete, dass wesentliche Aussagen in Verständnisschwierigkeiten untergehen könnten.

Gross grinste, setzte sich und befleißigte sich plötzlich eines ähnlichen breiten Pfälzisch, nur mit dem Unterschied, dass es im Fall des Kriminalassistenten nicht zusätzlich durch Artikulationsprobleme unverständlicher wurde.

Badenhop schaltete ab, beobachtete aber die beiden. Die Stimmen gingen hoch und runter, wurden mal laut, mal fast flüsternd und von mancherlei Bewegungen der Hände und der Gesichtsmuskulatur begleitet. Stark ausgeprägte Mimik und Gestik schienen in diesem Teil Deutschlands zentrale Aspekte der Kommunikation zu sein, zumindest wenn man sich im pfälzischen Dialekt unterhielt. Wer nicht mitmachte, gehörte nicht dazu oder hatte es schwer, ins Vertrauen gezogen zu werden. Wie anders ging man doch in seiner norddeutschen Heimat mit offen zur Schau getragenen Emotionen um. Sie konnten rasch als stillose und billige Leutseligkeit ausgelegt werden.

Als Lange gegangen war, bat Badenhop seinen Assistenten, die Kernpunkte der Aussage noch einmal zusammenzufassen. Gross' Grinsen kommentierte Badenhop mit den Worten: »Ich bin sehr zufrieden, dass ich nicht nur einen Assistenten, sondern auch einen Dolmetscher in der Abteilung habe.«

»Wenn Sie wollen, gebe ich Ihnen Unterricht«, bot Gross an und zog seinen Krawattenknoten fester. »Vielleicht zwei bis drei neue Wörter täglich. ›Iwwerzwerch‹ heißt zum Beispiel so viel wie ein bisschen verrückt, durchgedreht. ›Dollbohrer‹ ist eine Beleidigung, wenn man ›Grumbel‹ hat, also Ärger. Oder ›des bieschd mer‹ heißt so viel wie: ›Das wirst du mir büßen.‹ Ganz lustig ist auch ›herzgebobbeldie Zuggerschnuud‹ ...«

»Gross! Ich bin Ihnen sehr zu Dank verpflichtet. Aber können Sie mir einfach noch mal seine Aussage zusammenfassen? Auf Hochdeutsch, ohne pfälzischen Originaltext?«

Es lief darauf hinaus, dass Lange, der in Forst wohnte, gehört haben wollte, wie ein gewisser Heinz Hebel den Werger anschrie und ihn mit den Worten »Wart nur, du Drecksack. Mich bescheißt keiner. Das wirst du mir büßen« bedrohte. Lange stand in seinem Hof, die beiden Männer befanden sich vor seinem Haus. Sie seien sich wohl eher zufällig begegnet. Das Ganze sei um die Weihnachtszeit passiert; das genaue Datum wusste Lange nicht. Weitere konkrete Angaben über die Gründe der Bedrohung konnte Lange nicht machen. Er riet den Polizisten, doch mal nach einem Grundstücksgeschäft zu fragen, das Hebel und Werger abgewickelt hatten. Wie man im Dorf gehört habe, sei dabei nicht alles glatt abgelaufen.

Badenhop bat Gross, sich mit diesem Heinz Hebel in Verbindung zu setzen, um herauszubekommen, was an der Sache dran war.

»Die Umstände des Geschäfts, die angebliche Bedrohung und ein mögliches Alibi für die Tatzeit sind wichtig«, gab er Gross mit auf den Weg.

»Weiß ich auch«, antwortete der Kriminalassistent.

Dann machte sich Badenhop auf den Weg zu Doris Werger.

Die Chefin des Wergershofes trug einen dunklen Rollkragenpulli, der ihre gepflegten blonden Haare ebenso gut zur Geltung brachte wie ihre perfekte Figur. Falls die Ereignisse der letzten Tage ihre Konstitution angegriffen hatten, so war es ihr gelungen, dies äußerlich nicht sichtbar werden zu lassen. Wenn diese kontrolliert-elegante Art auch ein Wesenszug der Pfalz ist, dachte Badenhop und sah den unverständlich daher redenden Heiner Lange vor sich, konnte man dieses Völkchen keinesfalls über einen Kamm scheren.

Sie führte ihn in ein geräumiges, modernes Wohnzimmer, bat ihn, auf einem schwarzen Ledersofa Platz zu nehmen, und bot ihm Kaffee an, den sie kurz darauf brachte. Dann setzte sie sich mit einem Glas Wasser ihm gegenüber.

»Ich hoffe, ich kann Ihnen helfen, Herr Kommissar«, begann sie das Gespräch.

Badenhop sah sie ernst an. »Ich bin mir ziemlich sicher, Frau Werger. Und ich würde Sie bitten, nichts wegzulassen, was mit dem Tod Ihres Mannes zu tun haben könnte.«

Sie hob die Augenbrauen und richtete sich im Sessel auf. »Wie soll ich das verstehen? Glauben Sie, ich hätte kein Interesse daran, dass der Tod meines Mannes aufgeklärt wird?«

»Ich will darüber nicht spekulieren, welches Interesse Sie haben. Aber Sie haben mir nicht alles gesagt. Kommen wir gleich zum wichtigsten Punkt.« Badenhop hatte nicht vor, mit dieser kühl und kontrolliert wirkenden Frau um den heißen Brei herumzureden.

»Ich habe Sie vor ein paar Tagen gefragt, ob Sie eine Erklärung für das haben, was mit Ihrem Mann geschehen ist. Ihre Antwort war, Sie hätten keine Ahnung. Das erscheint mir mittlerweile ziemlich unglaubwürdig.«

Sie blieb ungerührt. »Worauf spielen Sie an?«

Wie viel wusste Doris Werger von der Beziehung zwischen Katrin Mellen und Johann Werger? Werger konnte seiner Frau den Namen seiner Geliebten verschwiegen haben. Es war sogar denkbar, dass Doris Werger wirklich nichts von der Affäre ihres Mannes wusste. Werger konnte in einem verzweifelten Versuch, von seiner Geliebten loszukommen, den Druck durch seine Frau vorgeschoben haben. Und schließlich: Katrin Mellen konnte gelogen haben, um den Verdacht auf Doris Werger zu lenken, auch wenn dieser Gedanke Badenhop nicht sonderlich realistisch erschien.

In allen drei Fällen hätte die Ehefrau des Toten tatsächlich keinen Bezug zum Fundort der Leiche herstellen können. Wenn sie freilich den Namen der Geliebten kannte und nichts gesagt hatte, machte sie sich verdächtig.

Badenhop wollte ihr eine Chance geben und entgegnete: »Ich möchte lieber dabei bleiben, dass ich Fragen stelle, und Sie bemühen sich, so umfassend und ehrlich wie möglich zu antworten. Deshalb antworten Sie bitte auf folgende Frage: Wissen Sie etwas von Ereignissen der vergangenen Wochen, die im Zusammenhang mit dem Fundort der Leiche Ihres Mannes stehen könnten?«

Doris Werger schien einen unsichtbaren Punkt an der Wand zu fixieren. Dann stand sie sichtlich nervös auf, ging im Zimmer umher, blieb schließlich stehen, sah ihn an und fragte mit leiser Stimme: »Sie wissen es, nicht wahr?«

Sie tat ihm leid. Aber er brauchte eine klare Aussage. »Bitte antworten Sie auf meine Frage nicht mit einer Gegenfrage.«

Doris Werger atmete tief durch, wie um Kraft zu schöpfen. Dann schloss sie einen Augenblick die Augen. »In dem Haus, vor dem mein Mann gefunden wurde, wohnt Katrin Mellen. Sie war bis vor Kurzem die Geliebte meines Mannes. Das wollten Sie hören, nehme ich an.«

Badenhop nickte. »Wundert Sie das? Als Sie an dem Abend von dem Zeugen, Herrn Tremmer, angerufen wurden und erfuhren, wo sich die Leiche befindet, muss das doch der allererste Gedanke gewesen sein, der Ihnen durch den Kopf ging. Dieser Zusammenhang kann Ihnen doch überhaupt keine Ruhe gelassen haben. Es hätte das Erste sein müssen, auf das Sie uns hinweisen, als ich Sie fragte, ob Sie irgendeine Erklärung haben. Stattdessen antworten Sie, Sie hätten keine Ahnung. Damit setzen Sie sich dem Verdacht aus, dass Sie kein Interesse an der Aufklärung haben. Sind Sie sich dessen bewusst?«

Sie hatte sich wieder gesetzt, während er redete.

»Ich verstehe Sie«, flüsterte sie ernst.

»Ach nein, Frau Werger, Sie müssen nicht mich verstehen. Ich muss Sie verstehen. Was hat Sie denn bewogen, diesen entscheidenden Punkt zu verschweigen?«

Sie sah ihn durchdringend an und konfrontierte ihn dann mit einem Argument, das er bereits von ihrer Rivalin – wenn man es so nennen wollte – gehört hatte.

»Können Sie sich vorstellen, wie schlimm es ist, seinen Mann durch einen Mord zu verlieren? Und dass man zumindest vermeiden möchte, dass die eigene Ehe zusätzlich noch in der Öffentlichkeit in den Dreck gezogen wird?«

»Ich bin nicht die Öffentlichkeit, Frau Werger. Sie hätten es nur mir sagen sollen, nicht der Boulevardpresse. Wir versuchen hier, den Mord an Ihrem Mann aufzuklären, mehr nicht. Was wir erfahren, bleibt unter uns.«

»Und in den Polizeiakten, die wie viele Leute lesen und Informationen streuen können?«

»Schade, dass Ihr Vertrauen in unsere Diskretion so gering ist. Nur weil es immer mal wieder spektakuläre Weinfälschungen gibt, schließe ich auch nicht daraus, dass der Wergershof mit Panschereien zu Wohlstand gekommen ist.« Badenhop merkte, dass er ungehalten wurde und dass dies Wirkung zeigte. »Darüber hinaus sind Sie verpflichtet, uns bei der Aufklärung nichts zu verschweigen. Es steht nicht in Ihrem Belieben. Und jetzt möchte ich gern ohne Auslassungen erfahren, was vorgefallen ist.«

Sie hatte seinen Ärger bemerkt und nahm nervös einen Schluck aus ihrem Glas. »Sie haben recht. Man überlegt sich in so einer Situation nicht alles in letzter Konsequenz. Ich hätte es Ihnen gleich sagen sollen. Ich weiß, dass ich mich dadurch verdächtig mache: Die betrogene Ehefrau hat ein Motiv, und sie hält wichtige Details zurück.«

Badenhop nickte. »Stimmt. Ich kann es nicht ändern. Also erzählen Sie.«

Sie lehnte sich im Sessel zurück. Der Kommissar hatte den Eindruck, sie fühle sich erleichtert. Als sie sprach, war ihre Unsicherheit wieder verschwunden.

»Johann und ich waren seit etwa achtzehn Jahren verheiratet. Wir haben uns geliebt – anders als früher natürlich. Wir haben keine schlechte Ehe geführt. Auch nach achtzehn Jahren hatten wir uns noch etwas zu sagen. Andererseits: Sehen Sie, mein Mann war fünfundvierzig Jahre alt. Man will es nicht wahrhaben, man erlebt es nicht gern, und man möchte, dass es nur anderen passiert. Aber es ist ziemlich weit verbreitet, dass Männer in diesem Alter nach einer langen Ehe sich noch einmal beweisen wollen, dass sie mehr erleben können als braven Ehealltag. Von diesem Punkt aus ist es nicht weit zu einer schmutzigen, kleinen, heimlichen Affäre oder zu einem großen Knall mit Neuanfang und verlassener Familie. Man muss nicht einmal die Weltliteratur bemühen, um alle möglichen Varianten dieses Ausbruchs aus dem gewohnten Leben kennenzulernen. Es genügt, sich im näheren Umkreis umzusehen.«

Stellt intelligente, aber sehr allgemeine Überlegungen an, schrieb Badenhop in seinen Notizblock. Er dachte an sein eigenes Alter und fühlte sich getroffen. Er spürte eine innere Abwehr dagegen, den Reiz, den attraktive Frauen trotz seiner Ehe auf ihn ausübten, mit »typisch Mann mittleren Alters« zu profanisieren. Aber sie sprach weiter.

»Männer unterschätzen die Fähigkeit ihrer Frauen, verdächtige Veränderungen festzustellen. Nicht, dass ich gesucht hätte oder nachspioniert. Aber irgendwann hatte ich das Gefühl, er erzählt von bestimmten Terminen weniger als sonst. Er kam manchmal von Reisen später zurück als nötig, obwohl wir viel zu tun hatten. An einem bestimmten Punkt fängt man an, ein wenig aufzupassen. Kurzum: Ich habe ihn direkt gefragt. Er hat es nicht bestritten.«

Doris Werger erklärte, sie erinnere sich gut an das Gespräch, das zu führen sie sich vorgenommen hatte.

Natürlich erinnerte sie sich. Es schien ihr wie gestern. Hatte damit alles angefangen?

Sie hatte ihn gebeten, mit ihr einen Spaziergang zu machen. Sie waren dem gepflasterten Weg vom Südende des Dorfes in Richtung Ungeheuer gefolgt, bogen ab auf einen Wirtschaftsweg, der hoch zum Wald führte, vorbei an der verwitterten Madonna, die über den Büschen herauslugte. Diesen Weg waren sie früher oft gegangen. Er war abwechslungsreich, und man konnte einen Blick auf den Zustand der Weinberge werfen.

Es war ein wunderschöner, frostkalter Wintertag. Sie gingen eine Zeit lang schweigend nebeneinander her. Dann sprachen sie über dies und das, über anstehende Abfüllungen, über die Ausbildung des Sohnes, über den Gesundheitszustand und die Zukunft seiner Mutter. Sie bemühte sich um Harmonie und gute Atmosphäre, was ihr auch gelang. Ihr Mann begegnete ihr ausgeglichen, vertraut, aufmerksam. Erst auf dem Rückweg hatte sie ihn unmittelbar nach seiner Beziehung zu einer anderen Frau gefragt, möglichst ruhig, möglichst unaufgeregt, aber nachdrücklich. Sie kannte ihn. Vorwürfen und sichtbarem Ärger konnte er gut begegnen – durch Gegenvorwürfe, durch Wutausbrüche, die es ihm leicht gemacht hätten, die Affäre zu bestreiten und sie für verrückt zu erklären. Aber in dieser ruhigen, zugewandten Situation blieb ihm nur die Wahrheit. Natürlich versuchte er, alles herunterzuspielen, auszuweichen und zu beschönigen, was nicht zu beschönigen war.

Als das Geständnis heraus war, hatte es einige Minuten sehr sachlicher, eher analysierender Versuche von beiden Seiten gegeben, die Situation und die Emotionen zu beherrschen. Doch es gelang nicht. Schließlich drohte das Gespräch doch zu kippen, denn obwohl sie die Antwort erwartet hatte, fühlte sie sich geschockt und betroffen. Natürlich hatte sie im Innersten gehofft, es gäbe eine andere, leichter zu verkraftende Erklärung.

Sie hatten angefangen zu streiten, obwohl er schon bald versprach, die Sache umgehend zu beenden.

Nun war es Werger gewesen, der, offensichtlich von Schuldgefühlen geplagt, die Emotionen zu dämpfen suchte. Dabei hatte er sich nicht unbedingt geschickt angestellt. Um zu beweisen, dass es sich ja nur um eine Affäre gehandelt hatte, führte er an, schließlich nicht »das hier alles aufs Spiel setzen zu wollen«. Das war zwar auch richtig, aber natürlich wollte sie diesen Beweggrund nicht hören, sondern: auf die andere Frau könne er verzichten, weil er in Wirklichkeit seine Frau liebte.

Diesen letzten Stich, den er ihr ungewollt versetzt hatte, berichtete sie Badenhop nicht, alles andere schon, auch dass sie schließlich, nach einigem Hin und Her, den Namen der Nebenbuhlerin erfahren hatte.

Badenhop fiel auf, dass Doris Werger, ebenso wie tags zuvor Katrin Mellen, sich keinerlei abwertende Bemerkung über die andere Frau gestattete.

»Kannten Sie Frau Mellen vorher?«

»Nein, nicht persönlich. Ich wusste, wer sie ist und wo sie wohnt, wie das halt so ist hier im Dorf. Aber kennen wäre zu viel gesagt.«

»Sie wissen aber, dass Sie mit dieser Aussage Frau Mellen in Verdacht bringen. Sie war die Geliebte Ihres Mannes. Sie haben erklärt, die Beziehung sollte von seiner Seite aus beendet werden. Kurze Zeit später wurde seine Leiche vor Frau Mellens Tür gefunden.«

Doris Wergers Entgegnung kam klar und eindeutig: »Es war nicht meine Absicht, jemanden zu beschuldigen. Aber wenn sie meinen Mann ermordet hat, wünsche ich ihr nichts Gutes.«

»Sicher oder gar bewiesen ist noch lange nichts. Zunächst haben wir noch eine Reihe weiterer Fakten zu prüfen. Sie ist auch nicht die einzige verdächtige Person. Aber wir sind noch nicht fertig. Wie ging es weiter nach dem Gespräch mit Ihrem Mann?«

»Er hat die Beziehung beendet.«

»Das wissen Sie genau?«

»Er hat sich am Tag nach dem Gespräch mit ihr verabredet und hat es ihr gesagt. Ich war nicht dabei, aber ich glaube ihm.«

Hier unterschieden sich die Aussagen der beiden Frauen. Es stimmte zwar, Werger hatte es Katrin Mellen gesagt. Aber nach deren Aussage hatte der Vorsatz kaum eine halbe Stunde gehalten. Dann waren sie wieder im Bett gelandet. Das kleine Detail konnte entscheidend für die Suche nach dem oder der Schuldigen sein. Hatte Werger sein Versprechen gehalten, konnte ihn Katrin Mellen erschlagen haben, die sich vielleicht doch mehr erhofft hatte und emotional viel stärker verstrickt war, als sie zugab. Hatte Werger es nicht gehalten, und Doris Werger hatte davon erfahren, könnte sie ihn aus Enttäuschung getötet haben.

Badenhop beschloss, jetzt nicht weiter in diese Richtung zu fragen. »Ich glaube ihm« hieß, sie glaubte ihm immer noch. Gab es also keinen erneuten Grund zu Misstrauen? Das konnte wahr sein – oder eine Lüge, um sich von jedem Verdacht zu befreien.

Wichtiger schien ihm, Doris Wergers Version des von Heiner Lange angesprochenen Grundstücksgeschäfts zu erfahren.

»Frau Werger, es gibt noch eine andere Spur, die wir verfolgen müssen. Dazu zunächst folgende Frage: Wer war und wer ist jetzt Eigentümer des Wergershofes?«

»Der Hof gehörte der Familie meines Mannes. Mein Mann besaß ihn auf seinen Namen. Es gibt zwei Erben, mich und unseren Sohn zu gleichen Teilen.«

»Das heißt, bisher war Ihr Mann Alleineigentümer? Dann war er auch allein vertretungsberechtigt bei Grundstücksgeschäften. Aber sicher haben Sie darüber gesprochen, wenn Käufe oder Verkäufe anstanden?«

»Selbstverständlich. Wir haben alle wichtigen Entscheidungen, die den Betrieb betrafen, gemeinsam besprochen.«

»Welche Grundstückskäufe gab es in jüngerer Zeit?«

»Nicht viele. Das letzte war ein kleiner Weinberg im Kirchenstück. Den hat mein Mann vor ein paar Monaten angeboten bekommen. So etwas lehnt man natürlich nicht ab.« Sie sah seinen fragenden Blick. »Das Kirchenstück ist die höchstbewertete Weinbergslage der Pfalz. Einerseits kostet das Land dort ein Vermögen. Andererseits sind die Weine aus dem Kirchenstück Aushängeschilder für die ganze Pfalz.«

Aha, dachte Badenhop, so etwas wie ein Baugrundstück an der Elbchaussee. »Gab es dabei Unregelmäßigkeiten oder Ärger?«

»Nicht, dass ich wüsste. Wir haben darüber gesprochen, dass dieser Weinberg zu haben ist. Selbstverständlich waren wir interessiert, auch weil er direkt neben unserem Weinberg liegt. Das Kirchenstück ist schon nach alten Aufzeichnungen der Finanzbehörden aus dem 19. Jahrhundert die wertvollste Weinbergslage der Pfalz. Da wird nicht häufig etwas verkauft. Natürlich haben wir zugegriffen, obwohl es teuer war. Wir haben über den Preis gesprochen, aber nicht über die genaue Abwicklung des Kaufs. Ich weiß, dass irgendwann Anfang Dezember der Notartermin war.«

»Wie heißt der Verkäufer?«

»Heinz Hebel.«

ACHT

Seit diesem schrecklichen Abend, als er den Toten gefunden hatte, war noch keine Woche vergangen. Die ersten beiden Tage danach war Peter Tremmer abends zu Hause geblieben. Nachts in der Gemarkung herumzulaufen, war ihm irgendwie unheimlich. Er machte kleinere Gassigänge am Tage. Der abendliche Spaziergang fehlte ihm jedoch. Er schlief besser, wenn er vorher eine Weile an der frischen Luft gewesen war. Schlecht zu schlafen und grübelnd im Bett zu liegen konnte er nun gerade nicht gebrauchen. Der schreckliche Fund machte ihm zu schaffen. Der tote Werger und seine blutverklebte Kopfwunde tauchten immer wieder vor seinem inneren Auge auf.

Am dritten Tag machte er sich klar, dass es sich wohl nicht um einen beliebigen Mord gehandelt hatte. Kein Serienmörder, der als Nächstes einen einsamen nächtlichen Spaziergänger meucheln würde. Also entschied er sich, nicht zuletzt auch dem Hund zuliebe, die Tradition der abendlichen Spaziergänge wieder aufzunehmen. Er mied den kürzeren Weg an dem besagten Haus vorbei, den er damals gegangen war. Schließlich bevorzugte er sowieso seine klassische Runde über die wenig befahrene Dorfstraße bis ans Ende des Dorfes, dann links Richtung Pechstein und Kirchenstück und über den Wirtschaftsweg wieder zurück zur Südseite von Forst, wo er wohnte.

Mit Erleichterung und Freude beobachtete er das Erwachen der Natur. Ganze Kolonien von Schneeglöckchen reckten in den Gärten ihre kleinen Blütenkelche aus dem Gras. Bald würden sie durch bunte Krokusse ersetzt. Schon in wenigen Tagen, gutes Wetter vorausgesetzt, würden neugierige Blüten den zartgelb gefüllten Knospen der Forsythien entschlüpfen. Und dann, wie über Nacht, würden seine Spaziergänge wieder durch ein duftendes Blütenmeer führen. Osterglocken, Tulpen, Magnolien, Kirschbäume würden die ersten Blüten ersetzen, nicht zu vergessen der Ginster am Waldrand. Die ganze Deutsche Weinstraße entlang würden Mandelbäume blühen und Gäste in die Pfalz locken.

Der Frühling war Tremmers Lieblingsjahreszeit, auch weil er – wie beim traditionellen Hansel-Fingerhut-Spiel der Kinder zu Lätare – endlich den langen, kalten Winter besiegte. Besonders während der nächtlichen Spaziergänge genoss Tremmer den Duft des Frühlings, der ihm in der Nacht noch stärker vorkam als am Tage. Tremmer überlegte, wie wohl sein Dackel, ein alter Weggefährte aus Jägertagen, den Frühling erlebte. Ausgestattet mit einer unvergleichlich besseren Nase, musste der Frühling für ihn geradezu einen überwältigenden Ansturm von Aromen bringen. Würde er die Düfte des Frühlings ebenfalls erfreut zur Kenntnis nehmen oder wäre es ihm zu viel des Guten? Oder überdeckten im Frühling Blütendüfte die vielen anderen Duftreize, die Tag für Tag auf ihn einstürmten? Einmal hatte er ihn an einem Frühlingsabend beobachtet, wie er im Hof saß und einfach schnüffelte, wie in Gedanken versunken.

Wo war das liebe Tier übrigens abgeblieben? Also das war doch eigenartig … schon wieder! Wie oft Tremmer und der Dackel diesen Weg schon gelaufen waren, konnte er nicht sagen, mehrere tausend Mal vermutlich. Doch neuerdings reagierte der Hund höchst ungewöhnlich. Immer an der gleichen Stelle begann er, nervöse Laute von sich zu geben, und lief voraus bis zu der mit Steinplatten ausgelegten Fläche und dem aufgestellten Quader, auf dem »Pechstein« eingraviert war. Links und rechts davon standen zwei Zypressen, die dem etwas missglückten Ensemble, das auf eine der besten Weinlagen der Pfalz hinweisen sollte, kurioserweise das Aussehen eines Grabes verliehen.

Den Stein hatte der Hund noch nie ignoriert. Er war immer hingelaufen, hatte den hohen kulturellen Wert des Pechstein missachtet und an dem Quader schlicht das Bein gehoben. Dann war er ungerührt weitergelaufen.

Neuerdings jedoch verhielt er sich anders. Schon wenn beide die Kurve des Wirtschaftsweges erreichten, der sie parallel zum Dorf an der Wasserrinne entlangführen würde, fing das Tier an zu schnuppern, lief das kleine Stück zu dem steinernen Monument, schnupperte, kratzte mit den Pfoten über die Steinplatten, schnupperte an der Erde daneben, sah zu Tremmer hin, auffordernd, als verlange er von seinem Herrchen eine Aktivität, und vergaß dabei völlig, wie üblich das Bein zu heben.

Zunächst hatte Tremmer dieses Verhalten registriert, aber nicht weiter beachtet. Sein Dackel hatte etwas beobachtet, das seinen Jagdinstinkt ansprach. Erste Kleintiere, die ihren Winterschlaf beendet hatten, mochten seine Aufmerksamkeit erregt und seine Freude über den nahen Frühling geweckt haben. Doch dann wurde Tremmer nachdenklich. Als der Hund ihn auffordernd anbellte, lief er mit ihm zu der kleinen Plattform. Der Hund schnupperte, bellte, sah ihn an, als müsse sein beschränktes Herrchen doch endlich bemerken, was doch offensichtlich war. Aber Tremmer sah – nichts.

Tremmer kannte indes die Fähigkeiten seines Hundes und die Beschränktheit der menschlichen Sinne gut genug, um sicher zu sein: Der Dackel hatte etwas entdeckt, das nicht nur ihm wichtig schien. Es war etwas, das er seinem Herrchen zeigen wollte.

Der hatte das durchaus verstanden.

Heute Nachmittag war er nach einem Besuch bei Bekannten, die an diesem Ende des Dorfes wohnten, eigens nach oben gelaufen, um bei Tage einen Blick auf die Steinplatten zu werfen. Es war definitiv nichts zu sehen.

Tremmer wandte sich gerade wieder zum Gehen und überlegte, welches Geheimnis hier wohl verborgen sein konnte. Es hatte stark abgekühlt in der Nacht, und er steckte seine kalten Hände in die Jackentaschen. Mit der Linken spürte er sein Mobiltelefon. Er hatte nie viel davon gehalten, immer erreichbar zu sein. Wer wollte, konnte ihn schließlich zu Hause anrufen. Der Anrufbeantworter musste genügen. Die Kinder jedoch ließen ihm keine Ruhe. Sie hatten ihn schließlich überredet. Er sei nicht mehr der Jüngste, es könne immer ein Notfall eintreten, da sei die neue Technik äußerst hilfreich.

Nun ja, seine Kinder mochten das nicht so gemeint haben. Aber als er den toten Werger gefunden hatte, war er froh gewesen, dass er sofort anrufen konnte. Was war das für eine schreckliche Nacht! Die arme Frau Werger! Den Täter hatte man immer noch nicht gefunden! Man wusste ja noch nicht einmal, wo Werger gestorben war! In diesem Augenblick gefror ihm das Blut in den Adern. Um Gottes willen … sollte etwa …?

Tremmer blieb unwillkürlich stehen und sah zurück zu dem steinernen Monument. Hatte sein braver Hund etwa den Tatort gefunden? Einer Schweißspur, wie Jäger das Blut eines angeschossenen Tieres nannten, konnten Jagdhunde selbst bei wenigen verstreuten Blutstropfen problemlos folgen. War es das, was seinen Dackel so nervös machte? Aber er hatte an den Steinen nichts gesehen. Hatte es seitdem geregnet? Zumindest nicht viel.

Das Blut hätte zu sehen sein müssen. Er war ja extra am Tag hingegangen. Und er lief sicher nicht als Einziger dort herum. Es war schließlich noch die Zeit des Rebschnitts und des »Kammert machen«, des Anbindens der verbliebenen Rute, an der die neuen Triebe wachsen sollten. Anscheinend hatte niemand etwas Ungewöhnliches bemerkt.

Dennoch ließ ihm die Sache keine Ruhe. Vielleicht sollte er den Kommissar anrufen. Die Polizei hatte bessere Möglichkeiten, die Steine zu untersuchen. Schließlich hatte ihm dieser schlanke Polizist mit norddeutschem Akzent seine Karte gegeben, damit er anrufen konnte, wenn ihm noch etwas einfiel. Die Karte lag zu Hause auf dem Küchenschrank.

Kevin Gross parkte seinen Corolla an der Forster Hauptstraße unweit des Restaurants »Prinz«, das vor einigen Jahren neu eröffnet hatte und von dem man nur Gutes hörte. Für relativ kleines Geld sollte man hier durchaus ansprechend in familiärer Atmosphäre essen können. Und vor der Tür konnte man an warmen Tagen im Freien sitzen. Zwei- oder dreimal hatte Gross schon reservieren wollen. Jedes Mal war kein Platz mehr frei gewesen. Er würde es dieser Tage noch mal probieren, vielleicht mit mehr Vorlauf.

Das Haus, das er suchte, gehörte im Vergleich zu den prächtigen, fast kleinen Schlössern ähnelnden Höfen der Weingüter eher zu den unscheinbareren Gebäuden. Es hätte durchaus hübsch sein können, trug aber mit geschmacklosen Renovierungsversuchen dazu bei, den gepflegten, ja romantischen Anblick der Dorfstraße zu stören.

Heinz Hebel hatte kein großes Interesse an einem Gespräch mit der Polizei gezeigt. Was er wolle, hatte er mürrisch geknurrt, als Gross ihn um einen Termin bat. Er habe mit dem Mord an Werger nichts zu tun und deshalb dazu nichts zu sagen, hatte Hebel barsch geantwortet und wollte das Gespräch beenden. Erst als Gross ihm die Alternative angeboten hatte, ihn schriftlich zur Aussage auf dem Präsidium zu verpflichten, stimmte er endlich einer Verabredung zu, »morgen früh, bevor ich zur Schicht fahre«.

Als Gross klingelte, öffnete ihm eine rundliche ältere Frau mit zum Knoten gebundenen grauen Haaren und freundlichem Blick. Sie trug eine Schürze und schien gerade mit der Zubereitung des Mittagessens beschäftigt zu sein. Aus der Küche strömte der Geruch von Kartoffelsuppe, der Gross sofort an eines seiner Lieblingsgerichte, »Grumbeersupp unn Quetschekuuche«, erinnerte. Kartoffelsuppe mit Pflaumenkuchen, den Löffel in der einen, das schön weiche Kuchenstück mit Hefeteig in der anderen Hand, dann jeweils abwechselnd abbeißen und löffeln. Eine Kombination, so selbstverständlich für jeden Pfälzer wie undenkbar für jeden Nichtpfälzer.

Gross, dessen Augen leuchteten, fragte mit absolut undienstlichem Blick in die Küche: »Ahh, Grumbeersupp. Gibt es auch Quetschekuuche dazu?«

Frau Hebel lächelte und schüttelte den Kopf. »Nur in der Pflaumenzeit. Er schmeckt nur mit frischen Pflaumen. Im Winter kann man ihn durch Appelkiechelscher ersetzen.«

Klar, das wusste Gross. Noch so ein pfälzisches Freitags- oder Arme-Leute-Gericht. Apfelküchlein sind nicht etwa eine Art kleine Kuchen. Es handelt sich dabei um Apfelscheiben, in Pfannkuchenteig eingebacken. Die strenge Quetschekuucheregel, beides gleichzeitig zu essen, galt hier nicht. Man konnte sie zur Suppe essen oder danach, beispielsweise mit Weinsoße.

Die Frau deutete mit freundlichem Lächeln auf einen Stuhl. »Setzen Sie sich doch, mein Mann ist gleich da. Ich muss wieder in die Küche. Trinken Sie einen Kaffee oder ein Glas Sprudel?«

»Ach was, er bleibt nicht lange«, ertönte die mürrische Stimme des Hausherrn aus dem Hintergrund.

»Aber ich kann doch schnell …«

»Geh in deine Küche und lass uns in Ruhe«, herrschte Hebel sie an.

Gross beeilte sich zu sagen: »Dass es nicht lange dauert, kann ich nicht versprechen. Aber danke, Frau Hebel, sehr freundlich von Ihnen. Ich habe schon einen Kaffee getrunken. Zu viel vertrage ich nicht.«

Der junge Polizist hielt es für angebracht, dem Gespräch einen möglichst offiziellen und dienstlichen Charakter zu geben, da der große, klobig wirkende und ihn aus kleinen Äuglein misstrauisch musternde Mann so vielleicht am ehesten in den Griff zu bekommen war.

Er nahm also Hebels Personalien auf, fragte nach dem Beruf und den familiären Verhältnissen und tastete sich langsam zum Thema Grundstücksverkauf vor. Hebel arbeitete als ungelernter Arbeiter in der BASF. Sowohl er als auch seine Frau hatten ein paar kleinere Weinberge mit in die Ehe gebracht, die sie, wie überall in den Weinbaugebieten üblich, im Nebenerwerb bewirtschafteten. Sie waren Mitglied des örtlichen Winzervereins und gaben ihre Trauben dort ab. Mit zunehmendem Alter fiel es ihnen schwer, die Weinbergsarbeit zu erledigen. Da die drei Kinder, die alle seit einigen Jahren aus dem Haus waren, keinerlei Interesse am Weinbau zeigten, hatten sie begonnen, Weinberge zu verkaufen, zuerst das Kirchenstück. Warum sie ausgerechnet das Kirchenstück zuerst verkauften, wollte Gross eher aus Neugierde denn aus ermittlungstaktischen Gründen wissen.

»Das ist doch klar. Jeder Wingert bringt auf der gleichen Fläche ungefähr gleich viel ein, das Kirchenstück sogar ein bisschen weniger als die anderen. Hier zahlt der Winzerverein zwar mehr pro Kilo, aber da verlangen sie viel mehr Arbeit. Vorlese, Traubenauslese, höheres Mostgewicht und lauter solchen Quatsch. Da haben wir weniger Ertrag als in anderen Weinbergen und kommen mit mehr Arbeit aufs gleiche Geld. Dazu habe ich keine Lust. Die Flaschenbarone verlangen für eine Flasche Kirchenstück das Drei- und Vierfache vom normalen Riesling oder noch mehr. Für die lohnt sich das natürlich, aber nicht für uns Traubenablieferer. Also haben wir das Kirchenstück als Erstes verkauft, natürlich auch, weil man dafür viel mehr pro Quadratmeter bekommt. Die Gutsherren wissen ja, wie viel sie dort pro Flasche herausholen können.«

Gross registrierte, wie abwertend Hebel über die Besitzer der Weingüter sprach, und er konnte nicht recht nachvollziehen, warum es den Weingütern gelang, die guten Lagen wirtschaftlich zu nutzen, während die Traubenbauern in den schwachen Lagen offenbar mit höheren Erträgen am ehesten auf ihre Kosten kamen. Es musste mit den Auszahlungssystemen zusammenhängen, wie auch sein Schwiegervater kürzlich erklärt hatte.

Das folgende Gespräch gestaltete sich als Frage-Antwort-Spiel, bei dem Gross' Fragen nur knapp und allgemein beantwortet wurden. Hebel hatte keinerlei Lust zu verbergen, dass er Gross lieber sofort als später wieder aus dem Haus haben wollte.

»Ihren Weinberg im Kirchenstück haben Sie an den Wergershof verkauft«, gab Gross das Stichwort.

»Ja«, war die karge Antwort.

»Wie lief der Verkauf ab?«

Hebel sah ihn an, als wäre er nicht ganz bei Trost. »Wir sind zum Notar gegangen und haben beide unterschrieben. Was haben Sie denn gedacht?«

»Ist dabei alles glatt gelaufen oder hat es Probleme gegeben?«

»Was soll es für Probleme gegeben haben?«

»Bitte antworten Sie auf meine Frage.«

»Nein, keine Probleme.«

»Wie hoch war der Preis pro Quadratmeter?«

»Das geht Sie nichts an.«

»Überlassen Sie das bitte mir. Ich kann im Übrigen auch beim Notar die Unterlagen einsehen.«

»Wir haben für fünfundvierzig Euro pro Quadratmeter verkauft.«

Gross war froh, dass er sich noch am Morgen bei zwei Gutsbesitzern erkundigt hatte, was man wohl in Kreisen der Weingüter für einen Weinberg im Kirchenstück bezahlen müsste. Man hatte ihm etwa sechzig bis siebzig Euro genannt, je nach Zustand des Weinbergs.

»Wie kommt es, dass mir ganz andere Preise für das Kirchenstück genannt wurden?«

»Vielleicht bin ich als einfacher Mann zu blöd, um mehr herauszuholen?«

»Das glaube ich nicht. Ich glaube eher, das ist vielleicht nicht alles in den Vertrag geschrieben worden.«

»Wollen Sie mir Steuerbetrug unterstellen?«

»Herr Hebel, wir untersuchen einen Mord. Ihre Geschäfte interessieren mich nur, soweit sie damit zu tun haben könnten. Ich habe nicht die Absicht, mögliche Steuervergehen zu verfolgen, verstehen Sie mich? Da können Sie unbesorgt sein. Nach unseren Recherchen ist der Grundstücksverkauf nicht reibungslos verlaufen. Ich möchte gern Ihre Darstellung dazu hören.«

Hebel war aufgestanden und unruhig im Zimmer hin und her gegangen. Jetzt starrte er ihn wütend an.

»Ach, daher weht der Wind. Die noble Frau Werger will mich anschwärzen! Erst versuchen die sauberen Herrschaften, dich zu bescheißen, und dann wollen sie dir noch einen Mord anhängen«, brach es aus ihm heraus.

Gross sagte einige Sekunden nichts und schaute Hebel in die Augen. Sein Gesicht hatte diesen leicht triumphierenden Ausdruck, den Badenhop nicht leiden konnte.

»Ich wäre an Ihrer Stelle vorsichtig, jemandem etwas zu unterstellen, Herr Hebel. Aber da Sie selbst von Betrug sprechen, scheinen unsere Informationen ja nicht falsch zu sein.«

Hebel merkte, dass er in seiner Wut einen Fehler begangen hatte, und versuchte zurückzurudern. »Es stimmt, dass wir einen Teil ohne Notar gemacht haben. Ich wüsste nicht, dass jemand in der Pfalz bei Weinbergsverkäufen den ganzen Preis in den Vertrag schreiben lässt. Aber Werger hat versucht, mir einzureden, mein Weinberg wäre in einem so schlechten Zustand, dass er viel Arbeit damit hätte und weniger als üblich zahlen könnte.«

»Aber Sie haben doch sicher nicht nur mit ihm verhandelt. Da war doch wohl fast jeder hier am Ort interessiert und die Großen aus Deidesheim und Wachenheim sowieso.«

»Das mag sein, aber ich verkaufe nicht an jeden. Dem Wergershof gehört der Weinberg neben mir. Die letzten Jahre hatte er mir mit seinem Unterstockräumer geholfen. Ich habe so ein Gerät nicht. Er kam irgendwann und meinte, es sei doch besser, unter den Zeilen mechanisch umzugraben als Unkrautvernichter zu verwenden. Im Prinzip ist das ja richtig. Er ist mir dann ein paarmal durchgefahren, ohne etwas dafür zu verlangen. Inzwischen glaube ich, er hat nur spekuliert, dass er dafür den Weinberg von mir kaufen kann. Er wusste ja, dass meine Kinder kein Interesse haben. Am Ende hat er erreicht, was er wollte.«

»Aber jetzt ist er tot. Und warum sprechen Sie von Betrug? Nur weil er weniger zahlen wollte?«

»Na ja, ist das etwa anständig, jemandem etwas einreden zu wollen, damit man weniger zahlen muss, als das Grundstück wert ist?«

»Mehr werfen Sie ihm nicht vor? Deshalb die ganze Aufregung?«

Hebel schwieg.

»Herr Hebel, wo waren Sie am 12. Februar zwischen neun Uhr abends und Mitternacht?«

Schon begann Hebel, sich wieder aufzuregen. »Sie glauben doch nicht im Ernst, dass ich den Kerl umgebracht habe. Hat sie das behauptet?«

»Niemand hat etwas behauptet. Beantworten Sie einfach meine Frage. Ich unterstelle Ihnen nichts. Ich muss nur alles überprüfen.«

»Ich war hier. Meine Frau auch. Wir waren beide hier.«

Das klassische Alibi. Die Ehefrau oder die Geliebte.

Gross verabschiedete sich. Hebel blieb sitzen, brummte: »Sie finden ja raus« und griff sich die Zeitung.

Als der junge Beamte die Haustür öffnete, kam Frau Hebel aus der Küche, drückte ihm eine Papiertüte in die Hand und flüsterte: »Lassen Sie sich's schmecken.«

Er sah sie erstaunt an, bedankte sich artig und verließ das Haus.

Im Wagen sah er in die Tüte. Zwei warme Appelkiechelscher. Nein, das war kein Bestechungsversuch. Frau Hebel war einfach eine liebenswerte alte Pfälzer Hausfrau. Wie sie es nur mit diesem übellaunigen Gesellen aushielt? Vielleicht war er nicht immer so. Gross setzte sich ins Auto und fuhr zurück ins Büro.

»Können wir beide kommen?«

Die Frage überraschte Badenhop, aber er hatte eigentlich nichts dagegen, dass Laura Clüsserath und Patrick Zehner zusammen kamen, um mit ihm nochmals über das »komische Gesicht« des Johann Werger während der Jungweinprobe zu sprechen. Patrick Zehner arbeitete auf dem Wergershof und kannte Johann Werger besser als manch anderer. Laura Clüsserath hatte außerdem erklärt, Zehner sei noch etwas ganz anderes eingefallen. Sie verabredeten sich gegen achtzehn Uhr in der »Kanne«, weil Laura nicht früher aus dem Betrieb wegkonnte.

Nun saßen sie in der ältesten Gaststätte der Pfalz, einem stattlichen Gebäude mit mehreren Galerien, die nur selten alle benutzt wurden. Die Weinkarte, die Badenhop mehr aus Neugierde aufschlug, enthielt eine beachtliche Liste recht teurer Weine unter dem Oberbegriff »Große Gewächse«, den Badenhop schon mehrfach gehört zu haben glaubte. Er bestellte ein Wasser, die beiden jungen Kellermeister, nachdem sie eine Weile beraten hatten, jeweils ein Glas verschiedener Rieslinge.

Badenhop sah die beiden an. Ein schönes Pärchen, dachte er bei sich. Etwa zehn Jahre älter als seine Söhne. Er fragte sich, wie es ihm wohl gefiele, wenn die beiden mit fünfundzwanzig wie dieser Patrick aufträten und Freundinnen nach Hause brächten wie diese hübsche, auf den ersten Blick etwas geheimnisvoll wirkende Laura. Es würde ihm gefallen, empfand er den Bruchteil einer Sekunde lang. Warum kam ihm das gerade in den Sinn? Wollte er einen Blick in die Zukunft wagen? Unsicherheiten abwägen, das Erwachsenwerden seiner Kinder betreffend? Merkwürdige Gedanken dieser Art drängten sich manchmal in sein Bewusstsein, wenn er jungen Menschen begegnete. Rasch schob er sie zurück ins Unterbewusstsein und begann mit seiner Arbeit.

»Ich danke Ihnen, dass Sie sich bei mir gemeldet haben. Ehrlich gesagt hatte ich vor, Sie anzurufen, nachdem ich den Bericht meines Kollegen gesehen hatte. Aber Herr Zehner, Frau Clüsserath sagte mir, Ihnen sei noch etwas ganz anderes eingefallen. Fangen wir damit an, die Sache mit den Reben.«

»Ja, vor ein paar Wochen haben wir bemerkt, dass uns jemand im Weinberg Reben abgeschnitten hatte, direkt unten, über der Erde. Werger hat sich ziemlich aufgeregt. Aber hat gemeint, ich solle seiner Frau lieber nichts sagen, sie würde sich sonst vielleicht Sorgen machen. Es wäre sicher ein Streich von dummen Buben. Ich bin mir nicht so sicher. Das sah eher aus, als wollte uns jemand schaden.«

»Kann das der gleiche Täter gewesen sein, der die Trauben gestohlen hat?«

»Könnte sein. Aber hier hatte er selbst nichts davon. Nur wir haben den Schaden. Mit den gestohlenen Trauben hat er sich viel Mühe gemacht, sie mit der Hand zu lesen und mitzunehmen. Der wollte die Trauben für sich haben. Wenn er uns damals auch hätte schaden wollen, hätte er die Trauben einfach auf den Boden geschnitten.«

»Wie groß war der Schaden?«

»Es geht. Ungefähr zwanzig Reben. Es war eher ärgerlich als wirklich schlimm. Es könnten schon dumme Buben gewesen sein. Manchmal versteht man nicht, warum Sachen einfach kaputt gemacht werden, ohne Sinn und Zweck.«

Da hatte er recht. Aber Badenhop fiel auch die Drohung Hebels ein, der sich betrogen fühlte. War es nicht ein Weinberg in diesem Kirchenstück gewesen, um den es ging?

»Handelte es sich um Reben in dem Weinberg, den Werger kürzlich gekauft hatte?«

»Nein, es war der alte Weinberg von uns direkt daneben.«

»Haben Sie etwas davon gehört, dass es Konflikte gegeben hat wegen dieses Weinbergkaufs?«

Partrick sah ihn verständnislos an. »Nein. Welche Konflikte? Dass ein anderer den Weinberg wollte oder so?«

Er schien tatsächlich nichts zu wissen.

»Nein, vergessen Sie es. War nur so ein Gedanke. Kommen wir zu Ihnen, Frau Clüsserath. Sie haben an dem besagten Abend der Weinprobe Herrn Werger beobachtet, saßen aber beide nicht bei Ihren Chefs am Tisch, richtig? Warum eigentlich nicht?«

»Na ja, direkt beobachtet haben wir ihn nicht«, antwortete Laura. »Die Tische standen hufeisenförmig. Das macht man ja, damit sich alle sehen. Wir saßen ungefähr Herrn Werger gegenüber. Warum wir nicht bei unseren Chefs saßen? Es ist nicht so eine formelle Veranstaltung. Es gibt keine Regel, wo man sitzt. Wir waren von zu Hause – äh, ich meine von Patricks Wohnung – gekommen«, eine leichte Röte flog über ihre Wangen, Badenhop registrierte es belustigt, »und haben uns einfach irgendwo hingesetzt.«

»Was war dann die Besonderheit, die Sie beobachtet haben?«

»Also, zusammen haben wir nichts beobachtet«, sagte Patrick nun. »Mir ist gar nichts aufgefallen. Laura schon. Und als sie es mir erzählt hat, haben wir zusammen überlegt, was dahinterstecken könnte.«

»Dann erzählen Sie mal, Frau Clüsserath.«

Das tat sie dann auch und schien Gefallen daran zu haben. »Bei Weinproben machen die Leute ja immer mal Grimassen. Mal, weil sie den Wein möglichst viel im Mund hin- und herbewegen, mal, weil sie beim Schmecken nachdenken, und mal, weil ihnen ein Wein besonders gefällt oder nicht gefällt. Was ich bei Werger beobachtet habe, war anders. Er hatte wie jeder andere auch fünf Gläser vor sich stehen und hat probiert. Er kam mir den ganzen Abend vollkommen normal vor. Er hat probiert, manchmal einen Kommentar abgegeben oder eine Frage gestellt wie die anderen auch. Aber plötzlich hatte ich das Gefühl, dass er vor sich hinstarrt, irgendwie blasser kam er mir auch vor. Dann hat er in die Runde geguckt, als ob er etwas sucht, ist nervös auf dem Stuhl herumgerutscht, hat noch mal probiert. Anschließend hat er so komisch die Lippen zusammengepresst, und ich glaube, er hat auch die Fäuste zusammengedrückt. Wenig später ist er ja dann auch gegangen.«

»Sie hätten Polizistin werden sollen.«

Sie lachte. »Nein, bestimmt nicht. Ich habe es eher zufällig gesehen, weil ich beim Probieren immer gern auf die anderen achte. Dann habe ich mit Patrick lange drüber gesprochen. Dabei ist es auf einmal gewesen, als würde der Film noch mal ablaufen. Deshalb weiß ich es noch ganz gut. Aber warum er sich so verhalten hat, weiß ich nicht.«

»Wir haben schon überlegt, warum das passierte. Er ist ja kurz darauf umgebracht worden, und wir haben gedacht, es könnte vielleicht damit zu tun haben«, ergänzte Patrick.

Der Eifer der beiden gefiel Badenhop, der allerdings noch nicht sah, worin der kriminalistisch wichtige Aspekt liegen könnte.

»Zu welchem Schluss sind Sie gekommen?«

Laura nickte bedächtig. »Das ist eine Mischung aus Spekulation und dem, was passiert ist. Ich habe kein Handy bei Werger gesehen. Er kann also keine Nachricht bekommen haben. Es ist auch nichts Aufregendes im Raum passiert. Ich glaube, es wurde gerade gar nichts gesagt, weil alle die neue Runde probiert haben. Es gibt natürlich die Möglichkeit, dass Herrn Werger schlecht geworden ist oder dass er Schmerzen hatte. Patrick hat erzählt, er hat in letzter Zeit ziemlich Rückenschmerzen gehabt. Er soll auch in Behandlung gewesen sein wegen seines Rückens. Aber wir meinen, es könnte auch wegen der Weine gewesen sein.«

»Also doch alles nur wegen der Weine?«, fragte Badenhop, dem auch die Folgen der Rückenbehandlung deutlich vor Augen standen. »Ich dachte, Grimassen sind bei Weinproben nichts Besonderes.«

»Wir meinen es auch nicht so«, betonte Laura mit fester Stimme. »Wir glauben, Herr Werger hat beim Probieren der Weine etwas so Aufregendes bemerkt, dass er wie geschockt war. Patrick meint, so wie ich es beschreibe, könnte er auch wütend gewesen sein.«

»Sie meinen, er sei durch die Probe zu einer schockierenden Erkenntnis gekommen oder etwas an den Weinen habe ihn wütend gemacht?«

Wurde man beim Weinprobieren blass vor Wut oder verfiel in

Schockzustände? Badenhop wusste auf einmal nicht mehr, ob die beiden jungen Kellermeister ihn nun aufzogen, wie es sein Kollege Hochdörffer immer wieder gern tat, oder ob er dabei war, sich in spezifisches Gewässer zu begeben, in dem er nicht schwimmen konnte.

Patrick schien seine Unsicherheit zu bemerken. »Es wurden bei dieser Probe Weine aus bestimmten Lagen verkostet, immer mehrere aus der gleichen Lage nebeneinander, damit man die Weine aus der gleichen Lage, aber von verschiedenen Winzern vergleichen konnte.«

»Und dabei soll er eine fundamentale Erkenntnis gehabt haben, die ihn schockierte? Das müssen Sie mir sehr genau erklären. Bitte bedenken Sie aber, dass ich wirklich nichts von Wein verstehe. Allerdings glaube ich, so gesehen haben wir Zeit für eine kleine Brotzeit. Haben Sie Hunger?«

Es waren von seinem Haus aus nur ein paar hundert Meter. Sie reichten nicht, um seine Wut abklingen zu lassen. Was bildeten diese Leute sich ein? Dass man mit einfachen Leuten alles machen konnte? Er riss das schmiedeeiserne Tor auf, knallte es hinter sich zu, rannte fast die paar Meter zur Haustür und klingelte. Niemand reagierte, obwohl in zwei Fenstern noch Licht brannte.

Er klingelte erneut, diesmal länger.

Schließlich fragte eine Frauenstimme aus dem Klingellautsprecher: »Wer ist da?«

»Machen Sie sofort auf«, bellte er hinein. »Sie glauben doch nicht, dass Sie mir so davonkommen!«

»Wer sind Sie? Was wollen Sie um diese Uhrzeit? Es ist nach zehn Uhr.«

»Hier ist Heinz Hebel, und es ist mir egal, wie spät es ist. Ich habe mit Ihnen zu reden.«

Kurz darauf ertönte der Summton.

NEUN

Das Wochenende war weitgehend ereignislos verlaufen. Die Baden-hops hatten endlich den lange geplanten Spaziergang auf das Hambacher Schloss absolviert, wo eine sehenswerte Ausstellung an das erste demokratische Großereignis im Jahr 1832 erinnerte. Am Montagmorgen hatte Badenhop seinen Kollegen Hochdörffer gebeten, zu seiner morgendlichen Besprechung mit Gross und Staatsanwältin Karin Welsch zu kommen, die schon mehrfach angefragt hatte, wie weit man mit der Sache sei und wann mit Verhaftungen zu rechnen sei.

Was er am Freitagabend gehört hatte, konnte eine heiße Spur sein. Sie führte aber zugleich auf ein Terrain, das ihm weitgehend fremd war: Wein.

Sie hatten, fiel ihm ein, als er die langweiligen Butterkekse auf dem Besprechungstisch sah, in der »Kanne« sehr gut gegessen. »Sie bemühen sich, regionale Zutaten und regionale Tradition ein wenig neu zu interpretieren«, hatte Patrick den deftigen, aber gekonnten Stil der Küche erläutert.

Die beiden jungen Leute waren nicht von hier, dachte Badenhop. Trotzdem schienen sie sich sehr mit der Region zu identifizieren. Zehner kannte sich gut aus, lobte die gastronomische Szene und schien recht angetan von den Weinen, obwohl er ja aus dem Nachbargebiet stammte. Die junge Clüsserath, die erst seit zwei Monaten in der Pfalz wohnte, war offensichtlich in ihn verliebt, machte aber keineswegs den Eindruck, sich auf eine Rolle als Anbetende reduzieren zu lassen. Als sie merkten, dass er nicht gerade ein Weinkenner war, hatten sie ihn zu einem Glas Gewürztraminer überredet.

»Der schmeckt Ihnen bestimmt, probieren Sie doch mal«, hatte Laura gut gelaunt verlangt.

Tatsächlich, der Wein hatte ihm geschmeckt. Und er hatte sich wohl gefühlt bei den beiden. Am Ende hatte er allerdings das Gefühl, sie waren froh, wieder gehen zu können. Was wollten sie auch mit ihm. Sie hatten sicher Besseres vor.

Hochdörffer hatte sich gern bereit erklärt, »am Kopfzerbrechen teilzunehmen«, wie er sich ausdrückte. Ob aus Neugierde oder aus

Hilfsbereitschaft konnte Badenhop noch nicht einschätzen. Vermutlich etwas von beidem.

»Na, wie tief sind Sie durch den Fall schon in die pfälzische Seele eingedrungen?«, fragte Hochdörffer gleich zur Begrüßung, als er ihm die Hand gab.

Badenhop genoss eine Sonderbehandlung von Hochdörffer. Während der fast jeden im Präsidium mit einem kräftigen Schlag auf die Schulter begrüßte, begnügte er sich bei Badenhop mit Händeschütteln, offenbar in Berücksichtigung der Tatsache, dass joviale Berührungen bei Menschen aus dem Norden nicht immer auf Zustimmung stießen.

Badenhop tat, als dächte er über Hochdörffers Bemerkung nach. »Ob es einen typisch pfälzischen Charakter des Falles gibt, kann ich bisher nicht ohne Weiteres erkennen. Dafür habe ich ja Kollegen wie Sie und Herrn Gross.«

Karin Welsch tat geschäftig.

»Nun, meine Herren, beginnen wir von vorn. Es ist sicher an der Zeit, sich den Stand der Dinge gemeinsam vor Augen zu führen«, übernahm die Staatsanwältin das Wort. »Es ist schon einige Zeit vergangen. Der Bauernpräsident, der bekanntlich auch ein wichtiger Politiker ist, hat schon ziemlich ungeduldig angefragt, was dem Kollegen wirklich widerfahren ist und wer dafür einzustehen hat. Kommissar Badenhop, geben Sie uns doch bitte einen aktuellen Überblick.«

Es passte zu dieser durchaus modisch gekleideten, aber dennoch wie eine Gouvernante wirkenden Vierzigjährigen, so zu tun, als ginge die Initiative von ihr aus. Womöglich musste man die Fähigkeit, sich mit fremden Federn zu schmücken, in besonderem Maß besitzen, wenn man wie sie – alle Welt wusste das – eine politische Karriere anstrebte. Mit Fragen zur pfälzischen Seele konnte man ihr jedenfalls nicht kommen.

Sie stammte aus Simmern im Hunsrück, in Kilometern gemessen unweit der Pfalz, in »seelischen Angelegenheiten« ein Sonnensystem entfernt. Auf eine andere Art fast so weit wie Schwaben, hatte Hochdörffer vor einigen Wochen mit schiefem Grinsen angemerkt. Man munkelte, sie warte nur darauf, in Richtung Oberlandesgericht Koblenz abberufen zu werden, wo ihre Parteifreunde ihr eine entsprechende Stelle besorgen würden, die sie für die nächste Treppenstufe in Richtung Justizministerium oder Landesparlament – je nach Wahlausgang – vorbereiten könnte. Hier jedenfalls, in Neustadt, hatte sie sich eher durch öffentliche Äußerungen und Profilierung in eigener Sache als durch brillante juristische Arbeit hervorgetan.

Badenhop kam mit ihr aus – vor allem, weil er aus Hamburg Schlimmeres gewohnt war.

»Wir haben zwar einige Personen, die sowohl die Möglichkeit als auch ein Motiv haben«, begann er seinen Bericht, »aber wir sind noch ein gutes Stück von der Lösung entfernt. Sowohl bei Doris Werger als auch bei Katrin Mellen kommt ein Verbrechen aus Leidenschaft in Frage. Ihre Aussagen, die wir generell nur in Teilen überprüfen können, unterscheiden sich in einem wesentlichen Detail. Sollte Werger die Beziehung wirklich beendet haben, wie Frau Werger behauptet, gerät die verlassene Geliebte in Verdacht. Hat er die Beziehung trotz des Versprechens, sie zu beenden, weitergeführt, wie Frau Mellen ausgesagt hat, so hätte die gleich zweimal betrogene und enttäuschte Ehefrau ein starkes Motiv. Über den Tatort ist nach wie vor nichts bekannt. In beiden Fällen können wir zum Tathergang nur spekulieren. Weder im Haus der Geliebten, auf deren Treppe der Tote gefunden wurde, noch im Wergershof konnten Spuren einer Gewalttat gefunden werden, was nicht bedeutet, dass sie dort nicht trotzdem hätten stattgefunden haben können. In beiden Häusern war die Anwesenheit Johann Wergers nachzuweisen, aber dies wurde – im Wergershof ist es ja selbstverständlich – von Katrin Mellen nicht bestritten. Die als Physiotherapeutin sich in guter körperlicher Verfassung befindliche Frau Mellen – seine andere Gehirnhälfte meldete sich – hätte sicher den Mann vor die Tür schleppen können. Frau Werger hätte ihn ins Auto schaffen und wieder herausholen müssen. Mit höchstem Kraftaufwand wäre sie dazu sicher in der Lage. Sie ist eine nicht sehr große, aber sportliche und an körperliche Arbeit gewöhnte Person. Die beiden Frauen sind nicht die einzigen Verdächtigen. Eine neue Spur ist aufgetaucht im Zusammenhang mit einem Grundstücksverkauf. Der Verkäufer, Heinz Hebel, behauptet, er sei dabei von Johann Werger zumindest unfair behandelt worden. Nach Aussage eines Zeugen soll er Werger massiv beschimpft und bedroht haben. Auf Herrn Gross machte er bei der Befragung den Eindruck, er versuche jetzt, den Konflikt herunterzuspielen, damit er nicht weiter in Verdacht gerät …«

In diesem Moment klopfte es an der Tür. Ohne eine Antwort abzuwarten, betrat die Abteilungssekretärin Sabine Vogel den Besprechungsraum, ein fast zerbrechlich schlankes Persönchen, dessen Fähigkeiten, Schreibarbeiten und organisatorische Dinge zuverlässig und schnell zu erledigen, Badenhop rasch schätzen gelernt hatte.

»Was ist denn? Warum stören Sie uns mitten in der Besprechung?«, herrschte die Staatsanwältin sie an.

Sie wisse wohl, dass sie nur in dringenden Fällen stören solle, aber es sei ein Herr am Telefon, der eine anscheinend wichtige Aussage zum Fall Werger machen wolle. Er meinte, es sei möglich, dass er den Tatort kenne.

»Gross, gehen Sie und sprechen Sie mit ihm. Danke, Frau Vogel. Es war selbstverständlich in Ordnung, uns das gleich mitzuteilen.«

Badenhops in diesem Moment ausgesuchte Freundlichkeit der Sekretärin gegenüber wusste jeder im Raum richtig zu interpretieren, auch Karin Welsch. »Ich fahre vielleicht fort. Wie gesagt, Heinz Hebel soll Werger wegen eines angeblichen Betrugs beim Grundstücksverkauf bedroht haben. In diesem Zusammenhang könnte es von Bedeutung sein, dass Werger in einem Weinberg mutwillig Reben abgeschnitten wurden. Werger hat keine Anzeige erstattet. Es könnte auch ein Dummejungenstreich gewesen sein. Wir haben es überprüft. Der Grundstücksverkauf hat tatsächlich stattgefunden. Der notariell festgelegte Verkaufspreis liegt deutlich unter dem Wert des Grundstücks. Dieser niedrige offizielle Preis muss allerdings nicht bedeuten, dass Hebel sich deshalb betrogen fühlt. Es scheint durchaus üblich zu sein, erhebliche Beträge zusätzlich unter der Hand zu zahlen, um Abgaben wie Grunderwerbssteuer zu vermeiden. Hebel hat die Schwarzgeldzahlung zugegeben. In der Mordnacht sei er allerdings zu Hause gewesen. Seine Frau bestätigt das.«

»Was sagt Doris Werger dazu?«, wollte Hochdörffer wissen.

»Sie wusste natürlich von dem Grundstücksverkauf, aber sie sagt, ihr Mann habe die Details mit Hebel ausgehandelt und sei auch allein beim Notar gewesen. Das Weingut gehörte bis zu seinem Tod ihm allein. Von einer Bedrohung durch Hebel sagte sie nichts, auch nichts von den abgeschnittenen Reben. Wenn sie ihren Mann erschlagen hat, wäre es leicht für sie gewesen, den Verdacht auf Hebel zu lenken. Aber sie hat nichts dergleichen getan. Das scheint sie eher zu entlasten.«

»Diese Schlussfolgerung kann sie ebenso gut bewusst einkalkuliert haben«, warf Hochdörffer ein. »Ich habe sie als kühle, überlegte Person erlebt. Berechnend will ich nicht sagen, aber es wäre möglich.«

In diesem Moment kam Gross zurück. Er schien die erwartungsvoll-neugierigen Blicke zu genießen, knöpfte umständlich seine Anzugjacke auf, setzte sich, blickte in die Runde und zog an seinem Krawattenknoten.

»Kevin, häng dich nicht auf«, flapste Hochdörffer.

»Nun berichten Sie schon«, verlangte Badenhop.

»Es war Peter Tremmer, der Mundartdichter, der damals als Erster die Leiche gesehen hat. Er meint, sein Hund hätte womöglich den Tatort gefunden. Es ist eine Steinplattform zwischen den Weinbergen in Forst, ziemlich weit weg vom Fundort der Leiche. Tremmer meint, es sei dort nichts zu sehen, aber wir hätten ihm ja gesagt, er solle uns anrufen, wenn ihm etwas auffällt.«

»Und da ist ihm dieses Steindingens aufgefallen, und er meint, das sieht so gefährlich aus, als könnte es der Tatort sein?« Karin Welsch schnaubte.

»Nein, Entschuldigung, Frau Staatsanwältin, ich habe mich wohl ungeschickt ausgedrückt. Es geht mehr um das Verhalten von dem Hund. Tremmer geht diesen Weg regelmäßig seit Jahren. Aber in den letzten Tagen, sagt er, verhält sich sein Hund dort ganz merkwürdig, völlig nervös, rennt rum, knurrt, kratzt mit den Pfoten, als ob er ihm etwas zeigen wollte. Anfangs hätte er sich nichts dabei gedacht, und man sieht ja auch nichts. Aber der Hund sei so sonderbar, dass er überlegt habe, was da wäre. Die Idee mit dem Tatort ist ihm gekommen, weil er ja dabei war, als festgestellt wurde, dass Werger nicht an der Treppe unten im Dorf gestorben ist. Er habe bisher auch nichts davon gehört, dass man wüsste, wo Werger erschlagen wurde. Der Hund sei auch dabei gewesen, als er Werger gefunden hat, und habe womöglich etwas wiedererkannt.«

Es erschien Badenhop merkwürdig, dass der Tatort draußen im Weinberg sein sollte, aber der Sache musste man nachgehen.

»Gut, Herr Gross. Das könnte wirklich ein wertvoller Hinweis sein. Sagen Sie Frau Vogel, sie soll die Spurensicherung benachrichtigen. Wir haben hier noch einen weiteren wichtigen Aspekt, den ich Ihnen gern vortragen möchte. Ob es eine wirkliche Spur ist, werden wir sehen.«

Badenhop holte tief Luft. Jetzt kam der komplizierte Teil. Er schien immer noch nicht sicher zu sein, ob die Ernsthaftigkeit, mit der er die Vermutungen von Laura Clüsserath und Patrick Zehner verfolgte, ihn nicht der Lächerlichkeit preisgeben würde. Er glaubte zwar keinesfalls, dass die beiden ihn hochnehmen wollten. Aber vielleicht hatten sie sich in völlig absurde Ideen verstiegen. Hochdörffer nervte sowieso manchmal mit seiner Pfalz- und Weintümelei. Badenhop wollte sich nicht ausgerechnet, wenn es um Wein ging, vor ihm blamieren.

»Ich hatte ein sehr langes Gespräch mit zwei jungen Kellermeistern, die bei der Jungweinprobe anwesend waren, Laura Clüsserath und Patrick Zehner. Zehner arbeitet auf dem Wergershof, Clüsserath im Weingut Heinen. Sie ist seine Freundin. Vor allem der jungen Dame ist ein merkwürdiges Verhalten Wergers aufgefallen. Sie meinen, sie könnten sich täuschen. Aber sie haben lange darüber nachgedacht, und sie scheinen mir sehr gewissenhafte junge Leute zu sein. Im Kern läuft es darauf hinaus, dass sie glauben, bei einer bestimmten Weinserie sei Werger etwas aufgefallen, das ihn außerordentlich schockiert oder verärgert habe. Kurz darauf sei er ohne ersichtlichen Grund gegangen, obwohl er selten bei Weinproben früher weggeht.«

»Was wurde denn probiert?« Hochdörffer schien plötzlich sehr konzentriert.

Badenhop blätterte in seinen Notizen. Er wollte das jetzt in jedem Fall sachlich korrekt wiedergeben.

»Es wurden sogenannte Jungweine aus Forster Weinlagen probiert. Die Abfolge war offenbar ungewöhnlich, denn man probierte jeweils aus einer Lage alle mitgebrachten Weine der verschiedenen Winzer. Die einfacheren Lagen – wenn ich richtig verstanden habe, mit den preiswerteren Weinen –«, Badenhop sah in die Runde, alle schienen zu verstehen, »kamen zuerst. Die letzten Weine waren die Lagen mit den sogenannten Großen Gewächsen, also die Lagen«, Badenhop blätterte, »hier: Pechstein, Freundstück, Unge-

110

heuer, Jesuitengarten und Kirchenstück. Zehner meinte, das seien die Weine, die Werger eigentlich immer besonders interessiert hätten. Deshalb sei es komisch gewesen, dass er schon nach der ersten oder zweiten Runde dieser Großen Gewächse gegangen sei.«

Hochdörffer war nun deutlich anzumerken, dass er hier eine mögliche Spur sah. »Was wurde denn gerade probiert, als er diese, wie Sie sagen, schockierende Entdeckung machte?«

»Sie sind sich nicht hundertprozentig sicher. Es war entweder das Freundstück oder der Pechstein. Das waren die ersten beiden gewesen. Die anderen drei Lagen kamen danach. Da war er weg.«

»Meine Herren«, ließ sich die Staatsanwältin vernehmen, »stochern wir hier nicht ziemlich nutzlos mit der Stange im Nebel herum? Wir haben drei Verdächtige mit profunden Motiven und der Möglichkeit, die Tat begangen zu haben. Wollen Sie nicht bei diesen Herrschaften nach Beweisen suchen, statt den Befindlichkeiten von Teilnehmern einer Weinprobe nachzuspüren?«

Hochdörffer hob abwehrend die Hand. »Nicht so schnell, Frau Welsch. Ich glaube, ich weiß, worauf es hinausläuft, und das wäre wirklich eine Spur. Freundstück oder Pechstein, sagen Sie, Badenhop?«

»Ja. Sie wissen es zwar nicht genau, aber sie vermuten, es war der Pechstein. Und das wäre der springende Punkt. Im Pechstein wurden Werger im Herbst die Trauben gestohlen. Zehner und Clüsserath halten es für möglich, dass Werger in der Pechstein-Serie seinen Wein erkannt hat. Genauer: vielleicht nicht exakt seinen Wein. Aber er könnte einen Wein entdeckt haben, der mit gewisser Sicherheit nicht aus den Weinbergen des betreffenden Erzeugers stammte, weil er ganz untypisch oder aber viel besser ausgefallen ist.«

»Und das soll nur ihm aufgefallen sein und sonst niemandem?«, warf Gross ein.

»Nun, ich muss hier wiedergeben, was die beiden mir gesagt haben. Sie sind schließlich Fachleute, ich nicht. Sie meinen, es sei ein Unterschied, ob man beim Verkosten ganz gezielt nach etwas sucht oder ob man nur relativ neutral die Weine vergleicht. Deshalb würde bei manchen Gelegenheiten verdeckt, also ohne Kenntnis von Details über den Wein, und manchmal offen verkostet, mit Kenntnis des Winzers und so weiter. An diesem Abend jedenfalls habe sicher außer Werger niemand bei den Pechstein-Weinen nach solchen Details gesucht, auch sein Mitarbeiter Patrick Zehner nicht. Zehner hielt es allerdings rückblickend für möglich, dass Werger, der im Übrigen ein hervorragender Verkoster gewesen sei, gezielt an die Pechstein-Serie herangegangen sei, um möglicherweise etwas über seine gestohlenen Trauben zu erfahren. Er habe, so Zehner, bei verschiedenen Gelegenheiten im Laufe der vergangenen Monate immer mal wieder davon angefangen und sich jedes Mal in Rage geredet. Innerlich abgeschlossen hatte er mit der Sache überhaupt nicht. Er wollte immer noch den Dieb erwischen. Zehner sagte wörtlich: ›Bei der ersten Gelegenheit, bei der er etwas über seine gestohlenen Trauben erfahren hätte, wäre er sicher sofort auf hundertachtzig gewesen.‹«

Badenhop blickte in die Runde. Es war ihm immer noch ein wenig mulmig. »So viel von mir dazu. Was halten Sie von der Sache?« Immerhin: Niemand lachte.

»Ich meine, Sie sollten sich um Ihre Verdächtigen kümmern«, wiederholte Karin Welsch.

»Genau darum geht es. Aber wir müssen alle Spuren verfolgen, Frau Staatsanwältin«, entgegnete Badenhop mit Nachdruck.

»Ich glaube, ein richtiger Experte merkt so was«, lautete der schlichte Kommentar von Gross. »Ich habe mal einen Krimi gelesen, bei dem es um einen wertvollen Bordeaux ging. Der Fall wurde gelöst, weil ein exzellenter Weinkenner genau gemerkt hat, wo etwas faul war und wer gelogen hatte.«

»Nun, junger Mann«, monierte Karin Welsch von oben herab, »wir sind hier aber nicht in einem Krimi, sondern im richtigen Leben.«

»Ich meine ja nur, Entschuldigung«, duckte sich Gross weg und fing sich dafür einen höhnischen Blick von Hochdörffer ein, der das Gebuckel des Kriminalassistenten nicht leiden konnte.

»Na, jedenfalls steht die Abteilung Kapitalverbrechen jetzt doch mit beiden Beinen im Wein«, grinste Badenhops Kollege.

Das war, stellte Badenhop beruhigt fest, eine milde und immerhin nicht kritische Reaktion. Badenhop hatte Schlimmeres befürchtet. Sein Gefühl hatte ihn anscheinend nicht getrogen, als er die beiden jungen Leute ernst nahm. Auch Hochdörffer wurde gleich wieder sachlich. Er schien laut zu denken.

»Ob es möglich ist, so genau zu schmecken, weiß ich nicht.

Wenn ja, hat Werger jedenfalls eine starke Vermutung, wer der Dieb ist. Er rennt wutentbrannt weg, geht schnurstracks zu dem Kerl und wird erschlagen. Denkbar, aber auch wahrscheinlich? Hätte ihn jemand ermordet, nur damit der Diebstahl nicht herauskommt? Hm, gegeben hat es das schon. Aber eigentlich hätte der ja nur sagen müssen, er war es nicht. Ein echter Beweis ist ja schlecht möglich, so weit ich mich auskenne. Und warum lief Werger aus der Veranstaltung fort? Waren seine Kandidaten nicht so ziemlich alle drinnen im Saal? Er hätte den Kerl vor allen anderen anschwärzen können.«

»Wenn Sie recht haben, hätten wir also einen vierten, bisher unbekannten Verdächtigen«, schloss die Staatsanwältin und packte ihre Akten ein. »Da will ich Sie mal lieber nicht länger bei der Arbeit stören. Ich hoffe nur, Sie können diese Gruppe in absehbarer Zeit auf eine Person reduzieren. Ich wünsche Ihnen einen schönen Tag, meine Herren.«

Klack, klack, klack. Ihre hohen Absätze schienen ihren Worten Nachdruck verleihen zu wollen.

Abgang, Vorhang, dachte Badenhop, der Gross und Hochdörffer bat, noch einen Augenblick zu bleiben.

»Um Ihre letzte Frage zu beantworten: Es waren nicht alle Weingutsbesitzer persönlich vertreten, manchmal waren nur die Kellermeister oder andere Angehörige da. Anscheinend haben auch zwei oder drei Erzeuger Weine geschickt, kamen aber dann nicht zu der Veranstaltung. Dass Werger rausgegangen ist, heißt andererseits nicht unbedingt, dass der Dieb nicht im Saal war. Vielleicht wollte er einfach seine Wut abkühlen – er war ja sehr impulsiv – und auf den Dieb draußen warten.«

»Mir geht es aber auch darum, wie wir mit diesem Aspekt weiterkommen«, fuhr er fort. »Clüsserath und Zehner haben uns mit ihren Beobachtungen vielleicht sehr geholfen. Sie sind selbst Weinexperten und wüssten vielleicht, wie wir herausfinden können, wer der Dieb war. Wenn Werger es anhand der Weine konnte, könnte es wohl auch ein anderer Experte, wenn er sich von vornherein darauf konzentriert. Die beiden jungen Leute sind mir zu sehr involviert. Könnten Sie mir womöglich einen behördlichen Experten empfehlen, mit dem ich das weitere Vorgehen absprechen könnte?«

»Da habe ich eine Idee«, rief Gross. »Bei den Jungweinproben ist oft ein Außenstehender eingeladen, der die Proben als Erster kommentiert. Das war in diesem Fall Professor Fischer von der Schule draußen in Mußbach, also, äh, ›Dienstleistungszentrum Ländlicher Raum‹ heißt das jetzt. Der weiß vielleicht noch etwas über die verkosteten Weine. Er war dabei und hat sich bestimmt Notizen gemacht. Vielleicht kann er noch weiterhelfen und selbst mal mit einer extra Probe gezielt nach dem gestohlenen Wein suchen.«

»Sie haben ihn doch wie alle anderen Teilnehmer befragt.«

»Ja, aber über die Weine habe ich nicht so viel in den Bericht aufgenommen, Sie wissen doch …«

Badenhop wusste. Er hatte ihn sogar zurechtgewiesen, als er von den einzelnen Weinen anfing. Dass dies einmal wichtig werden würde, hätte er damals nicht geglaubt.

»Gehen Sie ihre Notizen noch mal unter Berücksichtigung der neuen Erkenntnisse durch. Und rufen Sie diesen Professor Fischer noch mal an und fragen Sie ihn, ob er uns helfen kann.«

»Ich hätte noch jemanden«, ergänzte nun Hochdörffer. »Der Weinkontrolleur, den ich bei dem Diebstahl schon zurate gezogen habe. Stefan Schwörer, ein ziemlich guter Verkoster. Er ist damals nicht weitergekommen. Aber jetzt, wo die Weine fertig sind, könnten seine Detailkenntnisse der Betriebe vielleicht helfen. Über das Chemische Untersuchungsamt in Speyer zu erreichen.«

»Sehr gut. Einer von beiden wird hoffentlich kooperieren. Wir rufen diesen Schwörer an. Aber jetzt brauche ich eine Pause«, stöhnte Badenhop.

Hochdörffer tätschelte ihm beim Hinausgehen die Schulter. »Sie werden noch Weinexperte. Ich sag's Ihnen.«

Das war, fand Badenhop, richtig nett gesagt.

»Glaube ich nicht«, antwortete er trotzig. »Ich will jetzt eine Cola und eine Bulette mit Senf.«

»Bäh«, sagte Hochdörffer.

Als sie aus der Mittagspause zurückkamen, lag eine Nachricht auf Badenhops Schreibtisch. Doris Werger wollte mit ihm sprechen.

»Wann hat sie angerufen, Frau Vogel?«

»Vor zehn Minuten. Sie ist zu Hause, hat sie gesagt.«

»Ich fahre sofort hin. Herr Gross: Wenn die Spurensicherung etwas weiß, soll sie mich anrufen. Und kümmern Sie sich bitte um die beiden Weinexperten.«

Als Badenhop auf dem Weg nach Forst über die Deidesheimer Hauptstraße fuhr, verspürte er die eigenartige Lust, seine neu erworbenen Pfalzkenntnisse an seine Familie weiterzugeben. Hier in der »Kanne« hatte es ihm gut gefallen. Das ganze Dorf schien eine Art Konzentrat pfälzischer Eß- und Trinkkultur zu sein, wenn er es richtig verstanden hatte. Sowohl Patrick Zehner sprach in höchsten Tönen von einigen Lokalitäten als auch seine Kollegen, denen er in der Mittagspause von seinem Besuch im Gasthaus »Kanne« berichtet hatte. Warum eigentlich? Wollte er Integrationsbereitschaft beweisen? Begann er, sich tatsächlich für diesen Landstrich zu interessieren?

Er solle seine Frau doch mal in den »Schwarzen Hahn« oder ins »Freundstück« ausführen, hatte Hochdörffer angeregt. Beide in Deidesheim. Beides Sternelokale. Sie müsse ja mal sehen, dass sie hier nicht hinter dem Mond gelandet sei. Badenhop war überrascht gewesen. Hochdörffer hatte seine Frau nur einmal gesehen. Bei seiner Einführung vor einigen Monaten, und er hatte nur selten von ihr erzählt. Und doch hatte sein Kollege ziemlich genau den springenden Punkt getroffen. Man durfte, das war ihm durchaus klar, die Pfälzer mit ihrer leutseligen und manchmal allzu direkt wirkenden Art auf keinen Fall unterschätzen.

Die Idee, Ingrid nach Deidesheim auszuführen, war sicher nicht schlecht, auch weil sie außer zwei Theaterbesuchen in Mannheim bisher kaum etwas unternommen hatten, das ihr die Gelegenheit gab, elegante Abendgarderobe zu tragen. Er wusste, dass sie dies vermisste, und hatte ein schlechtes Gewissen. Warum nicht ein Besuch in einem dieser Restaurants? Er würde anregen, den nächsten Familienabend in der »Kanne« zu verbringen. Seiner Frau würde er den Gewürztraminer empfehlen.

Als er in Forst ankam, begann es zu regnen. Die Spurensicherung war mittlerweile sicher fertig. Sie würde recht günstige Bedingungen vorgefunden haben. Er parkte im Hof des Weinguts und ging raschen Schritts zum Hauseingang.

»Danke, dass Sie gleich gekommen sind.« Mit diesen Worten empfing ihn Doris Werger. »Ich bin ziemlich beunruhigt.«

Sie ging ihm voraus in die holzgetäfelte Probierstube und bat ihn, Platz zu nehmen.

»Ist Ihnen noch etwas eingefallen?«

»Nein, es ist etwas passiert. Ich versuche, es Ihnen so neutral wie möglich zu berichten. Aber es hat mich ziemlich aufgewühlt.«

Am Freitagabend sei Heinz Hebel noch nach zweiundzwanzig Uhr plötzlich aufgetaucht. Er wollte sie unbedingt sprechen und schien ziemlich erregt. Er beschimpfte sie. Sie habe ihn angeschwärzt, und er lasse sich das nicht bieten. Am Morgen sei die Polizei bei ihm aufgetaucht und hätte ihn verdächtigt, ihren Mann umgebracht zu haben. »Das kann nur von Ihnen kommen«, habe er behauptet. Deshalb sei er jetzt, nach der Schicht, gleich noch einmal gekommen. »Es ist charakterlos genug, dass Ihr Mann mich beschissen hat.« Und jetzt wolle sie ihm noch einen Mord anhängen. Sie habe Angst gehabt. Er sei außer sich gewesen. Er habe so geschrien, dass zum Glück ihr Sohn aufgewacht und hinzugekommen sei. Da sei er ein wenig ruhiger geworden.

Sie solle gefälligst aufhören, ihn bei der Polizei anzuschwärzen, »sonst passiert etwas«. Das Ganze sei ihr ziemlich wirr vorgekommen. »Er hat mir nicht geglaubt, dass ich von einem Streit zwischen ihm und Johann gar nichts wusste. Ehrlich gesagt, habe ich zwar das Gefühl, das könnte wichtig sein auf der Suche nach dem Mörder. Aber einen Reim kann ich mir immer noch nicht darauf machen.«

»Es ist gut, dass Sie sich nicht haben einschüchtern lassen. Wir werden Herrn Hebel klarmachen, dass er vor allem sich selbst in Schwierigkeiten bringt, wenn er weiter mit Drohungen und Behauptungen durch die Gegend läuft.«

Badenhop war nicht wohl bei der Sache. Wenn ihre Aussage zutraf, machte Hebel sich in erheblichem Maß verdächtig. Das wusste auch Doris Werger, die schließlich selbst noch lange nicht entlastet war. Hatte sie tatsächlich nichts von den Drohungen und dem Konflikt mit Hebel gewusst?

»Könnte Hebel etwas anderes gemeint haben, als er Ihrem Mann drohte, er werde seinen Betrug büßen?«

»Mein Mann ist tot. Ich kann kaum glauben, dass er das gemeint hat, aber sieht es nicht so aus?«

»Es ist eine Möglichkeit. Mehr wissen wir nicht. Was wissen Sie von Beschädigungen in Ihren Weinbergen?«

»Beschädigungen in Weinbergen? Sie meinen den Diebstahl von Trauben im Herbst?«

»Nein. Jemand hat in einem Ihrer Weinberge Reben abgeschnitten. Ihr Mann hat es vor wenigen Wochen entdeckt. Sie wussten nichts davon?«

Sie schien ehrlich überrascht und erschrocken. »Nein. Ich höre es von Ihnen zum ersten Mal.«

Das konnte stimmen. Schließlich hatte Werger sogar Patrick Zehner gebeten, seiner Frau nichts zu sagen, angeblich, um sie nicht aufzuregen.

»Welchen Grund könnte Ihr Mann gehabt haben, Ihnen den Vorfall zu verschweigen? Hatten Sie nicht kürzlich gesagt, Sie haben über alles Wichtige regelmäßig gesprochen?«

Sie dachte nach. »Ich weiß es nicht. Ich verstehe es nicht. Vielleicht wollte er mich nicht beunruhigen.«

»Das war zumindest seine Begründung gegenüber Patrick Zehner. Aber warum hätten Sie beunruhigt sein können?«

Sie schüttelte den Kopf und sah ihn plötzlich mit einer Mischung aus Trauer und Wehmut an.

»Tut mir leid. Ich kann nur spekulieren. Johann war manchmal unbeherrscht, was ihm hinterher leidtat. Wenn er das Gefühl hatte, er habe in der ersten Aufregung etwas Dummes gemacht, hat er sich manchmal geschämt, es mir zu sagen, und es lieber heimlich in Ordnung gebracht. Ich mochte sein Aufbrausen und seine Wut nicht besonders. Seine Art, es einzusehen und wiedergutzumachen, mochte ich sehr. Wenn ich davon erfahren habe, war er beschämt, ein bisschen wie ein kleines Kind. Sonst hatte er wenig Kindliches.«

Sie verstummte. Sie schien in Gedanken zu versinken. In ihren Augen standen Tränen.

Badenhop hätte ihr die nächsten Fragen gern erspart. Aber er konnte sich nicht auf Hebel als Verdächtigen konzentrieren. Katrin Mellen und Doris Werger waren beileibe nicht aus dem Kreis der möglichen Täter ausgeschieden.

»Frau Werger, noch ein Detail. Wir versuchen, einige Situationen zeitlich genauer zu erfassen. Sie haben mir gesagt, Ihr Mann habe die Beziehung zu Frau Mellen beendet. Können Sie das zeitlich eingrenzen?«

»Mein Mann wurde am 12. Februar ermordet. Wir haben sonntags vorher ein langes Gespräch gehabt, bei dem er die Beziehung zugab und versprach, sie zu beenden. Ich habe Ihnen davon bereits erzählt. Am Tag darauf ist er hingegangen. Das war sechs Tage vor seinem Tod, also am 6. Februar.«

»Er hat Ihnen gesagt, wann er genau zu Frau Mellen gehen würde?«

»Ja. Er hatte nach unserem Gespräch ein großes Interesse daran, dass alles wieder in Ordnung kommt, wie er sich ausdrückte. Ich nehme an, es war auch eine Art Vertrauensbeweis, dass er mir sagte, wann er hingeht, um die Beziehung zu beenden.«

»Wissen Sie auch die Uhrzeit?«

»Nicht exakt. Es war am Abend, ich nehme an, gegen sieben oder etwas später.«

Sie erinnerte sich an diesen Tag noch ganz genau. Sie hatten mit ihrem Sohn beim Mittagessen gesessen, als ihr Mann sagte, was er an diesem Tag noch vorhatte. Gleich nach dem Essen würde er zu einer Besprechung mit Winzerkollegen fahren, mit denen er eine gemeinsame USA-Reise plante. Dann habe er noch etwas mit dem Verkäufer des Weinbergs im Kirchenstück zu regeln. Da habe es wohl noch eine Unklarheit gegeben. Und anschließend wolle er noch »diese Sache erledigen«, worüber sie gestern gesprochen hätten. Ihr Sohn hatte kurz aufgeblickt, aber nicht nachgefragt. Sie hatte genau gewusst, was er meinte. Es verschlug ihr sofort den Appetit, allein zu wissen, dass er zu der Frau ging, und sei es nur, um die Beziehung zu beenden. Sie hatte nur genickt und etwas von »ja, sehr gut« gemurmelt, war dann aufgestanden, hatte den Tisch abgeräumt und ihm zugenickt, als er sich verabschiedete. Nähe oder gar Berührungen hatte sie vermieden.

Anschließend versuchte sie zu arbeiten, doch sie konnte sich nicht konzentrieren. Diese Sache ging ihr extrem unter die Haut, drohte, sie aus der Bahn zu werfen. Sie wollte nicht zu Hause bleiben, besser: nicht allein bleiben. Sie hatte das Bedürfnis, sich mit jemandem zu treffen, dem sie vertrauen konnte, einer sehr guten Freundin aus Deidesheim. Sie rief sie an und bat sie um den Nachmittag. Sie hatte ihr alles erzählt, sich mit ihr beraten, sich trösten und Mut zusprechen lassen. Gegen acht Uhr abends kam sie zurück. Er war noch nicht da. Die nächste halbe Stunde war ihr quälend lange vorgekommen. Kurz nach neun Uhr kehrte er endlich zurück. Tastend kam ihr die Begegnung vor, befremdlich, aus ihrer Sicht zitternd vor Aufregung, aber ohne Nähe und Wärme. Sie konnte einfach nicht.

Doris Werger gab Badenhop eine Kurzfassung der Ereignisse und schloss mit den Worten: »Wir waren beide sehr angespannt. Er sagte, es sei alles in Ordnung. In Ordnung, fand ich, sei zu viel gesagt. Aber ich wusste, was er meinte. Weitere Details habe ich nicht nachgefragt. Ist das wichtig?«, fragte sie unsicher.

Sie schien ihm heute die ganze Zeit erheblich nervöser und weniger abgeklärt als bei früheren Begegnungen.

»Das kann ich Ihnen noch nicht sagen. Wir müssen vielen Kleinigkeiten nachgehen, Frau Werger. Wir kümmern uns um Herrn Hebel. Sie brauchen keine Angst zu haben.«

Badenhop suchte das Haus, in dem Heinz Hebel wohnte. Es war ein kleines, unscheinbares Häuschen direkt neben dem großen und gepflegten Anwesen des Weinguts Heinen. Er klingelte. Eine ältere Frau öffnete ihm, sagte »schon wieder die Polizei« und schien verängstigt.

»Frau Hebel?« Sie nickte. »Könnte ich Ihren Mann sprechen?«

Sie schüttelte den Kopf. »Er ist bei der Arbeit. Er hat Schicht. Er kommt erst heute Abend spät zurück. Es war doch schon ein junger Mann da und hat alles gefragt.«

Unfreundlich war sie nicht, ganz im Gegenteil. Badenhop hatte den Eindruck, sie fürchte sich vor Komplikationen. Vielleicht war es gar nicht schlecht, dass er sie allein antraf.

»Nun, es macht eigentlich nichts«, versuchte er so leutselig wie möglich aufzutreten. »Frau Hebel, Sie wissen, dass wir diese böse Sache mit Herrn Werger untersuchen. Und weil Sie und Ihr Mann kurze Zeit vor seinem Tod mit ihm geschäftlich zu tun hatten, haben wir noch ein paar Fragen. Dürfte ich reinkommen?«

Es schien ihr nicht zu gefallen, aber sie war viel zu höflich, um ihn abzuweisen.

»Natürlich, bitte, entschuldigen Sie. Hier, setzen Sie sich ins Wohnzimmer. Ich habe gerade einen Kaffee gemacht. Darf ich Ihnen einen anbieten? Er ist aber koffeinfrei. Ich vertrage den anderen nicht. Ich mache Ihnen auch einen normalen, wenn Sie wollen.«

»Danke, ich trinke gern einen Kaffee bei Ihnen mit. Machen Sie nicht extra noch einen. Für mich ist es auch gesünder ohne Koffein.«

Sie lächelte, murmelte etwas von »noch jung« und ging in die Küche. Sie wirkte jetzt ein wenig selbstsicherer, entweder weil sie sich auf sicherem Terrain wähnte oder weil er den richtigen Ton getroffen hatte.

Badenhop sah sich um. Das kleine Zimmer diente als Wohn- und Esszimmer. Eine dieser unsäglichen Schrankwände von einem bis zum anderen Ende des Raumes enthielt ein paar gebundene Bücher von Buchklubs, gerahmte Fotografien, anscheinend von Familienmitgliedern, eine Serie altmodischer Kristallgläser sowie einen großen Fernseher. Über das Sofa, auf das sie ihn platziert hatte, war eine Decke gebreitet, offenbar, um das wertvolle Stück zu schonen. Den gleichen Zweck erfüllte die durchsichtige Plastikdecke über einem kunstvoll gehäkelten Familienstück, das den Esstisch bedeckte. Auf einem Ecktischchen standen Trockenblumen, an der Wand hingen die »Betenden Hände« von Dürer aus Holz sowie ein aus Kupfer getriebenes Relief, auf dem Weinfässer, ein bärtiger Geselle mit einem Weinglas Typ »Römer« und eine Weintraube zu sehen waren.

Dass dieses ärmliche und nicht sonderlich geschmackvolle Ensemble blitzsauber und aufgeräumt war, überraschte Badenhop nicht. Er hatte nicht zum ersten Mal in solchen Häusern zu tun. Sie sahen in Hamburg nicht wesentlich anders aus als in der Pfalz. Vielleicht hätte dort ein Schiff das Weinkellerrelief ersetzt. Niemand würde auf die Idee kommen, dass in diesem Ambiente Bösartigkeit zu Hause sein könnte. Aber man wusste nie.

Frau Hebel kam mit einem Tablett zurück, auf dem zwei Tassen und ein Teller mit einigen Stücken Hefezopf standen.

»Bedienen Sie sich«, sagte sie. »Selbst gebacken« musste sie nicht dazusagen.

»Frau Hebel, ist Ihr Mann Freitagabend noch einmal weggegangen, nachdem er von der Schicht nach Hause gekommen war?«

»Ich bin früh ins Bett gegangen.«

»Frau Hebel, wissen Sie, was ich glaube? Wenn Ihr Mann von der Schicht nach Hause kommt, bekommt er von Ihnen etwas Warmes zu essen, ganz gleich, wie spät es ist. Habe ich recht? Ich will nur wissen, ob er danach noch einmal weggegangen ist.«

Sie sah ihn unglücklich an. »Heinz sagt, ich muss nichts sagen, was ihn belastet. Weil er mein Mann ist. Und das werden Sie auch verstehen. Wir sind seit dreißig Jahren verheiratet. Er ist manchmal grob. Das kann man ihm vielleicht vorwerfen. Aber er ist ein guter Mann. Er könnte niemals jemanden umbringen.«

Badenhop mochte diese Frau. Dennoch schien ihm die Gelegenheit günstig, Informationen zu erhalten, die ihr Mann nicht freiwillig geben würde. Dazu musste er sie an ihrer Ehre packen. Er sah auf die betenden Hände an der Wand und sagte, als wäre dies ein Kommentar zu dem kargen Wandschmuck: »Aber bestimmt sind Sie davon überzeugt, dass ehrlich am längsten währt. Sie können mir vertrauen. Was immer auch geschehen ist. Wenn Sie mir sagen, was passiert ist, helfen Sie Ihrem Mann am meisten.«

Badenhop war nicht sicher, ob dies wirklich stimmte. Er konnte sich in diesem Moment selbst nicht richtig leiden, aber er brauchte die Aussage dieser Frau.

Sie schien mit sich zu kämpfen. Schließlich nahm sie sich sichtlich zusammen. »Ja, er ist noch mal weggegangen. Morgens war der Kollege von Ihnen da. Ich weiß nicht, was sie genau gesprochen haben. Aber Heinz glaubt, die Frau Werger hat ihn angeschwärzt. Deshalb ist er zu ihr hin. Ich habe ihm gesagt, er soll es lieber sein lassen. Es ist ja schon genug passiert.«

Das deckte sich mit der Aussage von Doris Werger. »Wir wissen bisher vor allem, dass der Wergershof Ihnen einen Weinberg abgekauft hat. Es hat offenbar Streit deswegen gegeben. Können Sie mir sagen, was passiert ist?«

»Es ging um den Preis. Sie haben vorher lange darüber gesprochen, was der Quadratmeter im Kirchenstück wert ist. Heinz war ganz glücklich, weil Werger zugegeben hat, dass man fünfundsechzig Euro dafür kriegen kann. Aber hinterher hat er ihm doch nur achtundfünfzig gegeben. Das war gemein.«

»Ihr Mann hätte doch nicht unterschreiben müssen für achtundfünfzig. Ich habe gerade gesehen, nebenan ist auch ein Weingut. Sie hätten es doch auch Ihren Nachbarn verkaufen können. Vielleicht hätten die Ihnen fünfundsechzig gegeben, wenn das der übliche Preis ist.«

Sie machte ein erstauntes Gesicht und schüttelte heftig den Kopf. »Den Heinens? Ich glaube nicht, dass wir denen unseren Weinberg gegeben hätten.«

»Sie mögen sie nicht?«

Sie machte eine Geste des Bedauerns. »Wir haben kein gutes nachbarschaftliches Verhältnis. Es sind Gutsbesitzer, die unsereinen von oben runter behandeln. Wir sind einfache Leute, das lassen sie uns merken. Sie hätten gern unser Haus gekauft und es abgerissen, weil sie erweitern wollten. Seit wir Nein gesagt haben – das war vor Jahren schon, wir haben ja immer hier gelebt –, schikanieren sie uns bei jeder Gelegenheit und lassen uns Briefe von Rechtsanwälten schicken, die gleich Geld von uns verlangen. Wir haben gedacht, der Werger ist anders. Er hat uns ja auch ganz freundlich im Weinberg geholfen. Der Heinen hätte das nicht gemacht.«

Badenhop wollte trotzdem hören, ob sie den Kauf ehrlich darstellen würde. »Aber warum hat Ihr Mann für achtundfünfzig Euro pro Quadratmeter unterschrieben?«

In ihr kämpfte es. Die Ehrlichkeit siegte. »Das hat er ja nicht gemacht. Es geht ja so: Man schreibt fünfundvierzig beim Notar. Den Rest bekommt man in einem Umschlag nach der Unterschrift draußen vor der Tür. Das ist natürlich nicht so richtig in Ordnung«, sagte sie leise und senkte den Kopf, »aber fast alle machen es so. Hören Sie, Sie sind von der Polizei, aber müssen Sie uns dafür jetzt bestrafen?«

»Frau Hebel, offen gesagt, was alle machen, ist deshalb noch lange nicht gut. Das wissen Sie selbst. Aber wir untersuchen hier einen Mord, ein Kapitalverbrechen. Uns geht es nicht um die Steuerhinterziehung. Sie meinen also, Werger hätte Ihrem Mann die versprochene Summe Schwarzgeld nicht gegeben?«

Zum ersten Mal konnte er sehen, dass diese gutmütigen Augen auch verärgert blitzen konnten. »Ja, das war eine Gemeinheit. Heinz war furchtbar böse.«

»Und da hat er ihm im Weinberg Reben abgeschnitten«, behauptete Badenhop einfach ins Blaue.

»Das hat der Werger behauptet, als er hier war. Aber er hat es doch gar nicht wissen können! Er hat ja nur die abgeschnittenen Reben gesehen, aber nicht meinen Mann, ob der sie wirklich abgeschnitten hat.«

Es hatte also nach dem Disput auf der Straße einen weiteren Kontakt zwischen den beiden Streithähnen gegeben, von dem bisher nichts bekannt war. »Wissen Sie denn noch, wann Herr Werger hergekommen ist?«

»Ja«, sagte sie und wurde sichtlich unruhig. »Es war eine knappe Woche bevor man ihn da vorn auf der Treppe gefunden hat. Aber hören Sie, mein Mann hätte ihm niemals so etwas angetan.«

»Ich würde Ihnen gern glauben, Frau Hebel. Und wir behaupten ja auch nicht, dass er es war. Aber wir müssen alles überprüfen. Wie lange ist Herr Werger geblieben?«

»Er war nicht allzu lange hier. Wir waren grad mit dem Kaffeetrinken fertig, als er gekommen ist. Das muss dann so etwa um halb fünf gewesen sein. Er war höchstens fünfzehn Minuten hier.«

»Worüber haben Sie denn geredet, als Werger hier war?«

Sie winkte ab. »Wissen Sie nicht, wie das ist bei solchen Streithähnen? Geredet haben sie eigentlich gar nicht. Nur rumgebrüllt. Ich hab das nicht ausgehalten und bin in die Küche gegangen. Ich habe nicht mehr viel gehört. Der Werger hat natürlich behauptet, das mit dem Geld wäre in Ordnung gewesen. Wie kann es denn in Ordnung sein, wenn er vorher etwas sagt und es nachher nicht hält?«

»Aber Reben abschneiden ist auch nicht in Ordnung.«

»Bestimmt nicht. Und ich glaube auch nicht, dass Heinz das war.«

Ich aber doch, dachte Badenhop.

»Frau Hebel, nur noch eine Frage. Wo war Ihr Mann, als Johann Werger erschlagen wurde?«

Sie setzte sich gerade hin und sagte mit fester Stimme: »Ich habe es schon gesagt. Er kann es auf keinen Fall gewesen sein. Er war hier, zu Hause, den ganzen Abend. Ich weiß nicht alles ganz genau bei dieser Geschichte mit dem Weinberg und dem Geld und mit den Reben. Aber das weiß ich ganz genau, weil ich ja dabei war. Heinz hatte eine andere Schicht. Er war schon am Nachmittag hier. Wir haben ferngesehen.«

Badenhop war geneigt, ihr zu glauben. Er stand auf, bedankte sich und wollte gehen.

»Sie haben den Kuchen nicht probiert. Versuchen Sie ihn wenigstens.«

Der Kommissar musste lächeln. Da ging es um Mord, ihr Mann war verdächtig, und sie dachte an den Kuchen. Liebenswert und in der wesentlichen Aussage sehr sicher.

»Ich danke Ihnen sehr«, sagte er und brach ein Stück ab. Es schmeckte köstlich, weich, nach frischen Haselnüssen. »Der ist hervorragend. Darf ich das restliche Stück mitnehmen?« Sie strahlte und nickte. »Und Sie haben Ihrem Mann bestimmt nicht geschadet. Trotzdem müssen wir noch mal mit ihm sprechen, wahrscheinlich morgen. Wir werden ihn aufs Präsidium bitten.«

Sie nickte. Konnte diese herzensgute Frau für ihren Mann lügen? Sie hätte sicher fast alles für ihn getan, ihm aber trotzdem nur mit allergrößter Überwindung ein falsches Alibi gegeben. Vielleicht hätte sie es getan, aber er war sich fast, leider nur fast sicher, dass er in diesem unwahrscheinlichen Fall die Lüge in ihren Augen gesehen hätte.

Als er das Haus gerade verlassen hatte, klingelte sein Handy. Die Spurensicherung hatte die Steinplattform untersucht. »Volltreffer«, sagte der Beamte am Telefon. »Hier ist Blut ins Erdreich gesickert. Es ist eindeutig. Wir haben ein paar Kleinigkeiten mitgenommen, ein Haar, ein winziges Stückchen Stoff, einen Knopf, vor allem aber Proben vom Erdreich um die Plattform. Ein paar Meter weiter hing eine merkwürdige Kette mit einem Schloss dran über der Weinbergszeile. Wir haben sie vorsichtshalber mitgenommen.«

Badenhop stand auf der Forster Hauptstraße und hatte endlich den Eindruck, dass es vorwärtsging. Diese Entdeckung konnte der Durchbruch sein.

»Können Sie schon etwas zuordnen?«

»Warten Sie, bis wir alles im Labor untersucht haben, dann wissen wir, ob es sich um Wergers Blut handelt.«

Vielleicht war Katrin Mellen zu Hause. Er musste herausfinden, wie eng der zeitliche Korridor für Wergers Versuch war, sich von seiner Geliebten zu trennen.

Es regnete. Badenhop ging trotzdem zu Fuß. Er hatte das Gefühl, Laufen würde ihm guttun. In den vergangenen Tagen hatte er hin und wieder ein merkwürdiges Ziehen an der linken Hüfte gespürt, vor allem, wenn er aus dem Auto ausstieg oder einstieg. Er hatte zunächst geglaubt, es hätte mit den Nieren zu tun. Dagegen sprach, dass der Schmerz vor allem bei bestimmten Bewegungen auftrat.

Auf dem Weg über die gepflasterte Hauptstraße, vorbei an den prächtigen, an Herrenhöfe erinnernden Anwesen der Weingüter und den kleinen Weg hinunter zu Katrin Mellens Haus konnte er ein wenig nachdenken.

Sowohl das letzte Gespräch mit Frau Hebel als auch die Aussicht auf das kommende Gespräch ließen ihn nicht kalt – jedes auf seine Weise. In Situationen wie dieser hatte ihn sein Gespür nie getrogen. Diese Frau in ihrem geputzten Häuschen mit dem gefüllten Haselnusszopf, dem offenen, warmen Blick, dem halben Leben mit einem grobkörnigen Brummbär, den sie offensichtlich immer noch schätzte, wenn nicht gar liebte, die Physiognomie, die kaum lügen konnte – Badenhop war sicher, dass dieses Alibi nach bestem Wissen und Gewissen gegeben war. Hebel mochte seine Frau übertölpelt und das Haus verlassen haben, ohne dass sie es merkte. Vielleicht war sie eingedöst, ohne es zu merken. Gelogen – Badenhop merkte, wie er instinktiv den Kopf schüttelte – gelogen hatte sie nicht. Gleichwohl würde er Hebel ins Präsidium bestellen. Wahrscheinlich würden der offizielle, strenge Charakter, das Tonband, der karge Verhörraum helfen, ihn ein wenig zu disziplinieren.

Badenhop rief Gross an. »Wir laden Hebel vor. Am besten, Sie fahren morgen mit dem Wagen hin und holen ihn ab.«

»Wirklich?«

»Ja, ich will ihn auf dem Präsidium haben. Fahren Sie mit und seien Sie nett zu seiner Frau, damit sie sich nicht allzu sehr aufregt.«

Je sicherer er sich in der Einschätzung der letzten Stunde wurde, umso unklarer war ihm, was die nächste Begegnung wohl bringen mochte. Er freute sich, Katrin Mellen wiederzusehen, die, wenn es sich oben im Weinberg um Wergers Blut handelte, als Täterin kaum noch in Frage käme, ihm aber helfen könnte, Doris Wergers Aussagen zu überprüfen. Mord aus Eifersucht schien ihm immer noch ein starkes Motiv für die Tat.

Gross hatte einmal Glück und einmal nicht. Professor Fischer befand sich auf einer Vortragsreise in den USA. Er war gerade abgereist und würde in den nächsten zwei Wochen nicht zurückkommen, weil er unter anderem an der kalifornischen Universität Davis ein Blockseminar über die Analyse sensorischer Beurteilungen von Weinen verschiedener Bodenformationen halten sollte. Gross wusste nicht genau, was das bedeutete, er schrieb es auf. Wichtig war: Der Mann war vorläufig nicht greifbar.

Günstiger verlief seine Kontaktaufnahme mit dem Weinkontrolleur Stefan Schwörer. Ja, er sei in der Gegend, müsse er ja. Er sei bereit zu einem Gespräch im Präsidium. Er erinnerte sich natürlich an den Fall in Forst.

»Der hat damals vielleicht einen Wirbel gemacht mit seinen geklauten Trauben! Bestimmt hat es damit zu tun, dass er jetzt umgebracht wurde. Aber wenn ich helfen kann – klar. Ich bin morgen sowieso in Deidesheim. Ich komme im Präsidium vorbei, dann sehen wir weiter.« Gross ließ die freie Assoziation des Mannes zum Zusammenhang zwischen Diebstahl und Mord unkommentiert.

Nachdem der Fachhändler gegangen war, konnte sie kaum erwarten, das Ergebnis des Gesprächs zu hören.

»Und, was hat er gesagt?«

Er sah zufrieden aus, setzte sich an den Schreibtisch, schaltete den Computer an und sagte: »Ich glaube, wir kommen ins Geschäft. Das wäre gut. Bisher haben wir keinen Fachhändler in Düsseldorf. Der ist wichtig; er macht viel mit der gehobenen Gastronomie bis ins Ruhrgebiet hinein. Er hat so ziemlich alles probiert. Sie haben ihm geschmeckt. Ich habe ihn auch den Pechstein aus dem Fass probieren lassen, der hat ihn fast umgehauen. Die Sommeliers, hat er gemeint, sind ganz verrückt nach den besten Großen Gewächsen aus der Pfalz, seit der Gault Millau in jedem Jahrgang einige unter den zehn besten trockenen Rieslingen hat.«

»Wie unserer bewertet wird, sehen wir erst im Spätjahr. Die haben ja etwas gegen uns.«

»Die Verkoster? Ich weiß nicht, sie haben uns auch schon ganz gut bewertet und vor zwei Jahren eine Traube mehr gegeben.«

»Du sagst doch selbst, dass wir immer noch zu schlecht bewertet sind. Ist jetzt auch egal. Aber der Fachhändler. Der hat bisher den Wergershof im Programm. Hast du ihm gesagt, dass dort jetzt eine unsichere Situation herrscht und dass man nicht weiß, wie es weitergeht? Das wäre doch ein gutes Argument für uns.«

»Klar, aber man muss aufpassen, dass es nicht nach hinten los-geht. Das ist so ein Typ, der glaubt, er muss denen helfen, weil sie gerade in Schwierigkeiten sind. Er arbeitet ja seit fünfzehn Jahren mit dem Wergershof.«

»Die Polizei war schon wieder dort. Ich glaube, sie verdächtigen die Werger. Kann man das dem Händler nicht stecken?«

»Jetzt übertreib mal nicht. Die Polizei ist auch bei Hebel gewe-sen. Schon zweimal.«

Sie blitzte ihn ärgerlich an. »Übertreiben? Es geht um unser Ge-schäft. Die anderen sind auch nicht zimperlich. Manchmal glaube ich, du bist viel zu gutmütig.«

Er sah sie durchdringend an. »Lass mich in Ruhe. Von wegen gutmütig. Nach alldem.«

»Nach alldem, nach alldem«, äffte sie ihn nach. »Das hast du dir eingebrockt. Sei froh, dass du Glück gehabt hast.«

Sie verließ das Büro und knallte die Tür ins Schloss.

Katrin Mellen öffnete die Tür.

Wuschelige Haare, Schlabberpulli, Schlabberhosen. Manche Frauen konnten beliebig angezogen sein. Sie machten einen immer ein wenig nervös. Er riss sich zusammen.

»Ach, Sie sind es«, sagte Katrin Mellen nicht unfreundlich. »Ent-schuldigen Sie.« Sie sah an sich herunter und zuckte mit den Ach-seln. »Ich bin gerade von der Arbeit gekommen und habe es mir ge-mütlich gemacht.«

»Macht gar nichts. Sie sehen bezaubernd aus«, rutschte ihm her-aus.

»Hören Sie auf«, sagte sie mit einem leisen Lachen. »Kommen Sie von dieser schrecklichen Treppe da weg und sagen Sie mir, was Sie wollen. Ich ziehe mich schnell um.«

»Nein, lassen Sie bitte. Wir brauchen wahrscheinlich nicht lan-ge.«

Sie führte ihn in ihr Wohnzimmer, brachte zwei Gläser Wasser, stellte eines vor ihn hin und lümmelte sich ihm gegenüber bequem aufs Sofa.

»Sagen Sie schon, werde ich verhaftet?«

Sie schien sich sehr sicher zu fühlen und war offensichtlich gut aufgelegt.

Er ging auf ihren scherzhaften Ton ein. »Wir warten noch ein paar Tage damit. Im Ernst: Ich versuche, einige Uhrzeiten und Abläufe abzuklären. Im Moment geht es mir um den Tag, an dem Johann Werger Ihnen sagte, dass er die Beziehung beenden wollte. Können Sie mir diesen Besuch etwas genauer schildern? Wann ist er gekommen, was hat er gesagt, wann ist er gegangen?«

»Er hat mich angerufen und wollte hierherkommen, obwohl wir das sonst, wie ich schon sagte, vermieden haben. Wir hatten uns etwa um siebzehn Uhr verabredet. Er kam etwas später.«

»Hat er sofort gesagt, was er auf dem Herzen hatte?«

»In einer bestimmten Art ja, aber nicht so, wie Sie meinen. Er hatte etwas anderes auf dem Herzen und war ziemlich aufgeregt, als er kam. Wir haben normalerweise nicht über sein Geschäft gesprochen, höchstens ganz oberflächlich. Aber an diesem Tag war er sehr gesprächig und hat mir eine ganze Geschichte erzählt.«

»Bevor er über Ihre Beziehung sprach? Das verstehe ich nicht.«

»Hm, im Nachhinein verstehe ich es schon. Was er erzählte, hatte er gerade erlebt. Mir schien, er wollte es loswerden. Vor allem aber wollte er, glaube ich, das unangenehme Gespräch mit mir so lange wie möglich hinausschieben. Das ist doch verständlich, oder?«

Er nickte. »Was hat er Ihnen erzählt?«

»Er kam gerade aus dem Dorf und hatte einen ziemlichen Streit mit einem Mann, der ihm einen Weinberg verkauft hatte.«

Natürlich! Badenhop wurde erst in diesem Moment klar, dass es sich um den gleichen Tag handelte, den 6. Februar, ein paar Tage vor Wergers Tod, über den er heute schon mit der dritten Person sprach.

Im Grunde wusste er jetzt bereits, was er wissen wollte. Frau Hebel hatte etwa die gleiche Uhrzeit für Wergers Weggang genannt wie Katrin Mellen für seine Ankunft bei ihm. Werger war also etwa um siebzehn Uhr bei Katrin Mellen angekommen. Als er fast vier Stunden später nach Hause kam, sagte er seiner Frau, er komme von dem Gespräch mit ihr. Er hatte keinen Grund zu lügen, falls er noch woanders gewesen wäre. Wenn er sich vier Stunden hier aufgehalten hatte, war es sehr wahrscheinlich, dass Mellens Version stimmte und nicht die von Doris Werger: Er war viel länger hier geblieben, als er vorhatte. Er hatte keinesfalls nur gesagt, dass er die Beziehung beenden wollte, und war wieder gegangen. Die Frage war nur, ob Doris Werger wusste, dass ihr Mann entgegen seinen Beteuerungen die Beziehung zu seiner Geliebten nicht beendet hatte.

Falls sich außerdem bestätigen sollte, dass Werger irgendwo in der Gemarkung am anderen Ende des Dorfes gestorben war, konnte man Katrin Mellen aus dem Kreis der Verdächtigen streichen. Zum einen hatte sie kein Motiv mehr, zum anderen wäre sie komplett verrückt, wenn sie den Mann in den Weinbergen erschlagen und dann auf ihre eigene Haustreppe gelegt hätte.

Das alles sagte er nicht. Er fragte nur: »Sie sprechen von Herrn Hebel?«

»Kann sein. Ich weiß nicht mehr, wie er heißt. Es ist ein Mann, der bei der BASF arbeitet und nebenher ein paar Weinberge hat wie viele Leute hier. Jedenfalls behauptete der, Johann habe ihn bei dem Geschäft betrogen, als es um das Schwarzgeld ging, das er nach dem Kauf erhalten sollte. Johann bestritt das, aber er hatte trotzdem ein schlechtes Gewissen. Andererseits glaubte Johann, Hebel habe ihm im Weinberg aus Ärger Reben abgeschnitten. Er hatte ihn vorher mal auf der Straße beschimpft und bedroht. Johann glaubte, mit dem Abschneiden der Reben habe er seine Drohung wahr gemacht.«

»Warum hatte Werger ein schlechtes Gewissen? Hat er ihn nun reingelegt oder nicht?«

»Johann machte sich Vorwürfe, weil er vermutlich nicht ganz eindeutig gesagt hatte, was Sache war. Sie hatten zuerst lange über den Preis verhandelt und waren sich einig geworden, dass die Weinberge im Kirchenstück so gegen fünfundsechzig Euro wert sind. Irgendwie haben sie erst später vereinbart, nicht alles zu schreiben, sondern einen Teil schwarz zu machen, um Steuern zu sparen. Johann sagte mir, natürlich konnte er dann nicht den ganzen Rest bis auf fünfundsechzig Euro zahlen. Sondern bei Schwarzgeld wäre es natürlich weniger. Das hat er aber anscheinend dem Mann nicht klargemacht, und der fühlte sich dann betrogen.«

Sie lächelte versonnen. »Johann meinte, ich sei eigentlich schuld daran. Wir haben uns gerade zu der Zeit näher kennengelernt. Er sei mit den Gedanken nicht richtig bei der Sache gewesen, sonst wäre ihm so etwas nicht passiert. Bei diesen Geschäften spreche man eigentlich eher fünfmal Klartext als gar nicht. Aber in seiner aufgewühlten Verfassung sei es ihm unterlaufen. Vor allem habe der Mann den Unterschied erst gemerkt, als er das Geld gezählt hat. Da war Werger schon weg. Das sah natürlich besonders blöd aus. Ich kann mir schon vorstellen, dass da einer ziemlich sauer ist. Ich glaube, Johann hat sich ein bisschen geschämt. Er hat nicht mal seiner Frau von dem ganzen Theater um das Schwarzgeld erzählt.«

»Hatte Werger an dem Abend Angst, dass Hebel ihm etwas antut?«

»Den Eindruck hatte ich nicht. Sie müssen ziemlich herumgeschrien haben, aber das ist in der Pfalz nichts Besonderes. Werger sagte, er hätte gebrüllt, es täte ihm leid, dass es ein Missverständnis war und: ›Ich wollte dich doch nicht bescheißen, du Idiot‹. Aber der andere habe gesagt, die Flaschenbarone seien doch alle die gleichen habgierigen Gauner. Es hat dann wohl damit geendet, dass Johann sagte, wenn nochmals etwas mit seinen Reben passiert, zeigt er ihn an, egal, ob dadurch das mit dem Schwarzgeld rauskommt. Dann ist er zu mir gekommen. Aber Angst? Nein, schien mir nicht so. Die größte Angst hatte er, glaube ich, vor dem Gespräch, das danach kam.«

»Wie viel Uhr war es, als er endlich damit rausrückte, dass seine Frau alles wusste und er die Beziehung beenden wollte?«

»Vielleicht eine Stunde später, gegen sechs.«

»Sie bleiben dabei, dass Sie danach die Beziehung wieder aufgenommen haben?«

»Nun ja, wir haben rumgeredet, er hat davon angefangen, wie leid es ihm eigentlich tut, dass er sich aber doch verpflichtet fühlt, wegen allem, was dranhängt, Familie, Weingut, und es sei ja auch nicht so, dass er sich mit seiner Frau nicht versteht, aber dass er jetzt eigentlich gegen seine Bedürfnisse handelt und so weiter. Es gab zwei Alternativen, die er beide nicht wollte. Er war unglücklich, weil er die Beziehung beenden musste, und unglücklich, weil er seine Ehe und seine Lebenssituation aufs Spiel setzte, wenn er es nicht tat. Er hatte etwas Rührendes auf seine männlich-verzweifelte Art. Ich konnte mich nicht dagegen wehren, dass mir das gefiel. Irgendwann haben wir uns geküsst, und dann wollte keiner von uns aufhören.«

Die Erinnerung hatte sie melancholisch gemacht. Plötzlich sah sie ihm in die Augen. »Wissen Sie, ›Beziehung wieder aufgenommen‹ ist so eine komische Beschreibung. Das trifft es nicht. Als er später ging …«

»Wann war das noch mal?«

»… ich glaube, gegen acht, waren wir beide ein bisschen verlegen. Wie und ob es weitergehen würde, wussten wir nicht. Ich habe es Ihnen ja schon unlängst erklärt.«

Er stand auf mit dem sicheren Gefühl, hier keine Mörderin vor sich zu haben.

»Frau Mellen, Sie haben mich am Anfang mit Ihren halbwahren Aussagen ziemlich auf die Palme gebracht. Sehen Sie, je detaillierter Sie die Dinge darstellen, umso mehr glaube ich Ihnen. Ich nehme an, wir werden Sie doch nicht verhaften«, fügte er mit einem Grinsen an. »Und ich danke für Ihre Auskünfte. Ich will Ihnen jetzt nicht noch mehr von Ihrem Feierabend rauben.«

»Beraubt fühle ich mich nicht.«

Fast hätte er gesagt, ja, ich unterhalte mich auch gern mit Ihnen, aber er ließ es bleiben. Er hatte schon die Hand auf der Haustür, als ihm noch etwas einfiel.

»Sie sind doch Physiotherapeutin. Beim Ein- und Aussteigen aus dem Auto habe ich manchmal so einen merkwürdigen Schmerz in der linken Hüfte. Was könnte das sein?«

Sie kam ganz nah zu ihm heran, fasste unter seine Jacke, drückte auf eine Stelle an seiner Seite und sah ihm ins Gesicht. »Da?«

»Genau.«

Sie ließ ihn los. »Gehen Sie zum Orthopäden. Lassen Sie Ihre Bandscheiben untersuchen.«

Bandscheibenprobleme waren das Letzte, was er sich wünschte. Andererseits – er lächelte –, wenn er physiotherapeutische Behandlungen verschrieben bekam, würde er Katrin Mellen öfter sehen. Er kannte ja keinen anderen Therapeuten hier in der Gegend.

Als Badenhop zurück ins Präsidium kam, flitzte Gross aus seinem Büro, schwenkte ein DIN-A4-Blatt und rief: »Gerade gekommen. Die Analyse. Es ist Wergers Blut. Er ist dort oben an dieser Plattform erschlagen worden.«

»Das will ich mir vor Ort ansehen. Morgen früh fahre ich mit, wenn Hebel abgeholt wird. Wir fahren vorher dort vorbei und sehen uns den Tatort an. Noch etwas?«

»Das Haar ist auch von Werger. Der Stofffetzen und der Knopf nicht. Was es mit der Kette und dem Hängeschloss auf sich hat, wissen wir nicht. Wie es aussieht, liegen alle Teile noch nicht allzu lange dort oben. Könnten vom Täter sein. Am Hängeschloss ist kein Blut.«

»Gut. Durchsuchen Sie alle Forster Kleidungsstücke nach fehlenden Knöpfen.«

Gross erstarrte. »Was soll ich? Aber wie …«

Badenhop nahm in aller Ruhe seinen Mantel vom Haken, zog ihn an, nahm seine Tasche und wandte sich zur Tür. Gross stand immer noch wie versteinert da.

»Herrje, Gross! Stehen Sie nicht so rum! Es war ein Witz! Ich bin heute besonders gut gelaunt. Wir fahren morgen früh um acht nach Forst. Schönen Feierabend.«

»Um elf kommt Schwörer, der Weinkontrolleur«, rief ihm der sichtlich erleichterte Gross hinterher.

In Hendriks Zimmer tobte ein gnadenloser Kampf. Peitschende Geräusche und Explosionen schallten durch das Haus. Zwischendurch gab Hendrik einzelne Laute von sich, die von jeweiligen Kampferfolgen oder Niederlagen zeugten.

»Jaaaahh!«

»Boahh, Mann eh.«

»Scheiße!« oder »Baff, baff baff – na also!«.

Badenhop hatte den Kampf gegen gewalttätige Computerspiele schon bei Jens verloren, sich aber auf eine – wie ihm schien – vertretbare Position zurückgezogen, die er auch aufmerksam und zäh verteidigte.

Bei beiden Söhnen wurde darauf geachtet, dass die Spielerei am Computer nicht überhand nahm und Bücher, Sport, Freunde und andere Freizeitaktivitäten ebenso gepflegt wurden. Außerdem hatten sie über die Gefahren der Vermischung von Spiel und wirklichem Verhalten gesprochen.

»Ich bin doch nicht so bescheuert, dass ich das Spiel und die Wirklichkeit nicht auseinanderhalten kann«, hatte Jens damals sofort beteuert.

Als im vergangenen Jahr herauskam – sie wohnten noch in Hamburg – dass er mit ein paar Kumpels eine Parkbank mutwillig zerstört hatte, wurde ein Exempel statuiert: Löschen der Gewaltspiele vom Computer, dafür die Aufgabe, neben den Schularbeiten eine Internetrecherche und ein kleines Referat zusammenzustellen zu der Frage, ob diese Spiele und ähnliche Filme Gewaltschwellen bei Jugendlichen herabsetzen.

Jens hatte zuerst getobt, seine Mutter war skeptisch gewesen, hatte aber dennoch mitgemacht und bei den Recherchen ein wenig geholfen. Jens fand die Sache dann sogar ganz spannend, interessierte sich auf einmal für Psychologie und sagte irgendwann: »Das war natürlich scheiße mit der Parkbank. Die Typen sind immer noch manchmal so drauf. Ich treff mich nicht mehr so gern mit denen.«

Die Spiele durften danach wieder geladen werden. Er spielte damit nach wie vor.

Aber in der wirklichen Welt – das hatte mit dem Umzug in die Pfalz gar nichts zu tun – war er ein aufmerksamer, freundlicher und keineswegs gewalttätiger Jugendlicher, ebenso wie sein jüngerer Bruder, der anscheinend gerade einen großen Sieg errungen hatte und aus seiner Tür stürzte.

»Hallo Papa. Mamaaaa! Gibt's schon Abendessen?«

Später, als die Jungs wieder in ihren Zimmern verschwunden waren, saß Badenhop noch eine Weile mit seiner Frau zusammen und berichtete von dem sonderbaren Experiment, das sie auf Anraten seiner Kollegen geplant hatten. Man wollte anhand von Weinproben nachprüfen, ob es Unregelmäßigkeiten bei den Pechstein-Weinen gab, und so den möglichen Traubendieb und eventuellen Täter finden. Er habe keine Ahnung, wie so etwas gehen sollte, sagte er achselzuckend. Aber er finde es interessant.

Ingrid Badenhop hörte ihm aufmerksam zu.

»Das ist also dein erster Fall in der Pfalz«, sagte sie mit ironischem Blick. »Wein. Weinprobe. Wenn ich das vergleiche mit den Morden im Drogenmilieu, bei den Schlepperbanden und im Frauenhandel, scheinen wir hier ja im Paradies gelandet zu sein.«

»Mord bleibt Mord, aus welchem Motiv auch immer«, gab er zu bedenken. »Aber Wein könnte tatsächlich ein weniger frustrierendes Milieu sein als Menschenraub und Ehrenmorde.«

Er war aufgestanden und hatte Musik aufgelegt. Das Violinkonzert von Tschaikowsky, das sie beide so mochten. Er stand hinter ihr, bückte sich zu ihr herab, legte seine Hände rechts und links an ihre Oberarme und legte seinen Kopf auf ihre linke Schulter.

»Ich finde, wir sollten mal wieder schön ausgehen«, sagte er leise und gab ihr einen Kuss auf die Wange. »In Deidesheim gibt es gleich zwei Sternelokale. ›Schwarzer Hahn‹ und ›Freundstück‹. Such dir eins aus.«

ZEHN

Kurz nach acht Uhr standen sie bereits in den Weinbergen oberhalb von Forst und starrten auf den sonderbaren Stein am Ende einer etwa zwei mal zwei Meter großen Steinplattform. »Pechstein« war eingraviert, zwei kaum mannshohe Zypressen standen daneben.

»Sieht aus wie ein Grabstein. Als ob hier ein Kerl namens Pechstein begraben wäre«, sagte Kevin Gross, der unbehaglich seine offen stehende Jacke enger um sich zog, während Badenhop ein paar Schritte in Richtung Wingertszeile ging, wo eine Markierung die Stelle anzeigte, an der die Kette mit dem Schloss über dem Draht gehangen hatte. Die Zeile gehörte zum Weinberg des Wergershofes. Er würde Patrick Zehner fragen, ob er es kannte.

»Merkwürdig«, sagte Badenhop. »Es hat die ganze Zeit bis gestern nicht geregnet. Der Boden war recht festgetreten. Selbst wenn Werger neben der Plattform lag, als er blutete, hätte man eine blutige Stelle sehen müssen. Dass man gar nichts sah und nur der Hund Witterung aufgenommen hat, kann eigentlich nur bedeuten, dass der Täter hier mit Wasser gereinigt hat. Er wollte, dass der Tatort nicht gefunden wird. Stattdessen legte er die Leiche vor Frau Mellens Haustür.«

Wenn man den Zufall ausschloss, machte das nur Sinn, wenn er von dem Verhältnis mit Katrin Mellen gewusst hatte. War die Beziehung der beiden doch bekannt geworden? Zumindest wusste ja diese Frau Frech davon, die Werger und Mellen in der Praxis beobachtet hatte. Und die kam ihm nicht so vor, als würde sie schweigen wie ein Grab, wenn es über andere zu reden gab. Könnte auch Hebel davon gewusst haben? Oder der unbekannte Traubendieb?

Wenn nicht, dann sprach die Sache doch sehr gegen Doris Werger.

»Herr Gross, um was für einen Knopf handelt es sich und um welchen Stoff?«

»Er stammt wahrscheinlich von einer Winterjacke, eher männlich als weiblich. Der Stofffetzen könnte aus einem Wollschal gerissen sein, meint die Spurensuche.«

Badenhop hatte eine Idee. »Ich möchte, dass Sie eine kleine Umfrage machen, in aller Diskretion versteht sich. Sagen wir, unter einigen Ehefrauen der Weingutsbesitzer in Forst. Sie gehen zu vielleicht zehn oder zwölf Adressen und erklären den Damen, zur Lösung des Falles müssten wir noch mehr über Wergers Umfeld wissen und welche Freundschaften und Bekanntschaften er pflegte. Versuchen Sie herauszubekommen, ob seine Beziehung zu Frau Mellen bekannt war, aber diskret. Sie selbst sagen über Frau Mellen kein Wort. Und die Befragten dürfen auch nicht merken, worauf Sie hinauswollen. Schaffen Sie das?«

Gross strahlte. »Mit Vergnügen. Ich werde hinterher sehr viel über Forst wissen«, sagte er.

Badenhop tätschelte ihm tatsächlich die Schulter. »Okay. Und seien Sie bitte wirklich diskret. Wir wollen das Ganze nicht noch von uns aus weiterverbreiten. Kommen Sie, wir holen Hebel ab.«

»Sie können mich doch genauso gut hier befragen. Außerdem habe ich schon alles gesagt. Was wollen Sie noch?«, hatte Hebel gemeckert, allerdings ein wenig kleinlauter als zuvor.

Er hatte sich zunächst weigern wollen, die Beamten ins Haus zu lassen und hatte sie angeherrscht, sie sollten »zu den Gaunern gehen, die Leute betrügen und umbringen, aber nicht zu mir«. Sie wiesen ihn darauf hin, dass er mitzukommen habe, ob er wolle oder nicht. Erst danach schien er einzulenken.

Badenhop versuchte, seine Frau, die sich im Hintergrund gehalten hatte, ein wenig zu beruhigen: »Frau Hebel, wir brauchen Ihren Mann für eine offizielle Aussage im Präsidium. Ich nehme an, es wird nicht allzu lange dauern.« Es sei denn, wir überführen ihn, dachte er bei sich, was er der braven Frau zuliebe nicht hoffte.

Dass Kevin Gross es im Auto fertigbrachte, sich mit einem ihrer Hauptverdächtigen, der noch dazu eine äußerst mürrische und wortkarge Erscheinung war, wortreich über Fußball, vor allem die letzten Spiele des 1. FC Kaiserslautern zu unterhalten, beobachtete Badenhop mit einer gewissen Bewunderung. War es pure Naivität oder eine Art übliches Geplänkel unter Pfälzern, die natürlich wie selbstverständlich in Dialekt verfallen waren? Oder entdeckte er hier eine Fähigkeit seines manchmal etwas belächelten, diensteifrigen Assistenten, die er bisher übersehen hatte?

Wie dem auch sei, Hebel betrat das Präsidium um einiges entspannter, als er sein Haus verlassen hatte. Zu Gross schien er, nun, vielleicht nicht gerade Kumpelhaftigkeit, aber doch eine gewisse vertraute Nähe zu fühlen, die ihnen durchaus helfen konnte. Badenhop gab seinem Assistenten einen Wink, mit dem Verhör zu beginnen und ihn zu rufen, wenn er nicht mehr weiterkam.

Badenhop griff derweil zum Telefon und rief Doris Werger an. Er wollte von ihr wissen, wer außer ihr von dem Verhältnis ihres Mannes mit Katrin Mellen wissen konnte.

Ihre Antwort war eindeutig: »Ich habe keine Kenntnis davon erhalten, dass außer mir und Frau Mellen jemand davon wusste. Aber Sie kennen sicher den Spruch: Die Ehefrau erfährt es als Letzte. Johann wollte mit Sicherheit nicht, dass jemand aus dem Dorf oder aus unserem Bekanntenkreis davon erfuhr. Ich traue ihm auch zu, dass er einigermaßen vorsichtig war. Natürlich hat sie irgendwer gesehen, dort, wo sie sich trafen, was weiß ich. Warum ist das wichtig?«

»Nun, Frau Werger, offen gesagt: Es könnte Sie entlasten. Wir haben die Stelle gefunden, wo Ihr Mann getötet wurde. Es ist außerhalb des Dorfes oben in den Weinbergen an dem Stein mit der Aufschrift ›Pechstein‹.«

»Dort also«, sagte sie mit tonloser Stimme, die er nicht interpretieren konnte. Er ärgerte sich, dass er das Gespräch am Telefon führte.

»Ja, Frau Werger. Damit ist es sehr unwahrscheinlich geworden, dass Frau Mellen die Täterin ist. Andererseits ist es sehr wahrscheinlich, dass der Täter oder die Täterin etwas von dem Verhältnis zu Frau Mellen wusste und sie in Verdacht bringen wollte. Alles andere wäre ein Riesenzufall.« Den anderen Umstand, der Katrin Mellen entlastete, verschwieg er.

»Ich verstehe, worauf Sie hinauswollen. Aber warum hätte ich meinen Mann umbringen sollen, wenn die Sache vorbei war?«

»Wir halten uns an die Fakten, Frau Werger. Sie sagten, Sie wollten keinesfalls, dass getratscht wird. Aber im Augenblick ist Ihnen zu wünschen, dass es Mitwisser gab. Sind Sie sich wirklich ganz sicher, dass nach Ihrer Kenntnis niemand davon wusste?«

»Nach meiner Kenntnis ja. Aber es muss anscheinend noch jemand etwas gewusst haben. Ich habe meinen Mann nicht getötet. Finden Sie den Schuldigen. Es muss bald alles ein Ende haben.«

Badenhop ließ sich einen Termin beim Orthopäden geben und überlegte, ob er Laura Clüsserath anrufen sollte, um etwas über etwaige Gesprächspartnerinnen von Christa Frech zu erfahren. Womöglich war die Geschichte mit Katrin Mellen ja auch im Weingut Heinen bekannt.

Die junge Önologin war jedoch nicht zu sprechen. Er hinterließ eine Nachricht mit der Bitte um einen Rückruf.

In diesem Moment kam Gross ins Zimmer. »Hebel gibt eine ganze Reihe von Sachen zu und bestätigt weitgehend, was wir von den Zeugen und von seiner Frau erfahren haben. Die Schwarzgeldgeschichte ist klar. So langsam sickert sogar bei ihm durch, dass Werger nicht böswillig war. Er hat den Umschlag erhalten, dann haben sich beide schnell getrennt. Zu Hause hat er erst das Geld gezählt. Er hat Werger gleich angerufen, aber der hat das Gespräch ganz schnell beendet. Hebel unterstellte ihm, er wolle nicht mehr mit ihm reden. Ich glaube eher, der hat in einem ungünstigen Moment angerufen, aber das ist ja auch egal. Kurz darauf kam es zu der Begegnung im Dorf. Hebel gibt zu, dass er etwas von ›wirst du mir büßen‹ gesagt hat, aber ohne genau zu überlegen, wie. Es ist um zehn Ar gegangen, also siebentausend Euro. Hebel sagt, für ihn ist das sehr viel Geld, aber nicht genug, um einen dafür umzubringen, wie er sich ausdrückt.«

»Was ist mit den abgeschnittenen Reben und vor allem: mit dem Mord?«

»Er bestreitet beides. Aber bei den Reben sagt er nur, er war es nicht. Bei dem Mord wird er ziemlich emotional.«

»Wird jeder, wenn er einen bestreiten muss, egal, ob er es war oder nicht. Sitzt er noch drin?« Gross nickte. »Gut gemacht. Schadet ihm nicht, ein paar Minuten allein im Verhörraum. Haben Sie pfälzisch mit ihm gesprochen?«

»Ja.«

»Gut, ich übernehme das.«

Hebel sah ziemlich unglücklich aus in dem kleinen Verhörraum. Badenhop setzte sich zu ihm.

»Ich nehme das Gespräch weiter auf, okay?« Hebel nickte. »Herr Hebel, eine Sache verstehen wir nicht. Sie haben Herrn Werger bedroht. Das geben Sie zu. Da haben wir zwei Alternativen zur Auswahl. Entweder die Drohung bezog sich auf das Abschneiden der Reben oder auf den Mord. Was sollen wir glauben?«

»Ich habe siebentausend Euro weniger bekommen. Da droht man schon mal, auch ohne groß nachzudenken, ob man wirklich was machen würde.«

»Nehmen wir mal an, Herr Hebel, Sie haben den Mord nicht begangen. Was könnte den Mörder veranlasst haben, die Leiche auf der Treppe vor irgendeinem Haus abzulegen?«

»Vielleicht ist er dort in der Nähe gestorben. Vielleicht war er in einem Auto und war noch nicht tot, und der Kerl hat genau dort gemerkt, dass er gestorben ist, und dann hat er angehalten und ihn dort liegen gelassen. Was weiß ich. Sie müssen das rauskriegen. Sie sind doch die Polizei.«

»Wir wissen, dass es nicht so war. Wir kennen inzwischen den Tatort.« Badenhop beobachtete Hebels Reaktion. Er schien keinerlei ängstliche Überraschung zu zeigen. Eher Neugierde.

»Ach, und wo?«, war die einzige Reaktion.

Badenhop sah keinen Grund, den Tatort nicht zu nennen. »Oben in den Weinbergen, an dem Pechstein-Stein. Der Täter hat die Stelle mit Wasser abgespült, damit man nichts mehr sieht, und hat den Toten weggebracht. Sie wohnen doch gar nicht weit weg von der Stelle, oder?«

Hebel wurde ärgerlich. »Und ich habe Werger lebend hingeschafft, ihn dort umgebracht und dann seine Leiche unten im Dorf vor ein Haus gelegt. Das ist doch totaler Quatsch. Glauben Sie das wirklich?«

»Ehrlich gesagt, glaube ich es nicht. Ich würde es aber noch weniger glauben, wenn Sie die Zerstörungen im Weinberg zugeben würden als Folge Ihrer Drohung.«

»Damit Sie mir wenigstens etwas anhängen können, wenn Sie mich schon hierherbringen?«

»Herr Hebel, ich will Ihnen doch nichts anhängen. Wir wollen einen Mord aufklären. Wenn Frau Werger Sie nicht wegen der Reben anzeigt, passiert Ihnen gar nichts. Sie wusste die ganze Zeit nicht mal etwas davon. Ihr Mann wollte nicht, dass sie es erfährt, warum auch immer. Ich glaube, er wollte die Sache mit Ihnen allein klären. Unter Männern.«

Hebel schwieg.

»Natürlich gibt es die Möglichkeit, dass ein paar Jugendliche auf die absurde Idee kamen, Reben abzuschneiden. Aber sie hätten wohl kreuz und quer drauflosgeschnitten. Hier wurden systematisch und – wie ich mir habe sagen lassen – recht professionell ganz unten am Stock in einem einzigen Weinberg etwa zwanzig Reben nebeneinander abgeschnitten, und zwar so zwischendrin, dass man es nicht gleich sehen sollte. Herr Hebel, Sie arbeiten seit vielen Jahren neben Ihrem Beruf im Weinberg. Mögen Sie diese Arbeit?«

»Ich habe es immer gern gemacht. Wir schaffen es nur nicht mehr, meine Frau und ich. Deshalb habe ich das Kirchenstück hergegeben. Ich kenne dort jeden einzelnen Rebstock. Ich würde nie einen davon abschneiden.«

»Das habe ich mir gedacht. Deshalb haben Sie darauf geachtet, dass Sie Reben in Wergers Weinberg, der ihm schon immer gehörte, abgeschnitten haben.« Hebel sagte nichts – auch nicht Nein. »Gut, ich glaube, wir verstehen uns. Lassen wir es dabei. Wenn Sie mehr damit zu tun haben, als Sie zugeben, Herr Hebel, werden wir es herausfinden. Verlassen Sie sich drauf. Auf Wiedersehen. Grüßen Sie Ihre Frau.«

Badenhop hatte überlegt, ob er Hebel auf die Kette und das Schloss ansprechen sollte, aber er ließ es sein.

Badenhop schilderte Gross und Hochdörffer seine Eindrücke, die Gross im Wesentlichen bestätigte. Es war ziemlich offensichtlich, dass Hebel die Sachbeschädigung in den Weinbergen verschuldet hatte. Doch das war nicht der entscheidende Punkt. Badenhop traute dem Mann zwar die Sachbeschädigung zu, hielt es aber für unwahrscheinlich, dass er der Mörder war. Auf die Information über den Tatort hatte er keine Regung gezeigt. Wie es aussah, hatte er für den Fundort keine Erklärung. Von der Verbindung zwischen Werger und Katrin Mellen schien er also nichts zu wissen. Er müsste ein ausgesprochen guter Schauspieler sein, wenn er sie bei all diesen Details getäuscht hatte.

»Bleibt eine Kleinigkeit, Herr Gross: Wenn Sie während Ihrer Recherche bei den Damen von Forst ein paar Minuten Zeit haben, gehen Sie bei Frau Hebel vorbei und lassen Sie sich die Jacken ihres Mannes zeigen. Vielleicht fehlt irgendwo ein Knopf. Und zeigen Sie ihr auch die Kette mit dem Schloss. Vielleicht kennt sie es.

Gehen Sie damit auch bei Patrick Zehner vorbei und fragen Sie ihn ebenfalls nach der Kette und dem Schloss. Es wäre gut, wenn Doris Werger davon nichts mitbekäme. Sie ist immer noch eine unserer Hauptverdächtigen.«

Hochdörffer deutete mit einer Handbewegung und leichtem Nicken eine Verneigung an. »Ah, siehe da! Gross hat einen Spezialauftrag bei den Damen von Forst? Können wir nicht tauschen? Ich muss mich nachher mit ein paar Jugendlichen herumschlagen, die auf dem Parkplatz beim ›Globus‹ mutwillig Autos demoliert haben. Sie haben dabei nicht mal was geklaut. Forster Damen wären mir lieber.«

»Man muss da ziemlich charmant auftreten, damit das Herz der Damen sich füllt und der Mund überquillt. Überlassen Sie das lieber einem Spezialisten«, frotzelte Gross.

»Guck mal da, der kleine Gross wird frech.«

Badenhop fiel dazu nur eine sachliche Erklärung ein. »Es geht darum, ob die Beziehung Wergers zu Katrin Mellen sich entgegen unserer bisherigen Information herumgesprochen hat.«

In diesem Moment führte Sabine Vogel den Weinkontrolleur Stefan Schwörer, einen gut genährten, wenn auch nicht ausgesprochen übergewichtigen Mann mittleren Alters mit dicken Brillengläsern und welligen, nach hinten gekämmten und etwas eingefettet wirkenden schwarzen Haaren ins Zimmer.

Als sie sich gerade zur Besprechung hingesetzt hatten, rief Laura Clüsserath an. Badenhop bat Gross und Hochdörffer, dem Weinkontrolleur die Situation zu schildern, und ließ sich das Gespräch in sein Büro durchstellen.

»Manchmal braucht man zur Lösung eines Falles Details über soziale Beziehungen innerhalb eines Ortes«, erklärte er ihr. »Im Augenblick geht es uns darum, zu wem die Weingüter persönliche Beziehungen pflegen. Wir wollen das nicht zu sehr öffentlich machen, deshalb dachten wir, Sie könnten uns vielleicht in Bezug auf die Heinens helfen. Können Sie uns ein paar Freunde der Heinens nennen oder von Frau Heinen?«

»Ach so! Hm, da bin ich ziemlich überfragt. Ich bin ja erst seit zwei Monaten hier. Ich wohne zwar auf dem Weingut, aber außer der Arbeit habe ich nichts mit den Heinens zu tun. Sie halten sich auch sehr distanziert. Ich habe den Eindruck, sie wollen nicht, dass ihre Angestellten privat mit ihnen zu tun haben. Ich habe ein paarmal zufällig gesehen, dass Gäste kamen. Aber ich habe niemanden gekannt, ich habe auch nicht groß darauf geachtet, und mit eingeladen bin ich sowieso nicht.«

»Haben die Heinens Freunde unter den Kollegen im Dorf?«

»Wenig, soweit ich das beurteilen kann. Ich glaube, sie haben nur mit den Frechs hin und wieder zu tun.«

»Kennen Sie Ihre Nachbarn, die Hebels?«

»Nur vom Sehen, aber die gehören bestimmt nicht zum Bekanntenkreis von meinen Chefs. Ich glaube, sie haben verschiedentlich Ärger miteinander gehabt. Es sind nicht die Art Leute, mit denen Heinens sich gern umgeben.«

»Hatten Sie mal mit den Hebels zu tun?«

»Nö. Ich hab sie nur ein paarmal gesehen. Der Mann redet nichts und guckt unfreundlich. Aber die Oma ist lieb. Sie grüßt und winkt manchmal, wenn sie mich sieht.«

Als Badenhop in den Besprechungsraum zurückkam, waren Gross und Hochdörffer noch dabei, dem Weinexperten die Details der Forster Jungweinprobe und die Beobachtungen der beiden jungen Kellermeister zu schildern.

»Man müsste versuchen, Wergers Verkostung nachzuvollziehen«, sagte Hochdörffer. »Er hat vielleicht bei den Weinen etwas gesucht und gefunden, was ihn schockiert oder geärgert hat, sodass er es im Raum nicht mehr aushielt. Das war, wie Laura Clüsserath beobachtet hat, bei den ersten beiden Serien von Großen Gewächsen, Freundstück und Pechstein. Bei Kirchenstück und Jesuitengarten war er schon draußen. Er könnte doch etwas geschmeckt haben, was ihm einen Hinweis auf seinen gestohlenen Pechstein gegeben hat. Deshalb glaubten Zehner und Clüsserath, es wäre vielleicht die Pechstein-Serie gewesen. Wenn Sie sich ans Probieren machen: Meinen Sie, Sie finden das Ungewöhnliche, das Auffällige an einem der Weine auch raus?«

»Mein lieber Mann! Da habt ihr ja was vor«, lautete Schwörers erster Kommentar. »Endlich mal eine interessante Aufgabe! Ihr stellt euch das allerdings leichter vor, als es ist. Ganz sicher ist, dass ich keinen kriminalistisch gültigen Beweis finden werde, das muss klar sein. Auch nicht, wenn wir hinterher die Weine analysieren. Man kann zwar inzwischen feststellen, ob ein Pfälzer Wein Anteile von

Wein aus Italien enthält, aber nicht, ob ein Wein aus der Mitte des Pechsteins oder von unten kommt oder aus dem Freundstück. Da sind halt«, er zeigte auf seine ausgestreckte Zunge, »die Zunge und die Nase immer noch besser.«

»Wir erwarten keinen Beweis«, mischte sich Badenhop ein. »Es geht darum, ob wir Hinweise finden, die uns zu Verdächtigen führen.«

»Gut. Also es lässt sich sicher feststellen, welche Weine da auf dem Tisch standen. Das waren vielleicht vier oder fünf Freundstück und zehn bis zwölf Pechstein. Die Freundstück-Weine sollte man dazunehmen. Ich weiß nicht, ob es zutrifft, dass der Dieb die Trauben unbedingt für einen Pechstein verwendet hat. Vielleicht hat er seinen Freundstück damit verbessert. Das wäre Werger womöglich auch aufgefallen. Ansonsten: Ich kann mir die Weine natürlich jederzeit noch mal besorgen, ohne dass es allzu sehr auffällt, wonach ich suche. Probieren kann man es.«

An dieser Stelle hatte Gross wieder einmal eine Fleißarbeit vorzuweisen. »Ich habe mich erkundigt, welche Weine aus den beiden Lagen auf dem Tisch standen. Hier, ich habe die Liste kopiert. Es sind insgesamt zwölf verschiedene Weingüter vertreten. Wenn wir auf der richtigen Spur sind und nicht die anderen beiden Verdächtigen, Hebel und Doris Werger, in Frage kommen, ist einer davon der Dieb und möglicherweise der Täter.«

Sie überlegten noch eine Weile weiter, wie man die Probe arrangieren müsste, damit sie möglichst aussagekräftig war. Badenhop, der sich die ganze Zeit nicht mehr eingemischt hatte, da er am wenigsten von der Sache verstand, hatte plötzlich eine Idee.

»Lassen Sie mich einen Gedanken formulieren, dessen Durchführung vielleicht höheren Aufwand erfordert, aber der womöglich sicherer ist, als nur die Probe nachzustellen.«

»Wir hier an der Weinstraße sind tolerant«, kam es von Hochdörffer, »wir lassen auch mal Neu-Pfälzer, die keine Ahnung haben, Weinproben organisieren.«

»Sie sind der Erste, der mir sagen wird, ob ich mich irre.«

»Wir sind schon ganz gespannt.«

»Es ist eigentlich nur logisch, mit Wein hat es nichts zu tun. Ich möchte eine Zeitkomponente einführen. Ich nehme an, alle betroffenen Weingüter haben in den vergangenen drei oder vier Jahren immer diese Weine aus den beiden Lagen Freundstück und Pechstein abgefüllt. In den Vorjahren war noch einer dabei, Werger, der diesmal keinen Pechstein hatte. Wenn Werger eine Veränderung, etwas Ungewöhnliches erkannte, dann war es ein Wein, der aus der Reihe fiel, der wahrscheinlich ganz anders schmeckte, als er es von diesem Weingut kannte. Er kann es nur mit seiner Erinnerung aus den Jahren zuvor verglichen haben. Deshalb die Frage: Können Sie denn auch die Weine der letzten drei oder vier Jahrgänge mitbesorgen und vergleichen, Herr Schwörer?«

»Alle Achtung, Badenhop!«, entfuhr es Hochdörffer.

»Super Idee«, meinte Gross.

Schwörer war der Meinung, das sei sicher möglich. Bestimmt hätten die Betriebe noch einige Flaschen aus den Vorjahren.

»Das sind vielleicht siebzig bis achtzig Weine, die man zuerst jahrgangsweise und dann innerhalb des Betriebes über verschiedene Jahrgänge vergleichen müsste. Wir schleichen uns von zwei Seiten an die Sache ran. Wenn ein oder zwei Weine dabei besonders aus der Rolle fallen, haben Sie einen Hinweis. Doch, aussichtslos ist es nicht.« Er hob die Hände. »Und wahrscheinlich macht es sogar Spaß. Vier komplette Jahrgänge Freundstück und Pechstein, nicht schlecht, meine Herren.« Er lachte.

»Fällt es nicht sehr auf, wenn Sie diese große Probe organisieren? Ich würde den Täter nicht zu früh aufmerksam machen«, wandte Hochdörffer noch ein.

Schwörer winkte ab. »Ich kenne die Leute vom Meininger-Verlag. Eine von den Redaktionen der Fachzeitschriften dort findet so eine Probe sicher interessant. Wir können den Weingütern sagen, die Zeitschrift will die zwei Lagen über vier Jahrgänge vergleichen. Die würden das sicher tatsächlich gern machen. Das ist dann noch nicht einmal gelogen.«

»Gut, meine Herren«, schloss Badenhop das Gespräch ab. »Hochdörffer, Sie warten sicher schon sehnlichst darauf, dass Sie zu ihren Jugendlichen kommen. Herr Gross hat einen interessanten Auftrag in Forst, und wenn Sie, Herr Schwörer, noch etwas Zeit haben, sprechen wir noch schnell die Details ab.«

»Können wir das vielleicht beim Mittagessen machen«, nörgelte Schwörer, »mir brummt schon der Magen.«

Kurz darauf saßen sie im »Neu-Fontana« in der Altstadt von Neu-stadt, in einem kleinen Lokal, das jahrelang ordentliche italienische Küche geboten hatte. Nun war ein junger Koch von ausgedehnten Reisen durch die Welt zurückgekehrt und versuchte sich an Re-zepturen, die aus verschiedenen Teilen der Welt zusammengetragen schienen – mit respektablem Erfolg, wie Schwörer und Badenhop gleichermaßen feststellten.

Schwörer würde sich darum kümmern, dass die Probe so schnell wie möglich stattfinden konnte, worin er kein sehr großes Problem sah, vor allem dann nicht, wenn eine der Zeitschriften interessiert war. Als Ergebnis würde Badenhop eine Art Gutachten erhalten, das unter Nennung aller Risiken Möglichkeiten aufzeigte – mehr nicht, aber auch nicht weniger. Sie könnten dann die Betroffenen genauer ins Visier nehmen, Alibis prüfen, Knöpfe und Stoffreste untersuchen und so weiter.

Badenhop fühlte sich frei, allerlei Fragen zu stellen. Er würde nicht umhinkommen, sich nach und nach etwas Wissen über Wein anzueignen. Blamieren konnte er sich hier nicht, und Schwörer war Experte. So schien es ihm im Hinblick auf das anstehende Experi-ment interessant, ob nicht die unterschiedliche Arbeit der Winzer das Ergebnis beeinflussen könnte. Auch der Einfluss unterschiedli-cher Jahre könnte doch eine Rolle spielen.

Schwörer schien viel Zeit zu haben und erklärte alles bereitwillig. Er war der Ansicht, dass beides natürlich den Wein beeinflusse. Auf einem gewissen Qualitätsniveau der Weingüter mache jedoch der Weinberg – seine Lage und sein Pflegezustand – den wesentlichen Unterschied zwischen den Weinen der verschiedenen Erzeuger aus.

»Andererseits: Wenn man wirklich schmecken will, wie ein Pech-stein, ein Clos de la Roche oder ein Corton schmeckt, dann muss man bei den besten Winzern probieren. Die anderen können es oft nicht. Sie vermurksen es im Weinberg oder im Keller. Schade um die Trauben. Wissen Sie, was das Beste ist, was so einem schlechten Wein passieren kann? Dass er Kork hat!« Sprach es und lachte dröh-nend über seinen eigenen Witz.

Schwörer meinte schließlich, der Kommissar könne gern bei Ge-legenheit zu einer Weinprobe mitkommen. »Kein Problem! Damit Sie die Feinheiten mal kennenlernen.« Am praktischen Beispiel sei Wein viel leichter zu verstehen als nur in der Theorie.

Badenhop war nicht abgeneigt, sich das wenigstens einmal anzusehen, schon wegen des angeregt gestikulierenden und von seinem Metier begeisterten Schwörer.

»Polizeiassistent Kevin Gross. Guten Tag. Wie schön Sie es hier haben! Meine Frau sagt auch immer, wir sollten uns mal eine modernere Beleuchtung für das Wohnzimmer anschaffen. Darf ich mir erlauben zu fragen, woher Sie diese wunderschönen Lampen haben?«

Eine dieser leicht öligen Einleitungen fiel Gross immer ein, bevor er einige Minuten später, fast entschuldigend, darauf hinwies, dass er ja auch dienstlich unterwegs sei.

»Sie wissen, dass wir den Fall Werger untersuchen, der immer noch nicht endgültig aufgeklärt ist. Möglicherweise können Sie uns helfen. Natürlich bleibt alles, was Sie sagen, absolut unter uns. Wir sind jedoch zu der Überzeugung gekommen, dass wir das gesellschaftliche Umfeld der Wergers etwas genauer untersuchen müssen. Am einfachsten ist es, wenn Sie alle Fragen so umfassend wie möglich beantworten. Sicher ist es auch für Sie schrecklich gewesen, dass ein angesehener Bürger hier aus dem Dorf auf diese Art sterben musste.«

»Ja, die Beerdigung hat ja jetzt erst stattgefunden, weil die Leiche so lange untersucht wurde. Das ganze Dorf war dabei. Es ist alles schrecklich für Doris.«

»Sie kennen die Wergers gut?«

»Jeder kennt hier jeden. Die Wergers besonders. Der Wergershof ist eines der bekanntesten Weingüter des Orts. Sie stehen ja genau wie wir mit ihren Weinen und als Personen schon ziemlich in der Öffentlichkeit.«

»Ja, da achtet man natürlich besonders darauf, was einer tut. Man sieht das ja bei Politikern oder Schauspielern. Wenn sie sich mal daneben benehmen oder etwas finanziell nicht ganz sauber ist oder wenn sie mal fremdgehen, geht es gleich durch die Presse.«

»Na ja, so bekannt sind die Wergers natürlich nicht. Aber hier im Dorf hört man schon manches.«

»Sogar über die Wergers? Kann man kaum glauben. Kleine Geheimnisse sind ja oft ein Schlüssel für Kriminalfälle. Was uns ja immer noch beschäftigt, ist die Frage, warum Johann Werger an einem Ort getötet und dann ganz woanders hingelegt wurde.«

»Aber wo er gefunden wurde, ist ja vielleicht nicht ganz zufällig.«

»Wieso?«

»Also, was man so hört, kannte er diese Mellen gut, diese geschiedene Frau, die dort allein wohnt.«

»Ach ja, wie gut?«

»Das fragen Sie noch? Wie man hört, ziemlich gut.«

»Das ist hochinteressant. Es ist möglicherweise ein sehr nützlicher Hinweis. Seit wann ist Ihnen dieses, sagen wir: Verhältnis, bekannt?«

»Ich tratsche nicht, wissen Sie, deshalb erfahre ich manches später. Ich habe es erst kürzlich gehört. Geredet wird halt doch. Besonders jetzt, nach seinem Tod. Aber Genaueres weiß ich nicht. Diese Mellen müsste Ihnen mehr sagen können. Sie weiß es wohl am besten.«

So oder so ähnlich verliefen einige Gespräche, die der freundliche und sympathische Herr Gross an diesem Nachmittag führte. Von neun Gesprächspartnerinnen gaben drei die Beziehung Wergers mit Katrin Mellen zum Besten. Ob die anderen es nicht wussten oder schwiegen, spielte keine Rolle mehr. Der Kreis der Wissenden jedenfalls beschränkte sich offensichtlich nicht auf die bisher bekannten Personen. Damit war alles wieder offen.

»Woher sie es erfahren haben, ist wohl kaum festzustellen«, schloss Gross seinen Bericht, den er später Badenhop im Büro erstattete. »Aber wenn so etwas mal raus ist, spricht es sich absolut im Vertrauen und unter dem Motto Ich-will-ja-nichts-gesagt-haben wie ein Lauffeuer herum. Besonders nach Wergers Tod – natürlich wegen des Fundorts der Leiche – muss viel geredet worden sein. Na ja, Doris Werger selbst ist damit ja wieder ein bisschen weniger exklusiv als Verdächtige.«

Wo er recht hatte, hatte er recht, musste Badenhop zugeben.

»Noch etwas, hätte ich beinahe vergessen. Patrick Zehner meint, von dieser Kette haben sie eine Rolle in der Werkstatt. Das Schloss hat er nicht erkannt, aber sie hätten verschiedene Hängeschlösser, weil man immer mal eins braucht. Es könnte also alles vom Wergershof sein, muss aber nicht. Zehner hat keine Ahnung, wozu eine Kette mit Hängeschloss da oben im Weinberg gut sein sollte. Er selbst war schon lange nicht mehr dort und die Saisonarbeiter auch nicht, weil die Reben im Pechstein in diesem Jahr später geschnitten werden sollten. Werger wollte es so. Ich habe nicht ganz verstanden, warum. Es hat etwas mit dem Austrieb zu tun, den er verzögern wollte. Schon komisch: Wenn es mit dem Mord zu tun hat und vom Wergershof stammt, hätten es ja fast nur Werger selbst oder seine Frau hingebracht haben können. Das wäre ein weiteres Indiz für Frau Werger als Täterin.«

Gross machte ein bedeutungsvolles Gesicht. Der Gedanke beschäftigte auch Badenhop.

Die Züge seines Assistenten entspannten sich, als er fortfuhr: »Bei Frau Hebel war ich auch. Fehlanzeige. Sie kennt die Kette und das Schloss nicht. Den Knopf hat sie noch nie gesehen, behauptet sie. Sie hat mir bereitwillig alle Jacken ihres Mannes gezeigt. Viele waren es nicht. Was sagte sie noch mal? ›Sie können das ganze Haus durchsuchen. Eine Jacke mit solchen Knöpfen hat mein Mann noch nie gehabt.‹ Ich glaube ihr. Außerdem backt sie den besten Haselnusskranz. Ich mein ja bloß.«

»Ich weiß, so jemand lügt nicht«, postulierte Badenhop mit todernstem Gesicht, verabschiedete sich in den Feierabend und ließ seinen Assistenten stehen, der wieder ein paar Sekunden zu brauchen schien, bis er merkte, dass das Nordlicht wieder einen Witz gemacht hatte.

Oder war es am Ende eine Lebensweisheit gewesen?

Es war nicht schwer gewesen, einen Tisch zu bekommen. Ingrid Badenhop hatte sich nach Recherchen im Internet für das Restaurant »Freundstück« entschieden.

»Lieber einen ehemaligen Pferdestall als einen Keller, wenn es schon nicht das ›Louis C. Jacob‹ mit einem Tisch am Fenster zur Elbe hin sein kann«, hatte sie die Auswahl begründet, aber gleich besänftigend hinzugefügt: »Nein, im Ernst: Wenn es wirklich aussieht wie im Internet, muss es ein Traum von einem Anwesen sein. Ich freue mich richtig drauf.«

Als sie den weiträumigen Hof mit dem luxuriösen kleinen Hotel im alten Bassermann'schen Wohnhaus und den großzügigen Veranstaltungsräumen in alten Wirtschaftsgebäuden und dem riesigen, leicht erhöht stehenden Ginkgo, unter dem man im Sommer bestimmt wunderschön sitzen konnte, durchschritten, das geräu-

mige, moderne Restaurant betreten und den Mantel dem herbei-
geeilten Ober übergeben hatte, sagte sie, während ihr Blick die
bunten abstrakten Gemälde an den Wänden streifte: »Es sieht noch
besser aus als im Internet.«

Eine schöne, stolze Frau, dachte Badenhop. Gerade strich sie mit
den Händen über ihren kupferfarbenen engen Rock, schüttelte
ihre langen, leicht gelockten Haare, während das Collier, das er ihr
zum letztjährigen Hochzeitstag geschenkt hatte, ein wenig glitzer-
te. Schließlich ließ sie sich von Badenhop den Stuhl unterschieben
und lächelte ihn an.

»Hier gefällt es mir«, sagte sie nur.

Warum war er da auf einmal so erleichtert, fast beschwingt? Einen kleinen, nein: winzigen Augenblick lang berührte ihn eine Art
Stolz auf die Pfalz, gerade, als ob er hier zu Hause wäre und als ob
ihr eines der Schmuckstücke seiner Heimat Respekt abgerungen
hatte.

Es war der Hauch eines Gefühls. Der gebürtige Hamburger registrierte es kaum. Nur an einer unbestimmten Stelle – im Kopf,
im Herzen oder im Bauch – blieb dieses kleine Quäntchen Pfälzer
Glück haften. Dabei hatten sie noch gar nichts gegessen.

ELF

»Wie blöd, dass ich nicht hierbleiben kann«, schmollte Laura und zog demonstrativ eine Schnute. Sie stand am Herd und glasierte Zwiebeln. »Morgen füllen wir. Heinen will ganz früh anfangen, schon um halb sieben. Da geh ich nachher besser nach Hause, damit ich rechtzeitig da bin.«

Patrick klapperte mit ein paar CDs herum und schien unschlüssig, was er auflegen sollte.

»Da werde ich es tatsächlich allein aushalten müssen. Du bist ja sowieso kaum noch in deiner Wohnung«, brummte er wie beiläufig.

Laura legte den Löffel auf den Pfannenrand, drehte sich langsam um und sah mit mühsam gewahrter Contenance zu Patrick. »Stört es dich, dass ich oft hier bin?«

Es war eine unheilvolle Mischung aus Ärger, ungläubigem Erstaunen und leiser Verzweiflung.

Er merkte es sofort. »Ach du! Komm her, sei nicht doof. Ich meine ja nur: Du fühlst dich bei denen im Haus sowieso nicht wohl. Meinetwegen kannst du sofort hier einziehen.«

Da hatte er es gesagt. Einfach so. Aus dem Bauch heraus. Ohne nachzudenken. Er hatte es nicht gewollt. Niemals wollte er nach kaum zwei Monaten schon mit einem Mädchen zusammenziehen, brüllte sein Verstand. Genau genommen wollte er überhaupt noch nie mit einem Mädchen zusammenziehen. Bisher. Und jetzt hatte er es einfach gesagt.

»Wirklich? Das sagst du jetzt nur so«, kam es vom Herd, jetzt mit einer Mischung aus Hoffnung und Unsicherheit.

Er sah sie an. Sie hatte sich vorhin, als sie nach der üblichen Begrüßungsrunde aus dem Bett gestiegen war, nur ein weißes T-Shirt übergestreift und ein Höschen angezogen. Nun stand sie da, sah ihn an mit diesem schönen, leicht exotischen Gesicht, den etwas undurchschaubaren Augen und dem bittenden Mund und wartete auf eine Antwort.

Da wusste er es. »Nein, ich sage es nicht nur so. Am liebsten hätte ich dich immer hier.«

Sie flog auf ihn zu. »Ach du Blöder. Hast mich so erschreckt.«

Und fiel ihm um den Hals. »Aber wir wollen ja nichts überstürzen, haben wir gesagt.«

»Natürlich nicht.«

Zum Rumpsteak mit Zwiebeln, die Laura auf Patricks Anweisung in großer Menge in Butter schön braun gebraten hatte, gab es Bratkartoffen, Feldsalat und einen Rioja.

Der nach wie vor ungeklärte Mord war aus ihren ansonsten unbeschwerten Gesprächen nicht zu verbannen. Laura erzählte von Badenhops Frage nach Bekannten und Freunden der Heinens. Patrick kaute auf einem Stück Fleisch, nippte an seinem Rotweinglas und stocherte gedankenverloren zwischen seinen Bratkartoffeln herum.

»Sie haben oben im Weinberg eine Kette und ein Hängeschloss dran gefunden, möglicherweise von uns. Komisch, wozu braucht man im Weinberg eine Kette und ein Hängeschloss? Und Doris Werger hat mich vorgestern noch mal zu sich gerufen. Ich wüsste ja, dass sie zu den Verdächtigen gehört. Damit müsste sie leben, bis der Schuldige gefunden ist. Es könnte aber sein, sagte sie, dass hässliche Dinge, doch, sie sagte hässliche Dinge, über ihren Mann erzählt würden. Ich sollte nicht alles glauben. Sie drückt sich immer so komisch aus, wenn ihr etwas peinlich ist oder wenn sie mir etwas Persönliches sagen will.«

»Ich finde sie nett«, erklärte Laura.

»Ich auch. Aber so richtig offen ist sie nicht. Man hat immer das Gefühl, sie hat die Bremse angezogen. Na ja, ich bin ja auch nur ein Angestellter. Anscheinend weiß sie nicht, wie viel sie sagen soll. Jedenfalls meinte sie, die Polizei geht davon aus, dass Werger nicht zufällig vor dem Haus dort unten gefunden wurde. Und damit ich es nicht von anderen höre oder erst dann, wenn die Polizei den Fall gelöst hat und alles durch die Presse geht, wollte sie mir sagen, Werger hätte eine Beziehung zu der Frau in dem Haus gehabt.«

Laura blieb ein paar Sekunden lang der Mund offen stehen. »Komm, du machst Witze.«

»Nein. Es war eine unbedeutende Affäre gewesen, und er hat sie auch wieder beendet, sagt sie. Aber der Mörder muss es gewusst haben, denkt die Polizei. Und wenn er gefunden wird, käme die Sache sicherlich heraus. Ich solle nur nicht den ganzen Tratsch glauben, der möglicherweise bald verbreitet wird. ›Johann und ich hatten eine gute Ehe‹, meinte sie noch. Wir müssten uns jetzt darauf konzentrieren, dass es mit dem Wergershof weitergeht.«

»Sie scheint dich ein bisschen ins Vertrauen ziehen zu wollen. Sieht mit ihren fünfundvierzig oder so noch ziemlich gut aus. Pass bloß auf«, grummelte Laura und wackelte schelmisch mit dem Finger.

»Keine Angst. Sie achtet sehr auf persönliche Distanz, auch wenn sie immer freundlich und großzügig ist.«

»Na, wenn wenigstens sie auf Distanz achtet …«, sagte sie stirnrunzelnd, aber sie lachte dabei.

Patrick rollte mit den Augen und piekste die letzte Bratkartoffel auf seine Gabel, steckte sie langsam in den Mund und kaute darauf herum. Als er sie heruntergeschluckt hatte, trank er sein Glas aus und starrte zuerst auf seinen leeren Teller, dann auf Laura, schließlich machte er sonderbar schmatzende Geräusche.

»Zeit für den Nachtisch.«

»Haben wir welchen?«

»Klar«, grinste er, kam um den Tisch, stellte sich hinter sie, schlang die Arme um ihren Körper und fand unter ihrem T-Shirt ganz schnell, was er suchte.

»Was ganz besonders Süßes«, murmelte er in ihre Haare.

Sie drehte den Kopf, um ihn zu küssen, während sie gleichzeitig albern kicherte. »Ach ja. Und macht nicht mal dick.«

»Wenn man gut aufpasst«, sagte er nur.

Es war schon nach halb elf, als das Telefon klingelte. Manche ihrer Freunde hatten die Angewohnheit, ziemlich spät anzurufen, dachte Katrin Mellen noch, als sie den Hörer abnahm.

»Fahr zur Hölle. Hoffentlich erwischen sie dich bald. Huren wie dich brauchen wir hier nicht«, keuchte eine Frauenstimme ins Telefon und legte auf.

ZWÖLF

Am Mittwochmorgen um halb acht war er zum Orthopäden bestellt. Der ließ ihn hin und her laufen, ein paar typische Bewegungen machen, drückte an seinem Rücken herum und machte schließlich eine Röntgenaufnahme.

»Es sieht nicht so aus, als hätten Sie einen ernsthaften Bandscheibenvorfall«, lautete seine Diagnose. »Aber Sie sitzen wohl zu viel am Schreibtisch und haben zu wenig Bewegung. Ich gebe Ihnen eine Spritze. Die wird Ihre Muskeln entspannen. Das ist aber keine Lösung. Ich verschreibe Ihnen noch sechs Behandlungen Physiotherapie. Dort können die Verspannungen gelöst werden, und man wird Ihnen Übungen zeigen, die Sie regelmäßig machen sollten, wenn Sie nicht alle paar Monate hier auftauchen wollen.«

Physiotherapie. Badenhop wusste schon, welche Praxis er aufsuchen würde.

Die Weinprobe im Meininger Verlag war für neun Uhr dreißig angesetzt. Außer Schwörer und Badenhop warteten drei Fachredakteure der verlagseigenen Zeitschriften auf den Beginn der Probe. Hilfspersonal brachte weitere Flaschen in speziellen Flaschentragekörben. Badenhop hatte so etwas noch nie gesehen. Da standen in einem hell beleuchteten Saal lange Reihen nummerierter Flaschen auf mehrere fast weiße Tische verteilt. Alle Flaschen waren mit Papphüllen verdeckt, sodass nur ein Teil des Flaschenhalses mit der Weinnummer zu sehen war. Sie steckten in sonderbaren Behältern aus durchsichtigem Plastik.

»Kühlbehälter«, erklärte Schwörer diskret. »Sie sind doppelwandig und halten die direkt aus dem Kühlraum kommenden Flaschen ziemlich lange kühl. Man benutzt sie auch bei Weinmessen, wenn man den Wein nicht dauernd in den Kühlschrank stellen und wieder herausholen will.«

Im Raum verteilt standen merkwürdige, runde Metallzylinder mit genau eingepassten Trichtern, in die man, wie Schwörer erklärte, den Wein wieder auszuspucken hatte.

»Wer ordentlich spuckt, kann auch nach hundert Weinen noch problemlos Auto fahren.«

Vor jeder Flasche befand sich ein Weinglas, das kurz vor Beginn der Probe zu etwa einem Drittel gefüllt war. Ein Redakteur erklärte, man wolle zuerst den Pechstein, anschießend den Freundstück verkosten, damit sich die Flaschen nicht zu sehr aufwärmten. Dann begann ein Hin und Her mit Geschmatze und Spuckerei.

Mal probierten oder schnüffelten die Verkoster an den Gläsern, mal holten sie sich neue Gläser von einem eigenen Gläsertisch. Man machte sich Notizen auf langen Listen, auf denen sich die Nummern der Weine wiederfanden. Es wurde wenig gesprochen, doch hin und wieder sahen sich die Verkoster an, wiesen auf einen der Weine, gaben Kommentare ab wie »mineralisch«, »müde«, »unglaublich lang«, »grüne Säure«, »wunderschöne Tertiäraromen«, »hat den typischen Feuerstein« oder einfach »lass ich mir gefallen«. Die einzelnen Weine schienen ihnen einmal höchstes Vergnügen, ein andermal größte Pein zu verursachen.

Besonders agil war Schwörer, der wie ein Derwisch zwischen den Tischen hin und her fegte und ein nahezu erotisches Verhältnis zu einzelnen Weinen zu haben schien.

Mal streckte er die Hand mit dem Glas weit von sich und fragte niemanden konkret leicht angeekelt: »Was ist denn das?«

Dann tätschelte er das Glas, hielt es nochmals vor sich, sah von oben hinein und schien glücklich. »Jaaaa, das ist aber ein schönes Pechsteinchen.«

Dass es für Schwörer und Badenhop um einen Kriminalfall ging, sollten die anderen Teilnehmer nicht wissen. Damit Badenhop durch sein Verhalten nicht als Banause auffiel, hatte Stefan Schwörer ihm genau erklärt, was passieren würde und wie er sich ungefähr zu benehmen hatte.

Der Kommissar war ohne Nennung seiner Funktion als Begleiter Schwörers vorgestellt worden, während der Weinkontrolleur angeblich eine interne Untersuchung über bestimmte Jahrgangsqualitäten in Verbindung mit verschiedenen Weingütern zu erledigen hatte, über die er nicht sprechen durfte. Tatsächlich war die Probe mit vier Jahrgängen Freundstück und Pechstein aus allen abfüllenden Weingütern für die Redaktion einer der Zeitschriften des Neustadter Verlagshauses interessant genug gewesen, dass der Verlag die Organisation übernommen hatte. Auch die Idee, zuerst nach Lagen und Jahrgängen, dann in einer zweiten Runde nach Lagen und

Weingütern zu vergleichen, hatte die Redaktion attraktiv gefunden.

Badenhop sollte sich eine der Listen greifen, Weine probieren und auf jeden Fall ausspucken – »nicht trinken, Sie fallen sofort auf, wenn Sie hinterher einen sitzen haben« – und sich selbst irgendwas notieren. Möglichst sollte er nichts zu den Weinen sagen. Es würde sonst ganz schnell auffallen, dass er nichts von der Sache verstand.

Die erste Runde würde eine sogenannte »verdeckte Probe« sein, da man zuerst alle Pechstein-Weine aus dem gleichen Jahrgang vergleichen wollte. Dabei würden die Weine nach Punkten bewertet, damit man sehen konnte, wer im jeweiligen Jahrgang die besten Weine hatte.

Anschließend werde umsortiert. In einer zweiten Runde wolle man im Detail vergleichen, wie sich die Qualität der Weine bei den einzelnen Weingütern über die Jahre hinweg verändert hatte. Das werde offen verkostet, von Weingut zu Weingut. Es mache nicht viel Sinn, in diesem Fall die Flaschen zuzudecken, hatte der Experte wie selbstverständlich erklärt, ohne überhaupt zur Kenntnis zu nehmen, dass Badenhop keine Ahnung hatte, wie das eine oder andere Vorgehen zu beurteilen wäre.

Er habe, meinte Badenhop fast schüchtern, einmal im Fernsehen einen Bericht von einer Weinprobe gesehen. Dabei saßen alle Experten an einem engen, von drei Seiten mit kopfhohen Holzplatten abgeschirmten Platz, durften nicht miteinander sprechen und mussten für jeden einzelnen Wein komplizierte Zettel ausfüllen.

»Macht man das in der Pfalz nicht so?«

Schwörer machte eine wegwischende Bewegung. »Mit der Pfalz hat das nichts zu tun. Manche Leute glauben, dass ihre Verkostungen glaubhafter werden, wenn sie so bürokratisch-wissenschaftlich wie möglich durchgeführt werden. Damit werden die Verbraucher getäuscht. Die Bewertung eines Weines ist keine exakte Wissenschaft, so wenig wie Kunstkritik oder Literaturkritik. Trotzdem weiß man, dass Picasso besser ist als ein röhrender Hirsch über dem Wohnzimmersofa. Wenn wir hier darüber reden und über manche Weine auch diskutieren, ist das in der Zeitschrift veröffentlichte Ergebnis bestimmt zuverlässiger, als wenn wir kommentarlos den Zettel abgeben und ein Computer auf zwei Stellen nach dem Komma die Unterschiede bei den Bewertungspunkten ausrechnet.«

Wie oft die einzelnen Verkoster jeden Wein in den Mund nahmen, konnte Badenhop nicht sagen. Mehr als einmal sicher. Hin und her, vor und zurück wurde verkostet. Schließlich sortierte man um für die zweite Runde. Er hatte sich vorgenommen, immer mal wieder einen Wein kurz in den Mund zu nehmen und sofort wieder auszuspucken, ohne überhaupt den Versuch zu machen, etwas zu schmecken. Nach den ersten fünf Weinen jedenfalls hatte er schon das Gefühl gehabt, er schmecke überhaupt nichts mehr.

»Wie können Sie noch etwas schmecken, wenn Sie den hundertsten Schluck im Mund hatten?«, raunte er Schwörer nach etwa einer Stunde zu.

»Übung«, hatte der geantwortet. »Den Geschmack kann man genauso trainieren wie seine Muskeln. Und ich habe ziemlich viel trainiert.« Verschwörerisches Grinsen.

Eine weitere halbe Stunde später, Badenhop hatte längst aufgegeben, noch pro forma Wein in den Mund zu nehmen, kam Ruhe in die Runde.

Einer der Redakteure fragte: »Sind wir so weit, dass wir darüber reden können?«

Als alle nickten, begann ein Palaver, bei dem sich zeigte, dass die Experten wohl doch nicht immer einer Meinung waren. Manche Flaschen wurden nach vorn gerückt, andere nach hinten, einige gemeinsam noch mal probiert, worauf die Meinungen erneut ausgetauscht wurden. Manchmal schien einer der Verkoster daraufhin seine Bewertung zu ändern, teilweise blieb man bei den unterschiedlichen Ansichten.

Schließlich sagte der etwa fünfunddreißigjährige Chefredakteur des »Weinblatt«: »Also, lassen wir es so. Im Grunde sind wir uns ja mit wenigen Ausnahmen einig. Legen Sie bitte Ihre Listen da vorn ab – außer den Gästen, versteht sich.« Er sah Badenhop und Schwörer an.

Badenhop war erleichtert. Seine Liste hätte er um nichts in der Welt hergeben wollen. Da standen Dinge wie »prüfen, seit wann Gerüchte Mellen/Werger entstanden sind, vor Mord? Nach Mord?«, »Doris Werger mit Hängeschloss konfrontieren« und »Alibis nach Jungweinprobe nochmals überprüfen«.

Zu den Weinen stand da nichts. Wie auch? Die Welt der Weinexperten war für ihn ein Buch mit sieben Siegeln.

Sie waren zwar mit den anderen Verkostern in den Keller des Verlagshauses gegangen, blieben aber nicht zum dort vorbereiteten Mittagessen. Badenhop wollte lieber keine Fragen der Redakteure und Mitverkoster mehr riskieren. Die Keller müsse man aber gesehen haben, hatte Schwörer erklärt, ohne Widerspruch zu dulden.

Tatsächlich waren die alten Gewölbekeller aus dem typischen roten Sandstein der Pfalz aufwendig renoviert worden und zogen sich, ähnlich wie die Büros in den oberen Stockwerken, über mehrere Häuser hinweg. Es seien alte Weinkeller, wurde Badenhop belehrt, wie unter jedem Haus, die ganze Maximilianstraße entlang.

Sie gingen die paar Schritte ins Präsidium. Badenhop bat Schwörer, noch für ein paar Minuten mitzukommen. Er war gespannt und wollte ein erstes Fazit hören, bevor Schwörer sein »Gutachten« schriftlich abgab. Vielleicht brachte es sie weiter.

Schwörer, der, ohne eine Antwort abzuwarten, feststellte: »Das hat Spaß gemacht, oder?«, betrachtete seine mitgebrachten Listen mit kreuz und quer gekritzelten Notizen, Pfeilen, Ausrufezeichen und Fragezeichen.

»Einerseits habe ich mich bemüht, einfach die Weine zu verkosten und dabei Auffälliges herauszufinden. Andererseits habe ich mich in die Lage von Johann Werger zu versetzen versucht, der ja, wie Sie vermuten, mit einer bestimmten Absicht in die Probe gegangen ist und entsprechend verkostet hat. Am weitesten komme ich vermutlich, wenn ich das Ausschlussprinzip anwende. Es gibt eine ganze Reihe von Weinen, die mich kaum überrascht haben, dass die drei großen B wieder mal einige der besten Pechsteine haben, zum Beispiel.«

Badenhop unterbrach ihn. »Die drei großen B? Was ist das?«

»Das sind Bassermann, Bürklin und Buhl, drei große, sehr wichtige Weingüter. Sie waren über viele Jahre die bekanntesten Weingüter der Pfalz und gehören immer noch zu den besten. Man nennt sie die drei großen B. Sie sind aber nicht mehr die einzigen, die wissen, wie großer Riesling geht.«

Er blätterte wieder und schien seine Gedanken zu ordnen. »Also: Georg Mosbacher ist seit Jahren führend im Freundstück, ansonsten habe ich in dieser Lage nichts Überraschendes gefunden. Es sieht also so aus, als gäbe es die Überraschungen eher beim Pechstein. Auch hier gibt es ein paar, die wir sofort beiseitelassen können. Beispielsweise füllen einige Betriebe mehrere Weine ab, dadurch gibt es einfachere Kabinettweine. Dafür hätte sich wahrscheinlich niemand die Mühe mit dem nächtlichen Diebstahl per Handlese gemacht. Bei den Topweinen waren für mich Heinrich Spindler, Eugen Müller und der Lucashof keine Überraschungen. Die Weine sind sehr gut, liegen aber nicht ganz vorn und sind auch, abgesehen von Jahrgangsunterschieden, nicht wesentlich anders als sonst. Der Wergershof hat aus bekannten Gründen keinen 2011er. Er war sonst immer bei den Besten. Wenn wir die schwächeren Weine, die Werger sicher nicht aufgefallen sind, weglassen, bleiben vier Betriebe, bei denen 2011 nicht nur sehr gut, sondern auffällig besser als in den Vorjahren war.«

»Sehr schön«, sagte Badenhop. »Das wäre schon eine starke Eingrenzung. Wer sind die vier?«

Er fragte sich aber, wieso Werger nur ein Wein aufgefallen sein sollte. Wenn es nicht gelingen sollte, weiter einzugrenzen, würde dieser aufwendige Versuch nicht zu dem Traubendieb führen.

Doch Schwörer war noch nicht fertig. Er dachte nur laut nach. »Deinhard, Heinen, Frech und Acham-Magin. Aber da sehe ich gerade«, Schwörer tippte auf eine Fotokopie, die er mitgebracht hatte, »Ihr Kollege hat doch eine Liste aufgestellt, welche Weingüter bei der Jungweinprobe dabei waren. Deinhard beziehungsweise von Winning, wie der Betrieb jetzt heißt, hat mich schon überrascht mit einem ausgesprochen guten Pechstein. Aber die waren gar nicht bei der Jungweinprobe vertreten. Werger kann deren Wein also nicht gemeint haben, als er seine Entdeckung machte.«

»Könnte Werger aus der Tatsache, dass gerade dieser Wein nicht da war, geschlossen haben, dass es der gesuchte ist, weil die anderen alle unauffällig waren?«

»Scharfsinniger Gedanke, Herr Kommissar. Aber das halte ich für unmöglich. Erstens ist es nicht der einzige Wein, der fehlte. Zweitens glaube ich nicht, dass Werger sogar Wein schmecken konnte, der gar nicht da ist – das kann ja nicht mal ich, haha – aber vor allem: Deinhard hat es bestimmt nicht nötig, Trauben im Pechstein zu klauen. Die haben ja schon eines der besten Stücke. Nein, der Wein, den wir suchen, stand garantiert bei Werger auf dem Tisch.«

»Bleiben also noch drei«, sagte Badenhop, der aufmerksam registriert hatte, dass Frech zu den dreien zählte. War es Zufall, dass Christa Frech ihm so kurz nach der Tat von ihrer Beobachtung in der physiotherapeutischen Praxis erzählt hatte?

»Ja, aber Acham-Magin hat vor einigen Jahren eine Reihe von Verbesserungen im Keller vorgenommen. Die Weine sind in den letzten Jahren immer ein bisschen besser geworden. Die scheinen mit den neuen Verhältnissen im Keller von Jahr zu Jahr feinere Weine hinzubekommen. Ist ja erfreulich, dass es dort vorwärtsgeht. Sie besitzen übrigens auch gute Teilstücke im Pechstein. Nein, sehr unwahrscheinlich.«

Badenhop warf einen Blick in die ursprünglichen Vernehmungsprotokolle. Und schüttelte den Kopf.

»Mit Sicherheit haben Sie recht. Ich bin immer dafür, Alibis kritisch zu überprüfen. Aber in diesem Fall können wir zweifellos davon ausgehen, dass vom Weingut Acham-Magin niemand als Täter in Frage kommt. Es waren zwei Personen bei der Jungweinprobe, die Eigentümerin und ihr Lebensgefährte. Sie sind nachweislich mit drei weiteren Teilnehmern der Veranstaltung zurück ins Dorf gegangen und blieben mit diesen gemeinsam mindestens bis zur Entdeckung des Toten in der hauseigenen Weinstube des Weingutes. Sie können es nicht gewesen sein.«

Schwörer deutete auf seine Liste, nickte mit dem Kopf und zog die Augenbrauen hoch. »Dann bleiben nur Frech und Heinen. Ehrgeizig alle beide, um es mal neutral zu sagen. Ordentliche Betriebe mit guten Weinbergen, die aber bei den berühmten Lagen nicht unbedingt in den besten Stücken liegen. Heinen war in der Vergangenheit schon immer ein Stück besser als Frech, der mir noch nie mit einem wirklich interessanten Wein aufgefallen ist. Diese 2011er sind bestimmt die besten Pechsteinchen, die Heinen und Frech jemals geerntet haben. Die Schwankung gegenüber früher kann durchaus möglich sein, auch im Einzelfall mal mit etwas geringeren Weinbergen. Weinbau ist ja kein Maschinenbau. Aber diese zwei Weine hätte ich allen beiden nicht zugetraut.«

»Sie mögen diese Winzer nicht?«

Schwörer hob wieder einmal den Finger. »Beim Probieren geht es nicht um Zuneigung. Und zu meinen Sympathien sage ich möglichst nichts. Ich bin ja hier quasi in offizieller Funktion.«

Überlegte er es sich dann anders oder gehörte das Folgende zu einer neutralen Version?

»Na ja, sie passen zusammen. Und sie verstehen sich einigermaßen unter sich, aber kaum mit anderen Kollegen. Soweit ich weiß, sind die beiden Frauen sogar befreundet. Die großherzige, liebenswerte Christa und die zauberhaft entspannte Hannelore.«

Die ätzende Ironie war nicht zu überhören.

Badenhop faltete seine als Merkzettel missbrauchte Liste auf. Dass Schwörer die Leute ebenso wenig mochte wie er selbst die scheinbar so korrekt besorgte Christa Frech, durfte die Untersuchung nicht beeinflussen. Dennoch: Die Notiz »prüfen, seit wann Gerüchte Mellen/Werger entstanden sind, vor Mord? Nach Mord?« umkringelte er dick.

Wenn Frech der Traubendieb und auch der Mörder war – zwei Taten, die natürlich nicht unbedingt zusammenhängen mussten –, hatte Frau Frech allen Grund, nicht als Einzige im Dorf von Wergers Affäre gewusst zu haben. Die Notwendigkeit, dieses Wissen zu verbreiten, war aber erst entstanden, als seine Leiche so eindeutig mit Bezug auf die Affäre vor die Haustür gelegt worden war.

Blieb Christa Frech die Einzige außer Doris Werger, die davon wusste, machten sich die Frechs automatisch verdächtig. Wussten viele davon, blieb diese Zuordnung ungewiss. Außerdem schien es nützlich zu wissen, ob die Affäre auch im Weingut Heinen bekannt war.

»Kann man von der Art, wie der Wein riecht und schmeckt, darauf schließen, aus welchem Weinberg er genau stammt?«, traute sich Badenhop zu fragen.

»Das ist praktisch unmöglich. Die Weinberge sind unterschiedlich alt, unterschiedlich gepflegt, werden zu unterschiedlichen Zeitpunkten geerntet. Im Keller werden sie verschieden behandelt, mal mit gezüchteten, mal mit natürlichen Hefen, in der Temperatur mal höher, mal niedriger vergoren und so weiter. Da gibt es zu viele Einflüsse. Man merkt ja oft eher den Stil des Winzers als kleine Veränderungen bei der Traubenherkunft. Ich kann nur sagen: Für die genannten Betriebe sind die Weine ungewöhnlich gut und ziemlich Pechstein-typisch. Frech besitzt übrigens nicht mal eigene Pechstein-Weinberge. Er kauft immer Trauben zu, damit er die Lage anbieten kann. Er hat aber natürlich auch 2011 seinen Zukauf korrekt nachgewiesen. Das habe ich schon unmittelbar nach dem Diebstahl geprüft.«

»Könnte er gerade in diesem Jahr besonders gute Trauben gekauft haben?«

»Könnte er. Das lässt sich überprüfen. Ich weiß seinen diesjährigen Lieferanten nicht mehr auswendig. Sehr viele kommen gar nicht in Frage.«

Badenhop war geschafft, aber auch zufrieden. Diese sonderbare Aktion hatte sie vorangebracht.

»Herr Schwörer, ich glaube, mehr hätten wir kaum zu hoffen gewagt. Sie haben uns sehr geholfen. Ich schulde Ihnen auf jeden Fall einen Gefallen, sagen wir, eine Einladung in ein gutes Restaurant.« Plötzlich kam ihm ein Gedanke. Er hatte seiner Frau gesellschaftliche Verbindungen versprochen. »Warum bringen Sie nicht Ihre Frau mit, und wir essen zu viert? Sie suchen natürlich den Wein aus. Muss nicht Pechstein sein, kann aber.«

Badenhop war plötzlich gut gelaunt.

Schwörer schien überrascht, aber keinesfalls abgeneigt.

»Das ist eine sehr gute Idee.« Er betonte jedes Wort und tupfte mit dem Finger in die Luft in Richtung Badenhop. »Meine Frau mag Kriminalromane. Wenn Sie eine echte Geschichte aus Ihrer Hamburger Zeit erzählen, wird sie begeistert sein.«

»Kann ich gern machen. Wobei die echten Fälle oft weniger interessant sind als die erfundenen.«

»Dann erfinden Sie was dazu, damit sie sich nicht langweilt. Rufen Sie mich an, dann reden wir über einen Termin. Mein schriftliches Gutachten, das sich aber kaum von dem unterscheiden wird, was ich Ihnen gesagt habe, schicke ich Ihnen umgehend zu.«

Ganz befriedigend war die Sache nicht ausgegangen, auch wenn Badenhop langsam das Gefühl bekam, sie näherten sich einer Lösung. Wenn Werger nicht übernatürliche Fähigkeiten hatte, konnte er nicht einschätzen, ob nun Frech oder Heinen der Traubendieb war. Wenn ihre Theorie stimmte und das Ergebnis der Probe Schwörers zuverlässig war, musste er jedoch in der Jahrgangsprobe einen eindeutigen Verdacht gewonnen haben. Das blieb rätselhaft.

Badenhop rief Gross zu sich und bat auch Hochdörffer, am Gespräch teilzunehmen. Er berichtete von der Weinprobe und teilte ihnen das Ergebnis mit.

»Das ist doch nicht zu fassen!«, Hochdörffer schlug mit der flachen Hand auf den Tisch. »Da kommt dieser Kerl aus Hamburg in die Pfalz und lässt als eine seiner wichtigsten Amtshandlungen eine kriminalistische Weinprobe durchführen! Noch einen oder zwei Fälle, und Sie brauchen den Schwörer nicht mal mehr dafür. Aber im Ernst: Jetzt müsst ihr Frech und Heinen noch mal genau unter die Lupe nehmen. Alibis prüfen, sehen, dass man auch vom Wein her vielleicht einen von beiden ausschließen kann. Aber vergesst Doris Werger nicht. Enttäuschte Liebe ist ein stärkeres Mordmotiv als Traubenklau.«

»Danke für den Hinweis. So sehe ich das auch«, sagte Badenhop, zog die Augenbrauen hoch und legte seinen Kugelschreiber in gerader Linie vor sich auf den Tisch. »Ich meine den ernsthaften Teil Ihrer Einlassungen. Gross, wir bestellen alle vier als Zeugen ein, das Ehepaar Heinen und das Ehepaar Frech. Jeden einzeln. Übermorgen früh. Wir müssen vorher noch mal gezielt bei den Nachbarn prüfen, ob jemand die Alibis bestätigen kann. Vielleicht hat einer etwas gesehen.«

Als Badenhop wieder an seinem Schreibtisch saß, hatte er das Gefühl, er habe ein winziges Detail übersehen, etwas, das mit dem Abend der Probe zusammenhing, eine mögliche Klammer. Sie hatten alle Teilnehmer befragt. Sie würden erneut die Nachbarn der nun eingegrenzten Verdächtigen befragen. Was fehlte? Er grübelte, doch der Gedankenimpuls war wieder in sein Unterbewusstsein zurückgeschlüpft. Als er einsehen musste, dass er im Moment nicht weiterkam, fuhr er nach Hause.

Badenhops Mutter kam zum Abendessen vorbei. Ingrid kochte Finkenwerder Scholle. Die Jungs mochten das klassische Hamburger Gericht ebenso wie die Erwachsenen. Nach dem Nachtisch – Rote Grütze, wenn schon, denn schon, hatte Ingrid gesagt – verdrückten sich die Jungs in ihre Zimmer.

Badenhop saß mit seiner Mutter noch am Esszimmertisch und hörte sich an, welche Gehölze allerspätestens jetzt im Vorgarten geschnitten werden mussten, wen seine Mutter dafür gewinnen konnte (einen freundlichen Nachbarn von schräg gegenüber, dessen Frau blöderweise eifersüchtig wurde – »Kannst du dir das vorstellen, wegen mir alter Schachtel?« –) und wie schön der Wanderweg auf die Große Kalmit am Donnerstag gewesen war, weil es ein Stück unter dem Gipfel Raureif gab.

»Du glaubst es nicht! Dann schaust du über diese weiß glänzenden Bäume hinunter ins Tal, unten liegt diese Weinstraßenlandschaft, die Dörfer. Obwohl alles noch winterlich ist, ist es so schön!«

Nun, dachte Badenhop, übertreib mal nicht. Das Treppenviertel und der Blick von oben auf die Stadt, die Alster oder der Hamburger Stadtpark sind auch nicht so schlecht. Aber er sagte nichts. Mit halbem Ohr hörte er, dass seine Frau einen Anruf entgegengenommen hatte, während seine Mutter weiter die Erlebnisse der vergangenen Woche schilderte.

»Auf eine moderne, sehr geschmackvolle Art herrschaftlich« hörte er. »Großartiger Service, immer zur Stelle, nie aufdringlich.«

Dann gingen einige Minuten des Telefonats in einem Bericht seiner Mutter über den Ärger mit der Mülltonne unter, die von der städtischen Entsorgungsgesellschaft bei stark erhöhtem Preis gegen eine kaum größere ausgetauscht werden sollte.

Aus dem Wohnzimmer, wo seine Frau es sich auf dem Sofa gemütlich gemacht hatte und sich auf ein längeres Gespräch einzurichten schien, hörte man nun Satzfetzen von »Krabbe mit Jakobsmuscheln, Avocado und Arganöl ... Kalbsbries mit roten Zwiebeln, Rettich und Kaffeejus – stell dir vor, die Kombination, aber es hat hervorragend geschmeckt ... ja, sogar der Fisch, also wir hatten Rochenflügel mit Nussbutterschaum ... Rehrücken, zarter geht es nicht ... Gewiss doch, müsst ihr unbedingt mal ...«

Es bestand kein Zweifel daran, dass der Abend im »Freundstück« gelungen war. Die Stimmung zwischen ihnen war seit ihrem Umzug nie so gut gewesen. Sie hatten sich über die Jungs unterhalten, über Sommerpläne, sogar über ihre jeweiligen Schwierigkeiten, sich einzugewöhnen. Bei ihm lag der Schwerpunkt auf dem Umgang mit seinen Pfälzer Kollegen, wo er sich besser, aber immer noch nicht wirklich sicher fühlte. Ihr war immer noch nicht gelungen, einen Zugang zu diesem Landstrich zu finden.

»Ich verstehe die Leute nicht«, hatte sie gesagt, und Badenhop hatte die Vieldeutigkeit des Wortes »verstehen« erkannt.

»Ich mache mir ein bisschen Vorwürfe«, antwortete er. »Ich müsste mehr Initiative ergreifen, um uns hier ein gesellschaftliches Umfeld zu schaffen.«

Dann hatten sie wieder über das Essen gesprochen. Moderne, internationale Küche, dekorativ, kleinteilig, verkünstelt, aber auf sehr hohem Niveau. Der junge Sommelier hätte gern zu jedem Gang einen passenden Wein empfohlen.

Badenhop griff sich, aus welchem Impuls auch immer, die dicke Weinkarte, blätterte und blieb an einem Namen hängen: Pechstein. Na, das musste wohl sein.

»Wir möchten gern Pechstein trinken. Den besten, den Sie haben.«

»Sehr wohl, der Herr. Sie haben Glück. Ich habe noch eine Flasche 99er von Bürklin-Wolf.«

Schon war Badenhop überfordert gewesen. Eher schüchtern hatte er gefragt: »Es ist Weißwein, Riesling, oder?«

Der Sommelier nickte. »Er ist wunderbar gereift, Pechstein Riesling trocken in seiner höchsten Form. Sie können ihn durch das ganze Menü trinken, nur zum Nachtisch würde ich einen Süßwein empfehlen.«

Über den horrenden Preis ärgerte er sich anschließend nicht. Er hatte noch nie einen Weißwein getrunken, der ihm besser schmeckte.

»Dass das etwas Besonderes ist, merke sogar ich«, sagte er zu seiner Frau.

»Es ist ja auch ein besonderer Tag«, antwortete sie mit einem freudigen Strahlen, das er schon lange nicht mehr an ihr gesehen hatte. Da wusste er, dass der Tag zu Hause noch nicht zu Ende sein würde.

So war es dann auch gekommen.

»Du hörst überhaupt nicht zu, Jan«, maulte seine Mutter. »Bist wohl mit den Gedanken bei deinem Fall. Wie weit seid ihr denn? Wird es bald Verhaftungen geben?«

»Wir sind noch nicht so weit. Aber immerhin haben wir inzwischen den Tatort ausfindig gemacht. Und wir konnten mittlerweile einige Personen aus dem Kreis der Verdächtigen ausschließen.« Eine Frau mit wuscheligen Haaren und einem Schlabberpulli, der die weiblichen Formen darunter nicht verbergen konnte, huschte durch seine Gedanken und verursachte ihm ein schlechtes Gewissen.

»Was machen eigentlich die Jungs?«, fragte er schnell.

Am nächsten Morgen rief Badenhop die Praxis an, in der Katrin Mellen arbeitete. Er ließ sich umstandslos mit ihr verbinden und sagte, er habe eine Überweisung wegen seines Rückens. Ob sie einverstanden sei, ihn zu behandeln. Er habe Vertrauen zu ihr. Das müsse man wohl haben, ähnlich wie bei einem Hausarzt.

Sie zeigte keinerlei Reaktion, meinte nur »gern« und machte einen Termin mit ihm aus.

»Es gibt noch etwas, das mit Ihrem Fall zu tun hat und leider auch mit mir«, fügte sie an. »Mein Verhältnis zu Johann Werger ist wohl doch bekannt geworden, wodurch auch immer.«

Badenhop meinte, einen leisen Vorwurf zu hören. »Sie haben leider recht. Doch ich kann Ihnen versichern: Wir, die Polizei, haben mit niemandem darüber gesprochen außer mit Ihnen und Frau Werger sowie mit einer Zeugin, die es schon wusste und uns angesprochen hat. Aber wir haben den Eindruck, dass die Information gezielt im Dorf gestreut wurde. Der Mörder muss es ja gewusst haben. Er hatte ein Interesse daran, dass er nicht der Einzige war, um sich nicht verdächtig zu machen.«

Katrin Mellen wunderte sich darüber, dass der Kommissar nicht nachhakte, warum sie von dem Bekanntwerden ihrer Affäre wusste. Sie beendete das Gespräch. Am Telefon wollte sie lieber nichts von den hässlichen Anrufen sagen. Zwei weitere hatte sie mittlerweile erhalten.

Den Rest des Tages verbrachte Badenhop damit, Berichte zu schreiben, die am nächsten Tag geplanten Verhöre vorzubereiten und Staatsanwältin Karin Welsch zu erklären, warum nicht längst Verhaftungen vorgenommen werden konnten. Er habe vielleicht noch nicht genügend Zugang zur Mentalität dieser ländlichen Gegend, belehrte sie ihn. Die Leute würden unruhig, wenn Täter allzu lange frei herumliefen. Wie sich ein Mordermittler dazu versteigen könne, fast einen ganzen Arbeitstag mit einer als Beweis völlig irrelevanten Weinprobe zu vergeuden, könne sie »den Leuten draußen« kaum verständlich machen. Badenhop freute sich auf seinen Feierabend.

»Überraschung!«, rief seine Frau entspannt, als Badenhop in den Flur ihrer Wohnung trat. »Gut, dass du zu einer einigermaßen vernünftigen Zeit zurückkommst. Lars und Carmen haben angerufen. Sie hatten heute kurzfristig in der Nähe von Mannheim zu tun und wollen uns rasch besuchen. Sie sind hergeflogen und haben sich ab Frankfurt ein Mietauto genommen. Was hältst du davon, wenn wir mit ihnen irgendwo essen gehen? Sie müssen allerdings morgen früh raus und zurück.«

Lars und Carmen waren kinderlose Freunde aus Hamburg. Badenhop kannte Lars aus dem Segelclub, dem er immer noch angehörte und an den er hin und wieder mit gewisser Wehmut dachte. Lars war im Marketing einer Kreditkartenfirma tätig. Carmen, eine hochgewachsene, schlanke Spanierin mit großen, nur auf den ersten Blick etwas kindlich wirkenden Augen, vertrat einen spanischen Produzenten von Windrädern auf nordeuropäischen Märkten.

»Sind sie schon da?«

»Nein, aber sie müssten bald hereinschneien. Fällt dir ein Lokal ein, das regionale Küche hat, aber nicht so derb und einfach, wo man schön sitzt und das nicht zu weit weg ist?«

»Das sind ziemlich viele Anforderungen, aber ich war kürzlich beruflich in Deidesheim essen. Das könnte passen. Wie hieß es doch noch mal … ach ja: die ›Kanne‹. Ich kann anrufen, wenn du willst.«

Es war ein kalter, windiger Tag gewesen, als ob der Winter noch einmal zeigen wollte, was noch in ihm steckte. Die Temperaturen lagen knapp über dem Gefrierpunkt. Badenhop wäre fast lieber zu Hause geblieben und war nicht sicher, ob man dem Besuch nach der Anfahrt noch eine weitere Autofahrt zumuten sollte. Aber wenn seine Frau Anwandlungen zeigte, die Pfalz vorzuführen, wollte er sie keinesfalls ausbremsen.

Kaum hatte er im Restaurant reserviert, klingelte es an der Tür.

»Schön, dass ihr euch Zeit genommen habt für einen kleinen Abstecher zu uns«, sagte Ingrid Badenhop wenig später. »Wir dachten, damit ihr etwas seht, fahren wir ein paar Kilometer die Weinstraße entlang und gehen in ein Restaurant, das Jan für uns ausgesucht hat.«

Carmen lächelte, gab ihrem Mann einen Kuss auf die Wange und plauderte in gutem, aber nicht ganz fehlerfreiem Deutsch drauflos: »Ach, das ist schön. Ich war hier vor vier Jahre einmal, wenn ich noch in Madrid gewohnt bin. Eine frühere Arbeitskollegin und Freundin hat geheiratet in Landau. Es ist so toll hier, die schöne Dörfer und die kleine Weingute, ganz verschieden als bei uns. Bei uns sind die Bodegas viel größer. Wir habe soo gute Weißweine getrunken, wie heißt das? Riesling, ja, und Pinot … Pinot etwas. Ich habe mich extra eine Tag freigenomme, um mit Lars herzukomme. Schade, dass bisschen kalt ist.«

»Ja, die Spanier zieht es immer in Richtung Spanien, und wenn es nur ein paar hundert Kilometer sind«, unkte Lars.

»Nein, nicht immer.« Sie schmiegte sich an ihren Mann. »Hamburg ist auch sehr schön. Sind die Junge auch zu Hause?«

Während die übrigen Erwachsenen Hendrik beim Ballern und Jens beim Telefonat mit einer Freundin störten, fiel Badenhop auf, dass ihn Carmens Begeisterungsfähigkeit und ihre Lars so offenkundig zugewandte, fast schwärmerische Art ein wenig neidisch machte. Wie ein warmer Strom, der dich schützend umfließt, dachte er noch, bevor man sich auf den Weg ins Restaurant machte. Etwas hatte deren Beziehung, was seine bei aller gegenseitigen Achtung und Zuneigung nicht hatte.

DREIZEHN

Bert Heinen war ein großer, massiger Zwei-Zentner-Mann mit rundem, leicht speckig wirkender und vor allem an Wangen und Nase rötlicher Gesichtshaut, blonden, kurzen Haaren, von denen nicht mehr allzu viele vorhanden waren, und einem Dauergrinsen, das man gut als unumgängliche Freundlichkeit beim Weinverkauf interpretieren konnte. Sein Auftreten entsprach ungefähr dem, was viele Norddeutsche sich unter einem klassischen Winzer vorstellen: auf verschlagene Art geschäftstüchtig, immer zu einem Glas Wein und einer Bratwurst aufgelegt und mit einem Horizont, der über den Männergesangverein und die Dorfpolitik nur wenig hinausging.

Badenhop, der wusste, dass solche Äußerlichkeiten täuschen können, teilte dem Winzer mit, man müsse bei den Teilnehmern der Jungweinverkostung noch einige Details überprüfen, und bedankte sich, dass Heinen wie gewünscht erschienen war. Heinen zeigte keine erkennbare Regung und murmelte etwas davon, dass man der Polizei natürlich gern so gut es gehe helfe, damit der Mörder gefunden werden konnte.

»Das freut mich, dass Sie uns unterstützen wollen, Herr Heinen. Bei unseren ersten Ermittlungen bei den Teilnehmern der Verkostungsrunde haben Sie angegeben, Sie seien um einundzwanzig Uhr fünfundvierzig als Erster von der Veranstaltung weggegangen. Das deckt sich mit den Aussagen der anderen Teilnehmer. Was hat Sie bewogen, so früh zu gehen? Die interessantesten Weine kamen doch erst danach.«

»Wir sind natürlich mit unseren besten Weinen dabei gewesen. Aber ich hatte bei den Lagen nur den Pechstein hingestellt, auf den wir in diesem Jahr besonders stolz sind. Da bin ich noch da gewesen, habe gesehen, dass er einer der Besten ist, und bin dann gegangen. Da musste ich nicht bis zum Ende warten. Es kamen ja nur noch Lagen, die ich nicht zum Vergleich angestellt habe. Unser Geld verdienen wir übrigens genau wie die meisten anderen Weingüter mit den Gutsweinen und den trockenen Kabinettweinen. Da wollte ich wissen, wo wir in diesem Jahr stehen und was der Probensprecher dazu sagt. Ich wäre vielleicht noch bis zum Ende geblieben, aber ich war den ganzen Tag unterwegs und war müde. Ich wollte nach Hause.«

»Kurz nach Ihnen hat Herr Werger ebenfalls die Veranstaltung verlassen. Haben Sie ihn draußen noch getroffen?«

Badenhop beobachtete Heinen ganz genau. Er sah keine Unruhe in den Augen des Winzers, der mit den Achseln zuckte und erklärte: »Ich setzte mich sofort in den Wagen und fuhr los. Werger ist sicher rausgekommen, als ich schon weg war.«

»Sie sind mit dem Wagen gekommen? Die kurze Strecke?«

Heinen machte eine unwirsche Handbewegung. »Ich habe Ihnen doch gesagt: Ich war müde. Außerdem laufe ich nicht gern.«

Das glaubte Badenhop dem vierschrötigen Kerl sofort. »Sie haben angegeben – und Ihre Frau bestätigt das – dass Sie sofort nach Hause gefahren sind und einige Minuten vor zehn dort eingetroffen sind. Hat Sie außer Ihrer Frau noch jemand gesehen? Oder hat Sie jemand gesehen, als Sie von der Veranstaltung wegfuhren?«

Heinen sah ihn leicht genervt an. »Nicht, dass ich wüsste. Forst ist ein Dorf, und ein Teil der Männer war bei der Verkostung. Da ist gegen zehn kaum noch jemand unterwegs.«

»Aber wenn Sie Ihr Tor aufmachen und reinfahren, sehen Ihre Nachbarn Sie nicht?«

»Ich öffne kein Tor. Das Tor zur Hauptstraße wird nicht oft benutzt. Meist fahre ich nach hinten raus, in Richtung Weinberge, und dort auch wieder rein. Das Tor hinten ist fast immer auf, bis ich wieder zurückkomme.«

»Ihr Gutshof hat also zwei Eingänge, einen zur Hauptstraße hin und einen nach hinten zu den Weinbergen?«

»Wie die meisten Höfe auf dieser Seite des Dorfes. Man fährt mit den Arbeitsgeräten ja auch gleich nach hinten raus und nicht über die Dorfstraße. Die ist für die Touristen hergerichtet worden. Auch wichtig.«

Der hintere Eingang bot besseren Schutz vor Beobachtern, wenn man unbemerkt das Haus verlassen oder betreten wollte, vermerkte Badenhop, kommentierte den Sachverhalt jedoch nicht. Stattdessen wagte er sich auf ungewohntes Terrain.

»Ihr Pechstein ist in der Probe positiv aufgefallen, sagen Sie. Das berichten mehrere Teilnehmer. Haben Sie etwas in Ihrem Keller oder in den Weinbergen geändert gegenüber früheren Jahren?«

Badenhop hatte einen Moment das Gefühl, als wäre ein unangenehm überraschter Ausdruck über Heinens Gesicht gehuscht. Vielleicht war es auch nur die Überraschung darüber, dass der Beamte aus Hamburg eine technische Frage stellte.

Heinen hob seine beiden riesigen, klobig wirkenden Hände, als ob er dem Kommissar die von der Arbeit geprägten Handflächen zeigen wollte.

»Was glauben Sie, was wir jedes Jahr tun? Wir arbeiten immer wieder hart daran, dass unsere Weine zu den besten der Pfalz gehören. Das beginnt im Frühjahr im Weinberg und endet, wenn der Wein abgefüllt wird. Eines Tages wird man sehen, dass nicht nur die Weingüter, die sich gut mit den Journalisten stellen, die besten Weine haben. Unsere Kunden, ja sogar die im Ausland, zählen uns zu den besten Erzeugern der Pfalz.«

Das waren Allgemeinplätze. Badenhop war sich bewusst, dass er auf diesem Feld einfach nicht genug wusste, um gezielt nachzufragen. Er wechselte die Zielrichtung.

»Ist die Konkurrenz groß, Herr Heinen?«

»Man muss sehen, wo man bleibt. Nur im Strom mitschwimmen reicht nicht. Und die Konkurrenz arbeitet mit harten Bandagen.«

»So hart, dass man anderen die Trauben stiehlt, um einen besseren Pechstein zu bekommen?«

Das Grinsen verschwand aus Heinens Gesicht. Er setzte sich mit einem Ruck aufrecht und herrschte Badenhop an: »Wollen Sie etwa behaupten, dass wir das waren, nur weil wir einen hervorragenden Pechstein haben?« Dann schien er sich zu besinnen und fügte ruhiger an: »Aber Sie haben recht: Irgendeiner muss das wohl so gesehen haben. Aber ich nicht. Außerdem dachte ich, Sie suchen einen Mörder und keinen Dieb.«

»Es gibt Hinweise darauf, dass es sich um den oder die gleichen Täter handelt.«

»Dann wünsche ich Ihnen viel Erfolg bei der Suche.«

»Noch etwas, Herr Heinen.«

Badenhop legte die Kette mit dem Vorhängeschloss sowie den Knopf auf den Tisch.

»Haben Sie einen dieser Gegenstände schon einmal gesehen, in Ihrem Weingut oder irgendwo sonst?«

»Solche Ketten verwendet man in vielen landwirtschaftlichen Betrieben. Das Schloss kenne ich nicht. Den Knopf auch nicht.«

»Gut, Herr Heinen. Danke, dass Sie hergekommen sind.«

Viel Neues habe ich nicht erfahren, dachte Badenhop, als Heinen gegangen war. Aber es blieben ja noch drei Personen. Er bat Hannelore Heinen in sein Büro.

Er war überrascht. Man konnte vielleicht nicht erwarten, dass Bert Heinens Frau seinem Körperumfang und seinem Typ entsprach. Aber hier kam eine schlanke, dunkelblonde, vielleicht vierzigjährige Frau mit halblangen, welligen Haaren ins Zimmer, gut gekleidet, fast elegant wirkend. Er konnte sie sich kaum neben dem etwas plump-bauernschlauen Heinen vorstellen. Badenhop konnte sich des Gedankens nicht erwehren, dass hier womöglich die Aussicht auf eine gute Partie der Zuneigung einen Schub gegeben haben mochte.

»Danke, dass Sie uns helfen wollen«, begann Badenhop, aber sie fuhr ihm bereits in die Parade.

»Darum geht es hier wohl nicht. Wir sind ziemlich barsch aufgefordert worden, hier zu erscheinen, als ob wir etwas verbrochen hätten. Natürlich helfen wir gern, aber wir mussten einen Kundenbesuch verlegen, weil alles so dringlich gemacht wurde, als würde von unserer Aussage der ganze Erfolg Ihrer Fahndung abhängen. Dabei haben wir vermutlich nichts zu sagen, was Sie nicht längst wissen. Aber bitte sehr, hier bin ich.«

Sie versuchte ein Lächeln, weil sie wohl spürte, dass sie patzig geklungen hatte, aber es gelang ihr nur, den Mund zu verziehen.

Badenhop musste sich beherrschen, um nicht ebenso giftig zu antworten.

»Es tut mir leid, wenn wir Ihnen Unannehmlichkeiten bereiten, Frau Heinen. Aber wir haben einen Mord aufzuklären, der in Ihrer unmittelbaren Umgebung stattgefunden hat. Verzeihen Sie, dass wir einfach davon ausgegangen sind, Sie hätten auch ein Interesse daran, dass dies so schnell wie möglich geschieht. Wenn ich dazu kommen darf, Ihnen ein paar Fragen zu stellen, sind Sie ganz schnell wieder bei Ihrem Kunden. Sie haben ein Weingut in Forst. Würden Sie mir bitte sagen, von wem und wann es gegründet wurde?«

»Wie bitte? Was hat das mit dem Mord zu tun? Aber bitte sehr. Mein Mann und ich haben es gegründet, kurz nach unserer Heirat vor vierzehn Jahren.«

»Wie muss man sich das vorstellen? Sie heiraten und beschließen, ein Weingut zu gründen, und dann fangen Sie an, Weinberge zu suchen? Entschuldigen Sie die Frage, aber ich bin in Weinsachen Laie.«

Man konnte förmlich sehen, wie er in ihren Augen zu einem Nichts zusammenschrumpfte. Sie lehnte sich zurück.

»Niemand kann ohne Weinberge ein Weingut gründen. Selbst wenn man viel Geld hat, kann man höchstens eines kaufen. Unsere Weinberge waren da.«

Badenhop wollte, dass sie es aussprechen musste. »Gehörten sie Ihnen beiden?«

Sie schüttelte sich, als wäre ihr etwas Lästiges zu nahe gekommen. »Sie gehörten der Familie meines Mannes. Sie haben damals noch ihre Trauben in der Genossenschaft abgeliefert.« Ungläubiges Kopfschütteln. »Man kann sich kaum vorstellen, was da Geld verschenkt wurde.«

»Sie haben dafür gesorgt, dass das nicht mehr passiert?«

Sie sah ihm in die Augen. »Na und? Es ist uns nicht in den Schoß gefallen. Wir haben hart dafür gearbeitet: einen Keller einrichten, den Kundenstamm aufbauen, das Anwesen so renovieren, dass man auch mal Fachhändler und Sommeliers herbringen konnte. Aber wir haben es geschafft. Kommen Sie doch mal vorbei. Ich zeige Ihnen gern den Betrieb und lasse Sie verkosten.«

»Vielen Dank. Sie haben ja schon gemerkt, dass ich nicht viel von Wein verstehe.«

Badenhop wusste, dass er sich nicht getäuscht hatte. Diese Frau hatte eingeheiratet und war die treibende Kraft hinter ihrem Mann. Zusammen waren sie offensichtlich erfolgreich.

»Eine andere Frage: Sie haben ausgesagt, Ihr Mann sei an dem Abend des Mordes kurz vor zehn Uhr nach Hause gekommen. Wissen Sie, warum er nicht bis zum Ende geblieben ist?«

»Das hat er Ihnen doch sicher gesagt. Wir hatten keinen Wein aus den Lagen in der Probe, die am Ende kamen, und mein Mann war müde.« Das deckte sich auffällig exakt mit der Aussage von Bert Heinen.

»Er ist dann zu Hause geblieben?«

»Ja. Wir sprachen über die Probe und wie unsere Weine gegenüber den anderen Weingütern standen. Dann sind wir ins Bett gegangen.«

»Frau Heinen, der Mörder muss wohl einen Grund dafür gehabt haben, dass er die Leiche vor das Haus von Katrin Mellen gelegt hat, obwohl Johann Werger dort nicht gestorben ist, sondern oben im Weinberg. Ich muss zugeben, dass uns dieser Fundort womöglich dauerhaft auf eine falsche Spur geführt hätte, wenn uns nicht ein aufmerksamer Spaziergänger den Hinweis auf den Tatort gegeben hätte. Können Sie sich einen Grund für diesen Täuschungsversuch vorstellen?«

In ihrem Kopf arbeitete es. Sie brauchte eine halbe Minute, bis sie sich zu einer Antwort durchgerungen hatte.

»Sie haben sicher erfahren, dass es eine Verbindung zwischen Frau Mellen und Herrn Werger gab. Das hat sich ja im Dorf herumgesprochen. Der Mörder muss es gewusst haben und wollte den Verdacht auf Frau Mellen lenken.«

Badenhop stand auf und ging zum Fenster. Er öffnete einen Flügel. »Das ist richtig … Ich lasse nur kurz frische Luft rein … War denn dieses Verhältnis allgemein bekannt? Frau Werger jedenfalls scheint nichts gewusst zu haben.«

»Sie wissen ja, wie das ist. Unter der Hand wissen die Leute davon, auch wenn die Ehefrau es nicht weiß.«

Badenhop sah abwechselnd aus dem Fenster und zu Hannelore Heinen. »Und die Leute in Forst – um Ihre Worte zu gebrauchen – wussten schon lange von dem Verhältnis?«

»Wie meinen Sie das?«

»Nun, war es beispielsweise schon im Dezember oder Januar allgemein bekannt? Dann wäre es zum Beispiel nicht so glaubwürdig, wenn Frau Werger sagt, sie hätte nichts davon gewusst. Jemand gibt den Ehefrauen ja dann doch manchmal einen Hinweis.«

»Das kann ich Ihnen nicht genau sagen. Von mir hat Doris Werger sicher keinen Hinweis bekommen. So gut kennen wir uns nicht.«

Damit hatte sie praktisch zugegeben, dass sie es wusste. Aber seit wann?

Badenhop schloss das Fenster, setzte sich wieder und beobachtete sie genau. Ihr Gesicht blieb undurchdringlich. Sie sah auf das Display ihres Handys. Er hatte lange genug Nebelkerzen geworfen, damit die entscheidende Frage vielleicht nicht allzu sehr auffiel.

»Wann haben beispielsweise Sie es erfahren – nur um einen Anhaltspunkt zu haben? Im Dezember, im Januar oder im Februar?«

Hannelore Heinen blickte gelangweilt in Richtung Fenster. »Ich weiß es noch nicht allzu lange. Ich glaube, doch, ich bin mir sicher, es war im Februar, erst nach dem Mord. Wir haben keine sehr enge Verbindung zu den Leuten im Dorf. Und ich tratsche nicht.«

Damit wäre sie aus dem Spiel, dachte Badenhop. Es sei denn, sie hatte genau aufgepasst, weil sie diesen Eindruck vermitteln wollte.

»Nur noch zwei Fragen, Frau Heinen, weil wir dem Informationsfluss im Dorf ein wenig nachgehen müssen: Von wem haben Sie es erfahren und wem haben Sie die Information weitergegeben, nachdem Sie davon erfahren hatten?«

»Ich glaube, es war bei der Beerdigung von Johann Werger. Zwei Frauen aus dem Dorf unterhielten sich hinter mir darüber. Ich habe nicht direkt mit ihnen gesprochen. Weitergesagt? Niemandem. Wie gesagt. Ich tratsche nicht.«

Hannelore Heinens erste Reaktion in Bezug auf Doris Werger legte den Schluss nahe, dass sie nicht erst nach dem Mord von dem Verhältnis zwischen Werger und Mellen erfahren hatte. Dann hätte sie anschließend gelogen. Aber eindeutig genug war die Gesprächssituation nicht gewesen.

Badenhops Gedanken schweiften ab. Die Befragungen verliefen weniger emotional als seine früheren Fälle im Hamburger Milieu, das Badenhop kannte. Aber gerade deshalb waren die beteiligten Personen schwerer zu durchschauen. Trotzdem war er hier zufriedener als im Hamburger Kommissariat.

Der Abend mit Carmen und Lars war angenehm und unterhaltsam gewesen. Man hatte übers Segeln, über gemeinsame Freunde, über Hamburger Stadtpolitik gesprochen. Die Segelfreunde und sein Boot vermisste Badenhop, auch die langen Spaziergänge am Wasser, die er mit Ingrid unternommen hatte. Aber er hatte das Gefühl, dieser doch so pfälzische Fall Werger habe ihn seiner neuen Heimat ein Stück näher gebracht, habe ihn näher an die Kräfte, Energieströme und Lebenssäfte gebracht, die diese Region in Bewegung hielten.

Carmens Begeisterung für die Weinstraße hatte sich auch beim Essen fortgesetzt. Die Küche der »Kanne« verband regionale und deftige Zutaten recht geschickt zu einer Art verfeinerter Hausmannskost. Carmen musste natürlich Riesling trinken, Badenhop empfahl Pechstein und seiner Frau einen Gewürztraminer. Alle waren zufrieden und am Ende ein wenig ausgelassen. Auch Lars, der erstmals in der Pfalz war und erfuhr, dass sich allein in Deidesheim vier namhafte Restaurants befanden, widersprach nicht, als Carmen vorschlug, im Frühling oder spätestens im Sommer für mehrere Tage zu kommen. Ingrids Gemütszustand erschien ihm zwiespältig. So gelöst und gut gelaunt er sie im Restaurant erlebte, hatte er doch später den Eindruck, die Freunde hatten Heimweh ausgelöst, das ihr zu schaffen machte.

Badenhop ließ Herbert Frech hereinrufen, bot ihm eine Tasse Kaffee an und bat die Sekretärin, ihnen zwei Tassen zu bringen.

Frech war ein relativ kleiner Mann von Mitte fünfzig. Im Gegensatz zu Heinen erfüllte er gar nicht das Klischee eines Winzers. Eine moderne Brille und zurückgekämmte, lockige Haare ließen Badenhop an den früheren Innenminister Baum denken. Merkwürdig, dachte er, dass man zwischen völlig fremden Menschen Verbindungen sieht, an die ein anderer vielleicht nie denken würde.

Frech machte einen sehr kooperativen, hilfsbereiten Eindruck. Er schien ein überlegter, ruhiger Zeitgenosse zu sein. In seinen Augen allerdings meinte Badenhop eine gehörige Portion Misstrauen zu entdecken.

»Herr Frech, berichten Sie mir bitte über die Forster Jahrgangsprobe. Sie haben bei der ersten Befragung angegeben, Sie seien bis zum Ende der Veranstaltung geblieben und dann nach Hause gegangen.«

»Das ist richtig. So war es auch. Ich habe mit ein paar Kollegen vor der Tür ein paar Worte gewechselt. Die wollten aber noch etwas trinken gehen und ich nicht. Ich habe mich auf den Weg nach Hause gemacht. Die anderen standen noch da, als ich ging. Sie müssen aber bald auch ins Dorf gegangen sein. Es war ja kalt.«

»Sie waren zu Fuß unterwegs?«

»Ja, es ist ja nicht weit ins Dorf.«

»Man hat Sie weggehen sehen. Im Dorf haben Sie niemanden getroffen, auch keinen der Kollegen von der Veranstaltung?«

»Nein, ich war wahrscheinlich der Erste, der nach dem Ende der Probe von der Halle weggegangen ist. Ansonsten war im Dorf wohl niemand unterwegs.«

»Sie waren schon kurz nach halb elf zu Hause, haben Sie gesagt. Ihre Frau bestätigt das. Sie sind danach nicht mehr weggegangen?«

»Nein.«

»Warum sind Sie nicht mit den anderen Teilnehmern mitgegangen?«

»Es sind nicht alle zusammengeblieben, soweit ich weiß. Die meisten sind auch weggegangen oder weggefahren. Ich hatte einfach keine Lust, noch etwas trinken zu gehen.«

Badenhop meinte, hier einen seltsamen Unterton herauszuhören. »Generell nicht? Wie würden Sie Ihre Verbindung zu den Kollegen im Dorf einschätzen?«

Frech schien unangenehm berührt. »Die Winzer im Dorf organisieren jährlich mehrere gemeinsame Veranstaltungen, wie zum Beispiel die Lagenkost in den Weinbergen. Da beteiligen wir uns und arbeiten mit den Kollegen zusammen. Aber man muss ja nicht mit jedem eng befreundet sein.«

»Nicht mit jedem, mit einigen vielleicht schon. Was würden Sie sagen. Mit welchem Kollegen sind Sie befreundet?«

»Ich weiß nicht, worauf Sie hinauswollen. Wir haben mit niemandem Streit. Aber jeder macht seine Sache. Wir sind ja auch Konkurrenten. Wir kümmern uns lieber um unsere Kunden.«

Das fand Badenhop sonderbar. »Sie haben keine privaten Kontakte zu Kollegen?«

»Keine ist auch nicht richtig. Auf privater Ebene treffen wir uns manchmal mit den Heinens.«

Heinen und Frech konnten unterschiedlicher kaum sein. Die beiden ehrgeizigen, statusorientierten und verkniffenen Frauen dagegen hatten zweifellos Gemeinsamkeiten.

»Tauschen Sie manchmal auch betriebliche Erfahrungen mit Ihrem Kollegen Heinen aus?«

»Weniger. Man spricht mal über den einen oder anderen Wein oder über bestimmte Arbeiten im Weinberg. Aber dass wir uns gegenseitig beraten, kann man nicht sagen.«

Noch ein Versuch. »Ihre Frau und Hannelore Heinen treffen sich öfter als die Männer?«

»Die Verbindung zwischen den Frauen ist enger als zwischen den Männern, wenn Sie das meinen. Sie unternehmen öfter etwas zusammen.«

Und Christa Frech sollte ihre Beobachtung in der physiotherapeutischen Praxis für sich behalten haben? Badenhop hielt das für unwahrscheinlich. Log also Hannelore Heinen? Und wenn: Warum? Wollte sie nur den lästigen, unberechtigten Verdacht abschütteln, oder hatte sie wirklich etwas zu verbergen?

Badenhop hatte genug erfahren und wechselte das Thema. »Herr Frech, wenn ich die Beobachtungen von einigen Fachleuten richtig interpretiere – ich selbst verstehe ja nichts davon – ist Ihr Pechstein in diesem Jahr erkennbar besser ausgefallen als in den Vorjahren. Sehen Sie das selbst auch so?«

»Ja, ich glaube schon. Aber das gilt nicht nur für den Pechstein. Wir arbeiten ständig an der Qualität unserer Weine.«

Dieser Standardsatz begann Badenhop lästig zu werden. »Aber beim Pechstein, haben Sie da etwas anders gemacht als sonst? Sie kaufen die Trauben dafür, haben wir erfahren. Haben Sie vielleicht andere, bessere Trauben gekauft?«

Frech sah ihn mit leichter Anspannung an und schien genau zu wissen, worauf die Frage hinauslief. Er schien Ärger zu unterdrücken.

»Wir haben in den vergangenen drei Jahren die Trauben immer vom gleichen Erzeuger gekauft. Da hat sich nichts geändert. Wie gesagt, alle unsere Weine sind in diesem Jahr besser ausgefallen.«

»Können Sie dafür einen Grund nennen, außer dass Sie ständig fleißig an der Qualität arbeiten?« Das Letzte rutschte Badenhop spürbar genervt heraus.

Frech blieb äußerlich ruhig. Dennoch hatte seine Stimme einen etwas schärferen Tonfall. »Ich glaube schon. Wir sind keine Leute, die sich mit den Journalisten gut stellen, damit sie Berichte und gute Bewertungen bekommen. Deshalb müssen wir uns ganz besonders durch Qualität um Anerkennung bemühen. Im letzten Herbst haben wir den bekanntesten und nach unserer Meinung besten Kellermeister der Pfalz dazu gewinnen können, uns zu beraten, Hans-Jürgen Weiß. Er hat uns einige wertvolle Hinweise gegeben. Dass man das schmeckt, wundert mich nicht.«

Badenhop spürte, wie er auf glattes Eis schlitterte, weil er zu wenig von der Materie verstand. Hatte Frech recht? Beratung? Ein paar Hinweise? War das möglich, mit den gleichen Weinbergen wie vorher? Badenhop wünschte sich, Stefan Schwörer wäre hier.

»Hans-Jürgen Weiß, sagen Sie? Wo finden wir ihn? Wenn Sie sagen ›beraten‹, heißt das, er ist nicht bei Ihnen angestellt?«

»Er ist pensioniert, aber er berät noch hin und wieder Weingüter. Ich schreibe Ihnen die Adresse und eine Telefonnummer auf, wenn Sie wollen.«

Badenhop verabschiedete Frech. Wenn dieser Wunderknabe Weiß alle Weine von Frech verbessert hatte, gab es eine natürliche Erklärung für seinen auffälligen Pechstein. Heinen hatte dagegen nur Plattitüden geboten. Wenn außerdem Hannelore Heinen gelogen hatte, was den Zeitpunkt betraf, an dem sie von der Verbindung Mellen-Werger erfahren hatte, sprachen zwei Indizien gegen Heinen.

Badenhop griff zum Telefon und wählte die Nummer, die ihm Frech gegeben hatte. Er wollte die Sache mit der Beratung rasch abklären. Dass dieses Gespräch ganz anders verlaufen würde, als er erwartete, konnte er nicht ahnen.

»Ja, Weiß«, meldete sich eine Stimme am anderen Ende.

Der Kellermeister schien zunächst vorsichtig und auf Diskretion bedacht, gab aber gern Auskunft, nachdem ihm Badenhop erklärt hatte, dass er von Frech autorisiert war. Ja, er sei im vergangenen Herbst ein paarmal im Weingut Frech gewesen. Im Grunde habe man mit wenigen Maßnahmen im Keller etwas mehr Frucht in die Weine gebracht. Badenhop fragte lieber nicht nach Details, sondern erkundigte sich nach Schwörer. Nein, der Weinkontrolleur, den er gut kenne, habe vermutlich nichts davon gewusst. Er, Weiß, habe ja auch nicht viel gemacht.

»Im richtigen Moment das Falsche unterlassen«, lachte er ins Telefon.

Und Johann Werger, wollte Badenhop einer plötzlichen Eingebung folgend wissen, habe der von seiner Beratung gewusst? Ja, natürlich, der habe ihn ja zu Frech gebracht. Er, Weiß, sei mit Werger gut befreundet gewesen. Werger habe ihm gesagt, bei Frech müsste sich mal jemand im Keller umschauen, die Weine seien keine Werbung für Forst. Ob der ihn mal anrufen dürfte. Er habe zuerst nicht gewollt, aber er könne so schlecht Nein sagen. Im Januar, als er und Werger sich zuletzt gesehen hätten, habe er sogar drei Fassproben mitgebracht auf den Wergershof, damit Werger sah, was sich geändert hatte. Schrecklich sei das, was mit Werger passiert sei. Er habe ihn noch angerufen, wahrscheinlich kurz vor seinem Tod. Wenn man sich so etwas vorstelle! Furchtbar. Weiß habe Doris Werger natürlich angeboten, dem jungen Patrick im Keller zu helfen, wann immer es nötig sei. Eine Selbstverständlichkeit. Aber das sei ja wenig Hilfe im Vergleich zu dem, was die Frau durchgemacht habe und was ihr nun fehle. Man könne es kaum glauben.

Das klang nicht nur so dahingesagt, fand Badenhop und hätte Weiß in diesem Moment gern persönlich kennengelernt.

»Das heißt, Herr Weiß, ich verstehe Sie hoffentlich richtig: Wenn Johann Werger bei der Forster Jungweinprobe kurz vor seinem Tod einen Wein des Weinguts Frech probiert hätte, der deutlich besser war als früher, wäre er nicht überrascht gewesen?«

»Nein, bestimmt nicht.«

Er wollte schon auflegen, da durchzuckte ihn ein Gedanke. »Moment, Herr Weiß! Was haben Sie da gerade gesagt? Sie haben Werger kurz vor seinem Tod angerufen? Wann war das und warum?«

»Tja, an dem Abend, als er tot gefunden wurde. Stellen Sie sich das vor! Wir wollten am nächsten Tag zusammen in den Rheingau fahren zu einer Probe mit alten Rieslingen, zu der wir beide eingeladen waren. Ich sollte ihn morgens abholen, aber ich hatte ein Problem mit meinem Auto. Also rief ich ihn an, dass er lieber bei mir vorbeikommen soll.«

»Herr Weiß, wann war das genau? Das könnte sehr wichtig für die Aufklärung dieser Straftat sein.«

»Wirklich? Na ja, ich wusste, dass er bei der Jahrgangsprobe in der Traberger-Halle war, und Werger hatte ja meistens kein Handy dabei. Deshalb habe ich gewartet, bis ich zu Hause anrufen konnte. Es war ziemlich spät. Ich habe nachgesehen, ob ich um die Zeit noch stören kann. Dadurch weiß ich es. Es war etwa halb elf.«

Badenhop hatte das Gefühl, es treffe ihn ein Schlag. Wenn Werger vor seinem Tod nach Hause gekommen und um halb elf dort war, hatte Doris Werger gelogen. Damit war sie dringend tatverdächtig. Die Lage war plötzlich völlig verändert. Er dachte noch einen Schritt weiter. Wie hatte sie ihren Mann wohl dazu gebracht, mitten in der Nacht mit ihm in den Pechstein zu fahren, um ihn dort zu töten? Oder war die Tat zu Hause geschehen, und sie hatte mit dem bereits Sterbenden eine Irrfahrt unternommen? Zuerst zum Pechstein, dann vor Mellens Haus? Er war völlig perplex und hätte den liebenswerten Herrn Weiß in diesem Moment würgen können.

»Herr Weiß! Warum, um Himmels willen, haben Sie sich nicht längst bei uns gemeldet? Wenn Sie Johann Werger noch um halb elf zu Hause gesprochen haben, ist dies von höchster Wichtigkeit für die Aufklärung des Falles!«

Weiß schien erstaunt, schnaufte laut ins Telefon und rief fast: »Halt, Herr Kommissar, ich habe doch gar nicht mit ihm gesprochen. Ich habe angerufen, aber er war nicht zu Hause. Es ist unvorstellbar: Ich spreche mit seiner Frau, während er vielleicht gerade umgebracht wird!«

Oh Gott, in welches Wechselbad der Informationen war er hier geraten? Bekam er anstelle einer schweren Beschuldigung der verdächtigen Doris Werger nun ein Alibi geliefert?

»Sie haben etwa um zweiundzwanzig Uhr dreißig auf dem Wergershof angerufen und mit Doris Werger gesprochen?«

»Ja. Sie sagte, ihr Mann sei noch nicht da. Ich habe ihr ausgerichtet, dass er mich morgens abholen soll. Dazu ist es ja nicht mehr gekommen. Ich kann es immer noch nicht glauben.«

Badenhop atmete tief durch. Doris Werger musste bei dem Anruf nicht im Büro gewesen sein, es gab ja schnurlose Telefone.

»Entschuldigen Sie, Herr Weiß, dass ich Sie zunächst missverstanden hatte. Haben Sie den Privatanschluss oder den Büroanschluss der Wergers angerufen? Und bitte versuchen Sie sich zu erinnern: Wie lange haben Sie mit Frau Werger gesprochen, und was genau wurde gesagt?«

»Den Büroanschluss. Wenn Johann noch wach gewesen wäre, hätte er ihn gehört und abgenommen. Mit dem Privatanschluss hätte ich so spät die ganze Familie geweckt. Das Gespräch war ganz kurz. Ich fragte nach Johann. Sie sagte: ›Er ist noch nicht von der Jahrgangsprobe zurück, und sein Handy liegt wie fast immer hier auf seinem Schreibtisch.‹ Ich bräuchte es also gar nicht zu versuchen. Ich habe noch gefragt, ob sie selbst kein Interesse an der Probe gehabt hätte. Sie antwortete: ›Doch, aber er darf Wein probieren, und ich sitze hier im Büro und muss mich mit der Steuer herumquälen.‹ Dann bat ich sie, Johann auszurichten, dass er mich abholen soll. Das war alles.«

»Wie hat sie das gesagt, dass er Wein probieren darf und sie müsse sich um die Steuern kümmern? War sie verärgert?«

»Nein, gar nicht, sie hat gelacht, es war eher ironisch gemeint. Sie macht immer die Buchhaltung auf dem Wergershof. Johann hat davon nichts verstanden.«

»Sind Sie sicher, dass sich Frau Werger im Büro befand, als Sie anriefen? Der Büroanschluss klingelt ja sicher auch im Kellereigebäude.«

»Ja, aber da schallt die Stimme ganz anders. Das wäre mir aufgefallen, wenn sie so spät noch in der Kellerei gewesen wäre.«

»Kam Ihnen Frau Werger anders vor als sonst, aufgeregt, nervös?«

»Nein. Mein Gott, sie konnte ja noch nicht wissen, dass sie Johann nicht mehr lebend sehen würde.«

Badenhop bedankte sich und beendete das Gespräch. Die letzte Bemerkung des seriös und warmherzig wirkenden Kellermeisters war der Schlüssel zu Doris Wergers Alibi. Was bedeutete dieser Anruf? Theoretisch hätte Werger zu diesem Zeitpunkt schon tot sein können. Doris Werger hätte sich im Büro aufhalten, den Anruf entgegennehmen und Werger später wegbringen können.

Aber warum sollte sie ins Büro zurückkommen? Das wäre nur sinnvoll, wenn sie ihren Mann im Weingut getötet hätte. Und hätte sie danach in aller Seelenruhe mit Weiß gesprochen, dabei Witzchen gemacht? Das war bei aller Selbstkontrolle dieser Frau unwahrscheinlich. Hätte Werger später nach Hause kommen und dann ermordet werden können? Theoretisch ja, aber wo wäre er in der Zwischenzeit gewesen? Niemand – außer dem Mörder – hatte ihn in der Zeit zwischen einundzwanzig Uhr fünfundvierzig und zweiundzwanzig Uhr dreißig gesehen.

Der Fußweg von der Halle nach Hause dauerte weniger als zehn Minuten. Hätte Doris Werger ihren Mann in den Pechstein locken, ihn erschlagen und dann zu Katrin Mellens Haus bringen können, alles in kaum fünfundvierzig Minuten? Schwierig, aber möglich.

Werger war vermutlich nicht gerade eine Minute nach dem Anruf zu Hause aufgetaucht. Badenhop musste dringend mit Doris Werger sprechen. Warum hatte sie ihm nichts von dem Anruf gesagt? Ergab das alles einen Sinn?

Badenhop hatte dennoch das Gefühl, als sei eine bisher verschlossene Tür endlich aufgesperrt worden. Doris Werger hatte ein Motiv und technisch gesehen die Gelegenheit, aber dass sie um zweiundzwanzig Uhr dreißig in ihrem Büro war, entlastete sie in gewisser Weise, wenn auch nicht völlig. Das würde bedeuten: Wenn sie Wergers Reaktion richtig interpretierten und Schwörers Probe zuverlässig war, blieb von den Winzern nur Heinen als wahrscheinlicher Dieb übrig. Aber war er auch der Mörder?

Badenhop konnte sich das Gesicht von Staatsanwältin Karin Welsch vorstellen, wenn er ihr solche Indizien präsentieren würde. Sie hatten nun einen Hauptverdächtigen. Einen tragfähigen Beweis gegen Heinen hatten sie nicht, gegen Doris Werger erst recht nicht.

Zunächst war noch ein wichtiges Detail zu klären. Er brauchte die Aussage von Christa Frech, die – ach herrje – immer noch draußen wartete. Dann würde man sehen, was Gross bei den Nachbarn erfahren hatte. Wieder hatte Badenhop das Gefühl, sie hätten ein wichtiges Detail übersehen. Nachbarn, Nachbarn, was war da noch?

»Herr Kommissar! Sie erinnern sich vielleicht, dass ich sehr großes Vertrauen zu Ihnen hatte und mich sofort nach dieser schrecklichen Sache bereitwillig als Zeugin gemeldet habe. Ich verstehe nicht, wieso ich jetzt hierher bestellt werde wie eine Verdächtige! Und dann lassen Sie mich hier die ganze Zeit warten! Ich bin es nicht gewohnt, dass man mich so behandelt.«

Christa Frech reckte stolz den Kopf, spitzte ein wenig die schmalen Lippen und sah ihn herausfordernd an.

Äußerlich ähneln sie sich nicht besonders, aber sonst scheinen sie wesensverwandt, durchfuhr es Badenhop. Er erinnerte sich an Schwörers ironische Kommentare über Hannelore Heinen und Christa Frech, zwang sich aber entschieden zu besonderer Freundlichkeit.

»Frau Frech, es täte mir sehr leid, wenn Sie von meinen Mitarbeitern nicht angemessen behandelt worden wären. Sie sind nämlich eine wichtige Zeugin. Ich weiß das sehr wohl. Wir wollen den Fall so schnell wie möglich aufklären. Deshalb haben wir mehrere Personen heute hierher gebeten. Ich bin sicher, dass Sie das verstehen. Wissen Sie, es haben sich auch zwischen Ihrer Aussage und unseren Ermittlungen gewisse Differenzen ergeben.«

Ihre Gesichtszüge, die sich bei seinen ersten Sätzen entspannt hatten, verhärteten sich wieder.

»Meine Aussage habe ich Ihnen im Vertrauen gegeben, und es war genau so, wie ich Ihnen gesagt habe. Welche Differenzen soll es geben? Bestreitet es die Mellen etwa?«

Badenhop konnte Menschen nicht ausstehen, die sich ständig angegriffen fühlten und selbst bei harmlosesten Bemerkungen in Verteidigungshaltung gingen. Aber er blieb ruhig. Das konnte er auch bei sehr schwierigen Menschen gut.

»Bitte entschuldigen Sie, wenn ich mich missverständlich ausdrücken sollte, Frau Frech. Es geht um etwas anderes. Sie hatten mir bei unserem Gespräch im Park erklärt, Sie wollten Ihre Beobachtungen in der physiotherapeutischen Praxis nur mir mitteilen. Der Fundort der Leiche kann aber kaum Zufall sein, da sie absichtlich dort abgelegt wurde. Das bedeutet doch: Nur jemand, der von dem Verhältnis wusste und darauf hinweisen wollte, hätte die Leiche dort abgelegt. Je weniger Leute davon wussten, umso enger ist der Kreis der Verdächtigen.«

Sie schien zu begreifen. Ihre Lippen wurden noch schmaler, ihre kleiner werdenden Augen richteten sich drohend auf Badenhop.

»Soll das etwa bedeuten, Sie verdächtigen mich? Das können Sie mir doch nicht zumuten! Warum sollte ich Herrn Werger umbringen?«

»Frau Frech, wir tun nur unsere Arbeit und versuchen, logisch zu denken. Inzwischen haben wir eine Reihe neuer Erkenntnisse gewonnen. Unter anderem haben wir mittlerweile Grund zu der Annahme, dass doch weitere Personen von dem Verhältnis zwischen Werger und Mellen wussten. Die Wahrscheinlichkeit ist hoch, dass der Täter in diesem Personenkreis zu suchen ist. Deshalb muss ich Sie nochmals fragen: Haben Sie anderen Personen von Ihren Beobachtungen berichtet?«

»Wieso ich? Es können doch noch mehr Leute die beiden Turteltäubchen irgendwo erwischt haben.«

»Frau Frech, wir gehen allen Hinweisen nach. Im Augenblick frage ich Sie: Welchen Ihnen vertrauten Personen haben Sie etwas davon gesagt? Wir müssen es wissen, damit wir den informierten Personenkreis eingrenzen können.«

Sie presste ihre Handtasche an den Körper, wie um sich daran festzuhalten. Trotzig entgegnete sie: »Ich habe nicht einmal mit meinem Mann darüber gesprochen.«

Badenhop spürte, dass es ihn immer mehr Kraft kostete, ruhig und freundlich zu bleiben. Wie wichtig es dieser verhärmten, von Aggressionen geplagten Frau doch war, die Fassade der diskreten Dame, die niemals Neuigkeiten verbreitet, aufrechtzuerhalten.

Er versuchte es in dienstlich-kühlem Ton. »Frau Frech, bitte zwingen Sie mich nicht, Sie unter Eid zu vernehmen. Noch mal: Haben Sie kurz nach Ihrer Beobachtung, also noch vor dem Mord, mit einer anderen Person gesprochen? Sie können einfach Ja oder Nein sagen.«

Sie ging über diese Brücke. »Na gut. Ja.«

Sofort legte er nach. »War es Frau Heinen?« Er sah ihr ernst und ungerührt ins Gesicht.

Es war, als hätte sie der Blitz getroffen. Für einen kurzen Augenblick entglitten ihr die Gesichtszüge. Er sah, dass sie sich zu beherrschen suchte. Aber es war zu spät.

»Wie kommen Sie darauf?«, stieß sie hervor.

Er entschloss sich zu lügen. »Nun, Frau Frech. Wir haben Anlass zu glauben, dass Frau Heinen schon vor dem Mord mit weiteren Personen darüber gesprochen hat. Wir wollten nur wissen, ob wir den Informationsfluss richtig eingeschätzt haben. Wir wissen, dass Sie mit Frau Heinen befreundet sind.« Er sah sie auffordernd an. »Sie haben also mit Frau Heinen gesprochen.«

Sie schwieg, blickte nach unten und nestelte an ihrer Handtasche. Schließlich riss sie sich zusammen, setzte ihren gestrengen Blick auf, als wäre nichts geschehen, stand auf und betonte jedes Wort, indem sie den Zeigefinger drohend ein Stück in die Höhe reckte und die Hand im Takt bewegte.

»Frau Heinen ist eine sehr gute Freundin. Ich verlasse mich darauf, dass kein Wort dieser Unterredung den Raum verlässt.«

Badenhop war ebenfalls aufgestanden. Diese selbstgerechte Frau war ihm unerträglich. Er reichte ihr die Hand zum Abschied.

»Ich kann Ihnen versichern, dass wir hier bei der Polizei so diskret wie möglich mit allen Aussagen umgehen. Ich danke Ihnen, dass Sie gekommen sind.«

»Ich verstehe. Ich muss damit rechnen, dass meine kleine Indiskretion vor Gericht breitgetreten wird, wenn Sie es für nötig halten. Ich bin sehr enttäuscht.«

Er sagte nur: »Danke für Ihre Hilfsbereitschaft. Auf Wiedersehen.«

Als sie gegangen war, rief Badenhop nach Gross. Doch der war noch bei den Nachbarn der Verdächtigen.

Badenhop verließ das Präsidium und fuhr zum Wergershof. Die Kette mit dem Schloss und den Knopf nahm er mit. Er hatte jetzt das Gefühl, er sollte beides Doris Werger zeigen.

Kevin Gross war frustriert. Er lief von Haus zu Haus, fragte sämtliche Nachbarn von Heinen und Frech nach dem Abend des 12. Februar. Einige rief er bei der Arbeit an. Alle erinnerten sich an den Tag, aber nur an die Zeit nach dreiundzwanzig Uhr fünfzehn, als plötzlich Sirenen durch den Ort gejagt waren und die Kunde von der Bluttat sich wie ein Lauffeuer verbreitete. Es musste ein sehr ruhiger Abend gewesen sein. Im Fernsehen lief eine beliebte Rateshow. Die Fenster waren geschlossen. Niemand hatte etwas gesehen oder gehört.

Gross hatte sich umgesehen, war mehrfach um die Häuser gelaufen, von der Weinberg- und von der Dorfseite. Beide Höfe lagen auf der Westseite des Dorfes in Richtung Wald. Es waren große, zu den Nachbarn hin geschlossene Höfe, deren Grundstücke bis an den Wirtschaftsweg reichten, der parallel zur Dorfstraße an den Weinbergen entlangführte. Von den Nachbarhäusern aus konnte man die Innenhöfe nicht sehen. Frech besaß zu den Weinbergen hin einen recht großen Pflanzgarten, Heinen einen kleineren mit Sitzmöbeln und einer Grillstelle, der wohl eher für den Aufenthalt im Sommer als für den Gemüseanbau gedacht war.

Die Zufahrt über den Wirtschaftsweg war von den Häusern aus schwer einzusehen, da fast den ganzen Weg entlang Bäume und Gebüsch, teilweise immergrünes Ziergehölz, die Sicht versperrten. Wenn jemand über den Wirtschaftsweg kam, konnte er kaum gesehen werden. Auf der anderen Seite, von der Dorfstraße her, schon eher. Aber um zweiundzwanzig Uhr dreißig stand niemand mehr hinter dem Fenster und beobachtete, was auf der Straße passierte. Es passierte ja fast nichts. Und Lärm hatten die beiden Winzer auf ihrem Weg nach Hause wohl nicht gemacht.

Das hätte ich mir sparen können, dachte sich Gross und fuhr wieder ins Präsidium.

An diesem Tag sah Doris Werger anders aus, als er sie bisher gesehen hatte. Sie hatte ihre Haare hochgesteckt, trug alte Jeans, feste Arbeitsschuhe und einen in Blautönen fein gestreiften Arbeitskittel. Eine Büroangestellte hatte Badenhop in das Kellereigebäude hinter dem Wohnhaus geschickt. Dort stand sie mit Patrick Zehner und einem südländisch wirkenden Mann an der Abfüllmaschine.

»Sie kommen ein bisschen ungelegen«, rief sie entschuldigend durch den Lärm. »Wir sind bei der Abfüllung, da kann man schlecht weglaufen. Aber wenn es sehr dringend ist …« Sie sah seinen ernsten Blick und reagierte sofort. »Patrick, ich schick dir für ein paar Minuten Melanie raus.«

Sie gingen schweigend über den gepflasterten Innenhof zum Wohngebäude zurück. Doris Werger orderte die Angestellte zu Patrick Zehner ins Kellereigebäude und führte Badenhop ins Wohnzimmer. Sie kam ihm keineswegs nervös vor.

»Gibt es etwas Neues?«, fragte sie und bedeutete Badenhop, sich zu setzen.

»Allerdings. Ich muss Sie nochmals fragen, was Sie an dem Abend, an dem Ihr Mann starb, gemacht haben.«

Sie wirkte erstaunt. »Das habe ich Ihnen schon gesagt. Ich war die ganze Zeit drüben im Büro, seit wir gemeinsam gegessen hatten – meine Schwiegermutter, mein Mann, ich und unser Sohn – und Johann anschließend das Haus verließ.«

»Was haben Sie in dieser Zeit genau gemacht?«

»Ich saß am Schreibtisch und habe mich um unsere Steuersachen gekümmert. Es war schon Mitte Februar, und der Steuerberater stand mir auf den Füßen, dass wir die Unterlagen abgeben sollten.«

»Sie saßen die ganze Zeit am Schreibtisch. Niemand hat Sie gesehen, und Sie haben mit niemandem gesprochen?«

Sie hob die Hände, entschuldigend, auch ratlos. »Ja. Ich weiß, das ist kein Alibi. Aber ich habe meinen Mann nicht ermordet.«

»Frau Werger, haben Sie in dieser Zeit Anrufe erhalten?«

»Ich glaube nicht ... sicher bin ich nicht ... Wenn es etwas Wichtiges wäre, würde ich mich erinnern.«

Badenhop war geneigt, ihr zu glauben, dass sie den Anruf des Kellermeisters vergessen hatte. Er war für sie ohne Bedeutung gewesen, ein Handgriff, ein paar Worte.

»Frau Werger, Herr Weiß behauptet, er habe Sie angerufen.«

Sie stand auf, schlug sich auf die Stirn und lief ein paar Schritte, blieb stehen und sah Badenhop an.

»Das stimmt. Wie konnte ich das vergessen! Aber wir haben nur einige Sätze gewechselt. Er wollte am nächsten Morgen abgeholt werden. Jetzt wollen Sie sicher wissen, wann das war. Ich verstehe. Es beweist, dass ich im Büro war, als der Anruf kam. Lassen Sie mich nachdenken ... Hans-Jürgen fragte, ob Johann schon zurück sei. Dann muss es also nach zehn gewesen sein, denn Johann wäre normalerweise nicht früher da gewesen. Aber genauer kann ich es nicht sagen. Ich habe vorher und nachher am Schreibtisch gearbeitet. Ich habe nicht auf die Uhr gesehen. Bestimmt war es einige Zeit, bevor der Anruf von Herrn Tremmer kam. Was bedeutet das nun?«

»Weiß sagt, es war ziemlich genau um zweiundzwanzig Uhr dreißig. Ihr Mann wurde um dreiundzwanzig Uhr fünfzehn von Herrn Tremmer gefunden. Dieser Anruf bestätigt in gewisser Weise Ihre Darstellung.« Gab es die Möglichkeit, dass Doris Werger ein schnurloses Telefon mit sich führte und in Wirklichkeit gar nicht im Büro war? »Darf ich einen kurzen Blick in Ihr Büro werfen?«

Im Büro standen zwei Schreibtische, beide mit Schnurtelefonen ausgestattet. »Hier haben Sie den Anruf entgegengenommen?«

Sie deutete auf einen der Schreibtische. »Hier habe ich gearbeitet. Johann und ich benutzten den gleichen Schreibtisch.«

»Weitere Anrufe kamen nicht?«

Sie lächelte. »Nein, ich habe jetzt die ganze Zeit gegrübelt. Da bin ich mir sicher.«

Würde eine Mörderin so wie diese Frau reagieren können? Sie strahlte eine Ruhe aus, als ob ihr keinerlei Gefahr drohte. Sie leistete sich sogar den Fauxpas mit dem vergessenen Anruf, der sie entlastete. Gegenüber Weiß hätte sie eiskalt sein müssen: einen freundlichen, leicht ironischen Anruf zu tätigen, wenn sie ihren Mann schon vor dem Anruf erschlagen hätte, in welcher Konstellation auch immer. Und Werger hätte unmittelbar nach dem Anruf nach Hause kommen müssen, um den Mord danach überhaupt noch zeitlich möglich zu machen.

Er sah Doris Werger an. Er glaubte ihr. Doris Werger war nicht die Mörderin ihres Mannes.

»Ich möchte Ihnen noch etwas zeigen«, sagte er. Sie gingen zurück ins Wohnzimmer. Dort nahm er den Knopf sowie die Kette mit dem Schloss aus seiner Aktentasche und legte beides auf den niedrigen Couchtisch. »Kennen Sie einen dieser Gegenstände?«

Sie beugte sich näher heran, besah sich besonders das Schloss und sagte zögerlich: »Das Schloss kommt mir bekannt vor. Es könnte sein, dass ich solche Schlösser vor längerer Zeit im Baumarkt gekauft habe. Johann bat mich, welche mitzubringen, weil uns mehrfach Sachen gestohlen wurden. Aber sicher bin ich nicht. Die Kette ist eine gewöhnliche Kette – keine Ahnung. Wir benutzen diese Art Kette. Es gibt sicher eine Rolle davon in der Kellerei. Den Knopf kenne ich nicht.«

»Sie haben damals mehrere dieser Schlösser gekauft?«

»Ja.« Sie stand auf. »Kommen Sie. Ich glaube, ich weiß, wo eines davon hängt.«

Sie gingen zurück in die Kellerei und standen wenige Sekunden später vor einem mit einer Tür verschlossenen Weinregal. Dahinter lagen alte, verstaubte Flaschen. An manchen hingen Schilder mit Zahlen.

»Sehen Sie, hier«, sagte Doris Werger und zeigte auf ein Hängeschloss an der Tür. »Um unser Weinarchiv abzuschließen. Es ist das gleiche. Aber ob dieses hier uns gehört, weiß ich nicht. Es gibt ja sicher viele davon. Und warum es an einer Kette festgemacht ist, weiß ich auch nicht. Woher haben Sie es?«

Die Bereitwilligkeit, mit der sie ihm bei der Frage nach Herkunft des Schlosses half, war ein weiterer Beweis ihrer Unschuld. Aber was hatte es denn zu bedeuten, dass Schloss und Kette von hier stammten? War es doch ein Zufallsfund, der mit dem Mord nichts zu tun hatte? Hatte etwa Werger die Kette bei sich? Wozu?

»Die Kette mit dem Schloss wurde in der Nähe des Tatorts gefunden, oben am Pechstein. Vorausgesetzt, die Sachen sind von Ihnen, können Sie sich vorstellen, wie sie dorthin kamen?«

Sie dachte nach. »Man wollte etwas anbinden ... Aber im Weinberg, mit einer Kette und einem Schloss? Ich wüsste keine Verwendung ... Diese Art Ketten verwendet man manchmal, um Weinbergsdrähte zu spannen. Dazu braucht man aber kein Schloss ... Um ein Fahrrad festzubinden, das nicht gestohlen werden soll, ist sie viel zu lang ... Nein, ich habe keine Ahnung.«

Etwas anbinden, hatte sie gesagt. Badenhop verabschiedete sich und fuhr hoch in den Pechstein. Vielleicht kam ihm eine Idee, wenn er sich den Ort selbst nochmals besah. Er stieg aus dem Auto, ging ein paar Schritte und versuchte sich vorzustellen, was hier passiert sein könnte.

Da Kette und Schloss mit Weinbergsarbeiten nichts zu tun hatten, zumindest das Schloss nicht, aber vermutlich vom Wergershof stammten, konnte nur Werger selbst sie mitgebracht haben. Doris Werger natürlich auch, aber er glaubte nicht mehr daran, dass sie die Mörderin war. Patrick hatte bereits ausgesagt, dass er nichts davon wusste.

Wozu brauchte Werger die Kette? Er war vorher bei der Jahrgangsprobe gewesen. Er war zu Fuß unterwegs. Er konnte die Kette gar nicht dabeigehabt haben! Stammte sie doch nicht vom Wergershof? Hatte der Mörder sie mitgebracht? Oder hatte Werger sie etwa vorher dort deponiert? Wozu?

Etwas anbinden! Was bindet man an? Einen Wertgegenstand, der nicht gestohlen werden soll, oder ein lebendes Individuum, das nicht weglaufen soll. Plötzlich hatte Badenhop eine völlig verrückte Idee. Konnte das sein? Er stand im Weinberg, sah über die Rheinebene bis nach Ludwigshafen und dachte nach.

Werger galt als aufbrausend, aber auch als überlegt und intelligent. Patrick Zehner hatte den Eindruck, er habe den Diebstahl nie überwunden. Was sagte Zehner noch? Wenn man bei einer Weinprobe gezielt nach etwas sucht, fällt einem mehr auf, als wenn man nur einfach so probiert. So oder so ähnlich.

Wenn Werger den gestohlenen Wein zu erkennen glaubte, allen anderen aber nichts auffiel, konnte es nur daran liegen, dass Werger absichtlich danach gesucht hatte. Er wusste schon Tage vorher, dass dies der Tag der Wahrheit sein könnte. Er hatte einen Plan, in den er sich geradezu verrannt hatte. Dazu gehörte, rechtzeitig Seil und

Schloss, womöglich auch ein Betäubungsmittel in den Weinberg zu bringen. Dann die Probe.

Der Diebstahl lässt ihm keine Ruhe. Er sucht vom ersten Wein an nach seinem Pechstein. Als er glaubt, ihn gefunden zu haben, hält es ihn nicht mehr auf dem Stuhl. Oder geht er aus einem anderen Grund aus dem Saal?

Heinen! Er hat festgestellt, es ist aller Wahrscheinlichkeit nach Heinens Wein. Und der will gerade nach Hause! Also stürzt Werger zur Tür, um ihn noch zu erwischen. Er trifft ihn, als der vermeintliche Dieb gerade wegfahren will. Er hat mit ihm zu reden, sagt er ihm. Er will ihm etwas zeigen, oben im Pechstein. Heinen hat wenig Verständnis, willigt aber schließlich ein. Er sagt, er hat das Auto hier, wenn Werger unbedingt will, können sie fahren. Sie fahren hoch, steigen aus. Werger hat die wahnwitzige Vorstellung, Heinen im Pechstein zu überrumpeln und an den Weinberg zu fesseln. Zur Strafe. Er hat vermutlich nicht damit gerechnet, dass er es ausgerechnet mit dem massigsten, größten Forster Winzer zu tun haben würde. Er beschuldigt ihn, beschimpft ihn, hat plötzlich die Kette zur Hand, vielleicht auch ein Betäubungsmittel, will Heinen festhalten. Es gelingt ihm nicht. Heinen erwischt einen Stein, schlägt zu und trifft Werger tödlich.

Badenhop sah sich um. Hier gab es viele kleine, doch keinen einzigen größeren Stein. Auch im weiteren Umkreis nicht. Die Winzer entfernten sie wohl, damit ihre Maschinen nicht beschädigt wurden. Passte die Theorie nicht? Es war unwahrscheinlich, dass sich im Umkreis von fünfundzwanzig Metern nur ein großer Stein befand, den Heinen gerade in diesem Moment erwischte. Das Pechstein-Monument! Hier war Werger gestorben, hier war sein Blut versickert. Den Klotz konnte man nicht bewegen, aber er hatte sehr scharfe Kanten. Also noch mal.

Sie rangeln. Sie stolpern. Vielleicht fallen sie beide, vielleicht stößt Heinen den kleineren Werger gezielt gegen den Stein, vielleicht fällt er ungeschickt. Er schlägt mit dem Kopf gegen die scharfe Kante, oder er wird von Heinen dagegengeschlagen. Verwittert, mit kleinen Flechten überzogen müsse der Stein gewesen sein, hatte der Pathologe gesagt. Genau so sah dieses Monument aus. Weiter.

Heinen sieht, dass Werger schwer aus der Schläfe blutet. Er will nicht, dass ein Verdacht auf ihn fällt, auch nicht wegen der gestohlenen Trauben. Er setzt sich ins Auto und fährt nach Hause, vielleicht in Panik, vielleicht überlegt. Vielleicht spricht er mit seiner Frau. Sollen sie den Notarzt rufen? Dann kommt alles raus! Weiß er selbst von dem Verhältnis Wergers zu Katrin Mellen?

Vielleicht sagt ihm die gerissene Hannelore Heinen: »Du kannst ihn nicht da liegen lassen, sonst ist klar, um was es geht. Schaff ihn weg.«

Er packt gefüllte Wasserkanister und eine dichte Plane ins Auto, fährt zurück zum Pechstein, schafft Werger ins Auto auf die Plane, spült das Blut von den Steinen, hängt die unverdächtige Kette wieder über eine Weinbergszeile. Falls ein Betäubungsmittel vorhanden war, vielleicht ein in Chloroform getränktes Tuch in einer Dose, das ihn verraten könnte, nimmt er es mit. Dann fährt er weg und wartet einen günstigen Moment ab, wann er den Toten vor Mellens Haus legen kann.

Badenhop starrte auf das grabsteinähnliche Monument mit der Aufschrift »Pechstein«. Es passte alles. So könnte es gewesen sein. Werger hätte seinen Zorn und seinen Wahnwitz mit dem Tod bezahlt. War es auch wahrscheinlich? Badenhop nahm sich vor, seine Theorie den Kollegen zu präsentieren. Was würde Hochdörffer sagen, der Werger kannte? Und Staatsanwältin Karin Welsch? Würde sie ihn für verrückt erklären?

Überführt war Heinen noch lange nicht, es sei denn, Gross hatte etwas bei den Nachbarn erfahren, oder man fände bei Heinen ein Kleidungsstück, an dem der passende Knopf fehlte.

VIERZEHN

Gross' Bericht hob Badenhops Laune nicht gerade. Auch der junge Polizist war enttäuscht, dass seine Befragung keine neuen Erkenntnisse gebracht hatte, besonders, als er hörte, dass sich der Verdacht bei Heinen erhärtet hatte.

»Ich habe die Nachbarn abgeklappert. Sie waren alle irgendwie erreichbar, manche per Telefon. Niemand hat bei Heinen etwas beobachtet. Die Heinens haben anscheinend auch keinen Hund, der gebellt haben könnte und Nachbarn aufmerksam macht. Und es ist alles so schwer einzusehen. Auf dem Feldweg hinter dem Haus stehen Bäume. In den Hof selbst kann man von außen nicht reingucken. Was da passiert, sieht man nur, wenn man drin ist.«

Nur, wenn man drin ist! In diesem Moment wusste Badenhop, was in seinem Unterbewusstsein rumort hatte. Er war wie elektrisiert. Natürlich! Sie hatten alle Nachbarn befragt. Genau, alle Nachbarn! Aber vielleicht hatte Gross das geklärt.

»Herr Gross, wir haben alle Teilnehmer der Veranstaltung gefragt, was sie anschließend gemacht haben und wie sie nach Hause gekommen sind, nicht wahr?«

»Natürlich, alle.«

»Was haben Laura Clüsserath und Patrick Zehner gesagt?«

»Sie sind ein Pärchen. Sie sind zusammen gekommen und zusammen weggefahren.«

»Wohin?«

»Patrick Zehner erklärt, er hat Laura Clüsserath nach Hause gebracht und ist dann in seine Wohnung in Deidesheim gefahren. Die Clüsserath bestätigt das. Beide sind dann zu Hause geblieb… Herrgott! … Ich Idiot!« Er schlug mit der flachen Hand auf den Tisch, dass die Kaffeetassen klirrten. »Entschuldigung, Herr Kommissar. Aber das ist doch … Die Clüsserath wohnt ja bei Heinens! Ich habe sie gefragt, was sie gemacht hat, wegen ihres Alibis natürlich. Aber ich habe sie nicht gefragt, ob sie etwas beobachtet hat! Sie ist keine Nachbarin! Sie wohnt da!«

Badenhop war ruhig geblieben. Er kannte die Grenzen von Logik und Intuition. Ein Gedankenstrang entwickelte sich fast immer mit einer Zielsetzung. Das Gehirn schiebt dabei Aspekte beiseite, die dem direkten Ziel nicht nutzen. Normalerweise führt dies zu stringentem Denken. Doch manchmal schneidet es ein nützliches Detail mit ab. Solange es nur um die Alibis beim Nachhauseweg der einzelnen Teilnehmer ging, war die Untersuchung abgeschlossen, sobald einer zu Hause war. Wenn Nachbarn befragt werden, denkt man nicht automatisch daran, dass es noch einen Hausbewohner gibt. Man sollte, aber man tut es nicht immer.

Badenhop machte Gross keinen Vorwurf, eher sich selbst.

»Es ist nicht Ihre Schuld. Wir wussten ja am Tag nach dem Mord nicht, dass wir uns intensiv um Heinen kümmern müssen. Es ging natürlich zunächst einmal um die Alibis der Probenteilnehmer. Ja, wir hätten daran denken müssen, alle beide. Also fragen wir sie jetzt. Vielleicht weiß sie gar nichts. Ich rufe sie an. Bleiben Sie hier, hören Sie mit. Hoffentlich ist sie zu sprechen.«

Laura Clüsserath stand zitternd in ihrer Wohnung am Fenster und hielt das Telefon in der Hand, genau wie an jenem Abend. Gerade hatte der Kommissar am anderen Ende aufgelegt. Es war schrecklich! Wie konnte das sein? Heinen war sicher ein komischer Kerl und ein Geizkragen, aber sollte er ein Mörder sein?

Sie konnte jetzt nicht allein bleiben. Sie hatte Angst, obwohl es natürlich eigentlich keinen Grund dafür gab, das wusste sie auch. Allein das Gefühl … unter einem Dach mit einem möglichen Mörder!

Warum war sie jetzt nicht bei Patrick? Sie musste ihn anrufen, ob sie kommen könnte. Hektisch wählte sie seine Handynummer, vertippte sich zweimal. Gott, was war sie durch den Wind! Was hatte der Kommissar ihr gesagt? Sie sollte keinesfalls etwas zu Heinen sagen von ihrem Gespräch, weil sie sich sonst in Gefahr bringen könnte? Aber was sie gesehen hatte, musste doch gar nichts bedeuten! Obwohl, merkwürdig war es schon …

Sie erinnerte sich sehr gut an diesen Abend. Es war der Abend der Jahrgangsprobe und gleichzeitig der Abend vor ihrer Heimfahrt wegen des Familientreffens. Sie waren zusammen von der Halle weggefahren. Patrick hatte sie vor dem Haus abgesetzt. Ob sie mit zu ihm fahren wollte, hatte er gar nicht gefragt. Na ja, sie waren Samstagabend und den ganzen Sonntag zusammen gewesen. Sie wollte nicht widersprechen, als Patrick so selbstverständlich in die Forster

Hauptstraße fuhr und vor dem Weingut Heinen anhielt. Männer reagieren allergisch, wenn sie das Gefühl haben, man will sich aufdrängen.

Wenn sie doch jetzt bei ihm wäre! Das Telefon tutete, aber er ging nicht dran. Sie wusste, dass das Abfüllen im Wergershof heute spät werden könnte und dass er bei dem Lärm das Handy nicht hören würde. Sie musste sich unbedingt beruhigen. Ängstliches Huhn! Es konnte ihr ja nichts passieren. Heinen hatte doch nichts gegen sie. Er war ja kein Massenmörder. Hm, aber vielleicht ein Mörder, das reichte.

Erst als der Polizist danach gefragt hatte, war ihr alles wieder eingefallen. Sie hatte sich damals nichts dabei gedacht, hatte sich, als sie oben angekommen war, bequem und kuschelig angezogen und ihre Mutter angerufen, um zu erfahren, was an den kommenden Tagen alles passieren würde. Dabei hatte sie wie jetzt am Fenster gestanden und eher unabsichtlich hinaus in die Winternacht gesehen.

Heinen war kurz nach ihr mit dem Auto gekommen. Das war etwa um halb elf. Er fuhr immer durch das hintere Tor in den Hof. Ihr hatten sie es verboten. Ein Hof voller Autos sehe nicht gut aus. Sie solle hinten auf dem Platz neben dem Garten parken. War ihr auch egal, aber die Heinens gehörten zu den Leuten, die sich selbst was rausnahmen, das sie den niedrigen Chargen verboten.

Sie hatte sich nichts dabei gedacht, dass Heinen nach ihr nach Hause gekommen war. Sicher, er war recht früh von der Jahrgangsprobe verschwunden, aber er würde wohl noch etwas erledigt haben, hatte sie ganz unbewusst angenommen. Ohne besonderen Anlass dachte man darüber ja nicht nach. Sie hatte es beiläufig registriert, und das war's.

Woher hätte sie wissen sollen, dass es wichtig war? Von dem toten Werger war noch nicht die Rede. Sie wusste bis heute auch nicht, was Heinen und Hannelore der Polizei erzählt hatten. Und es hatte ja keiner nach so etwas gefragt!

»Diese Uhrzeit deckt sich nicht mit Herrn Heinens Aussage«, hatte der Polizist mit seinem norddeutschen Akzent gesagt. Und: »Sie sind eine sehr wichtige Zeugin.«

Sie hatte eine Weile mit ihrer Mutter gesprochen. Doch, so war es. Irgendwann hatte sie sich in den Sessel gesetzt und nicht mehr nach draußen gesehen. Der Polizist hatte gefragt, ob sie danach noch etwas beobachtet hatte oder ob es im Hof ruhig gewesen war. Das wusste sie nicht mehr genau.

Nur war ihr aufgefallen, dass Heinen das Tor nicht geschlossen hatte. Das machte er sonst immer, wenn er hereinkam. Er machte sogar ziemlichen Ärger, wenn abends nicht alle Tore verschlossen waren, obwohl alle Bewohner sich im Haus befanden.

Genau an dieser Stelle hatte der Polizist ihr mit ziemlich dringlicher Stimme erklärt, sie solle keinesfalls mit Heinen über dieses Gespräch oder über ihre Beobachtungen sprechen. Sie bringe sich sonst in Gefahr. Er sei möglicherweise der Mörder von Johann Werger.

Sie begann erneut zu zittern und tippte auf die Wahlwiederholtaste des Telefons. Bitte, Patrick, sei da!

Ob sie gehört hätte, dass Heinen noch mal weggefahren war, hatte der Polizist noch gefragt. Sie wusste es nicht genau. Vielleicht hatte sie den wegfahrenden Wagen gehört, aber sicher war sie nicht.

Jetzt, wenn sie darüber nachdachte, wusste sie, dass noch etwas Merkwürdiges passiert war. Es wollte ihr nicht einfallen.

In diesem Moment nahm Patrick ab. »Na, Süße? Hast du Sehnsucht?«

»Patrick, wo bist du?« Wie blöd! Sie wollte gar nicht, dass ihre Stimme so weinerlich klang.

Er musste es gemerkt haben. »Was ist los? Du hast doch gewusst, dass wir abfüllen. Ihr doch morgen auch, obwohl Samstag ist. Waren wir verabredet? Hab ich dich versetzt?«

»Bitte, wo bist du? Ich will nicht allein sein. Die Polizei hat angerufen. Ich hab Angst.«

»Angst? Hast doch nichts verbrochen! Egal, pass auf, ich bin hier gleich fertig, dann hol ich dich ab.«

»Wenn du gleich nach Hause fährst, fahr ich auch los, dann treffen wir uns dort. Ich muss morgen früh zeitig hier sein. Da fahr ich lieber selbst.«

»Auch gut, bis gleich.«

Ihr fiel ein Stein vom Herzen. Morgen früh würde die Polizei Heinen wohl verhören. Sie würde ganz normal zur Arbeit kommen. Das würde ihr doch nichts ausmachen, oder? Die Rumänen würden hier sein. Sie würde aufpassen, dass sie nicht mit Heinen allein war. Sicher würde sich bald alles aufklären. Sie war plötzlich wieder ganz beschwingt und freute sich auf Patrick. Was war sie doch so doof ängstlich gewesen!

Sie schloss ihre Wohnung ab, sprang die Treppe hinunter, lief über den Hof zum hinteren Tor und zu ihrem Wagen, der neben dem kleinen Garten mit der gemauerten Grillstelle stand. Da fiel es ihr ein. Der Gartengrill!

Das war diese komische Sache, die ihr nicht in den Sinn kommen wollte! Sie konnte die Ecke mit dem Grill von ihrer Wohnung aus nicht sehen. Aber als sie morgens ganz früh aufgestanden war, um an die Mosel zu fahren, hatte sie Rauch gesehen. Er war aus der Ecke hinter der Mauer hervorgequollen, in der sich der Grill befand. Klar, das war's! Sie hatte sich kurz gewundert, so früh morgens und dann noch im Winter. Vielleicht einer der Rumänen, verbrennt irgendeinen Mist, hatte sie gedacht. Sie wusste ja noch nicht, was in der Nacht passiert war.

Jetzt kam ihr allerdings ein anderer Gedanke. Der Grill besaß einen Rauchabzug, der auch vor Regen schützte. War die Asche noch da? Konnte man vielleicht etwas feststellen? Mutig geworden, sah sie sich um. Im Halbdunkel des nahenden Abends war niemand zu sehen. So schnell geht das mit mir, dachte sie. Gerade noch ein ängstliches Mädchen, fünf Minuten später auf Verbrecherjagd.

Sie öffnete die Gartentür und ging die paar Schritte zum Grill. Da war die Asche. Sonst sah sie nichts. Sie fasste hinein. Was war da verbrannt worden? Ihre Hand berührte etwas Rundes, da, noch mal. Sie nahm die beiden gleichen Teile heraus, fühlte Metall, sah jedoch im Halbdunkel nicht genau, was es war, steckte sie einfach in die Hosentasche, schlich wieder zu ihrem Auto und fuhr los.

Den Schatten an der Wand neben dem Eingang zum Keller hatte sie nicht bemerkt.

Er war gerade aus dem Keller gekommen, als er Schritte auf der Treppe zur Einliegerwohnung hörte. Die süße Laura, wahrscheinlich auf dem Weg zu ihrem Patrick. Ein Zuckerschnütchen. Immer gut gelaunt, freundlich und eine klasse Figur.

Da lief sie schon über den Hof. Sehr appetitlich. Dieser Patrick würde sie wohl gleich vernaschen dürfen. Scheiße. Wenn er Hannelore damit verglich! Sie konnte sich schon zurechtmachen. Gut gehalten hatte sie sich auch.

Aber bei seiner rechthaberischen, giftigen Alten war von freundlich und gut gelaunt wenig zu merken. Sie hatte Haare auf den Zähnen und ließ ihn ständig spüren, dass sie ihn nur brauchte, um ihren Ehrgeiz zu befriedigen. Dieses Weib wollte Anerkennung, und davon bekam sie nie genug. Sie musste unbedingt Chefin des besten Weinguts in Forst oder gar der ganzen Pfalz sein.

Er wollte auch zu den Besten gehören, aber Spaß musste man trotzdem haben und nicht ständig verkniffen und misstrauisch aus der Wäsche gucken. Im Bett lief schon lange nichts mehr. Kinder hatten sie auch nicht, obwohl er gern welche gehabt hätte.

Gerade wollte er Laura einen Gruß zurufen, als er sah, wie sie zögerte, den Kopf zum Garten drehte, stehen blieb. Er duckte sich instinktiv hinter die Mauer, behielt aber Laura im Blick. Was hatte sie vor?

Sie ging durch die Gartentür in Richtung Grill. Ein Schauer überkam ihn. Sollte sie ihn damals beobachtet haben, als er die Jacke und die Hose verbrannte? Zu dumm, er hatte die Asche nicht weggeräumt. Spionierte die kleine Schlampe hinter ihm her? Und wieso gerade jetzt?

Jetzt stand sie vor dem Grill. Er konnte nicht genau sehen, was sie machte. Stocherte sie in der Asche herum? Konnte sie etwas finden? Da – sie drehte sich um, hielt ihre Hand vor sich und sah hinein. Jetzt steckte sie etwas in die Hosentasche. Was hatte sie da aus der Asche gefingert? Sie musste ihn damals gesehen haben! Scheiße.

Sollte er sie sofort aufhalten? Schon wollte er hinter ihr her, da saß sie schon im Auto und ließ den Motor laufen. Er musste bis morgen warten. Auch nicht schlimm. Wenn sie etwas wusste, war sie bisher nicht zur Polizei gelaufen. Bis morgen würde sie es auch nicht tun. Er hatte bestimmt Zeit bis morgen früh. Er musste in Ruhe überlegen, was zu tun war.

Zufällig war sie nicht an den Grill gegangen. Sie wusste etwas. Sie konnte alles verderben. Was immer sie hatte, er musste es an sich bringen. Er würde dafür sorgen müssen, dass das kleine Flittchen ihn nicht verriet.

Unmittelbar nach dem Gespräch mit Laura Clüsserath hatte Badenhop Heinen anrufen wollen, doch im Weingut ging niemand ans Telefon. Sie würden die Heinens morgen früh besuchen und beide mit der Tatsache konfrontieren, dass es einen Zeugen gab, der Bert Heinen um zweiundzwanzig Uhr dreißig bei der Einfahrt in seinen Hof gesehen hatte. Wie es schien, hatte seine Frau ihm ein falsches Alibi gegeben. Die Indizien begannen sich zu häufen, nun reichte es schon für einen Durchsuchungsbefehl. Er rief Karin Welsch an und schilderte ihr die Lage.

»Wenn wir Ihre Theorie beiseitelassen, Herr Badenhop, die ich, sagen wir mal, ziemlich phantasievoll finde, haben wir drei Indizien. Hannelore Heinen hat gelogen, als sie erklärte, sie habe relativ spät von dem Seitensprung Wergers erfahren. Beide Heinens haben gelogen, was die Rückkehr Heinens von der Probe betrifft. Die dritte Geschichte mit Ihrem Weinexperten, der auf Heinen als Traubendieb getippt hat, scheint zwar Ihre Theorie zu bestätigen. Ob sie gerichtsverwertbar ist, wage ich zu bezweifeln, schon weil Heinen der Dieb sein kann, ohne die Gewalttat begangen zu haben.«

Badenhop schloss die Augen und schüttelte leicht den Kopf. »Ich weiß, Frau Welsch. Aber die Falschaussagen müssten doch reichen. Vielleicht finden wir die passende Jacke zu unserem Knopf oder die Dose mit dem Betäubungsmittel.«

Dass blutige Kleider herumliegen, dürfen wir wohl nicht hoffen, sagte er sich.

»In Ordnung. Ich mache das Dokument fertig. Hoffentlich haben Sie Erfolg. Den können wir nämlich brauchen.«

Ihre Hände fuhren aufmerksam und forschend an seinem Rücken entlang, als ob sie die einzelnen Rückenwirbel zählend erfassen wollten, drückten dann kräftig mit den Fingerkuppen in die Haut, weil sie etwas an der Innenseite des Hüftknochens zu suchen schienen, was ihn leise aufstöhnen ließ, während sie »Aha« sagte, um dann von einer Stelle dicht über dem Po in kleinen, knetenden Bewegungen nach außen zu arbeiten.

Badenhop war sich nicht sicher gewesen, wie er ihre Berührungen wahrnehmen würde. Er hatte sich ein paarmal in Urlaubshotels, die diesen Service anboten, massieren lassen. Das waren angenehme, aber neutrale Handlungen gewesen. Physiotherapie war etwas anderes, und Katrin Mellen war nicht irgendwer. Er war gezwungen, sie als Therapeutin wahrzunehmen, dennoch sah er sie vor allem als Frau. Er konnte sich nicht dagegen wehren. Es verwirrte ihn. Seine Selbstsicherheit hatte ihn augenblicklich verlassen, als sie in den kleinen, durch Stofftrennwände entstandenen Raum mit der Pritsche gekommen war und ihn freundlich, aber sehr förmlich begrüßte. Sie hatte das ganz natürlich im Griff, ihn wie irgendeinen Patienten zu behandeln. Er hatte es viel weniger im Griff, sich wie irgendein Patient zu fühlen.

Als Katrin Mellen ihn bat, sich bis auf den Slip und die Socken auszuziehen, meinte er rot zu werden. Hatte sie es bemerkt? Anschließend musste er verschiedene Bewegungen machen, Knie weit nach oben, Arme in die Luft, aber Schulterblätter nicht zu sehr hochziehen, ein paar Schritte laufen, sich auf den Rücken legen, Beine hoch, Beine geknickt, linkes Bein nach rechts außen und umgekehrt. Sie hatte konzentriert gearbeitet, manchmal ein Detail erfragt, aber nie den Eindruck gemacht, es könne hier einen wie auch immer gearteten privaten Aspekt geben. Auch dass sie längere Zeit in diesen Mordfall involviert gewesen war, schien vorbei und vergessen.

So schien es Badenhop.

Aber es war nicht so. Katrin Mellen bewegte sich in ihrem gewohnten Umfeld. Sie tat ihre Arbeit routiniert, konnte ihre innere Unruhe dahinter verstecken. Der Kommissar war ihr immer freundlich, korrekt und vertrauenswürdig erschienen, abgesehen von dem einen oder anderen strengen Verhör, nachdem er herausgefunden hatte, dass sie ihm Wichtiges verschwiegen hatte. Das war verständlich. Er würde sie wohl verstehen und vielleicht gern darauf eingehen.

Sollte sie ihn ansprechen? Konnte sie ihn fragen? Während sie ihn behandelte, dachte sie zweifelnd darüber nach, sodass sie ganz darauf verzichtete, das übliche belanglose Gespräch zu führen, das auch dazu beitrug, Patienten aufzulockern. Sie hatte ihm nur geraten, sich mehr um seinen Rücken zu kümmern.

»Ich gebe ihnen ein paar Übungen. Das beschäftigt Sie fünf bis zehn Minuten am Tag. Wenn Sie es regelmäßig machen, werden Sie weniger Probleme haben. Wenn nicht, werden die Verspannungen zunehmen.«

Viel mehr hatte sie nicht gesagt.

Plötzlich schien Katrin Mellen sich einen Ruck zu geben.

»Herr Badenhop, darf ich Sie etwas fragen, das nichts mit dem hier zu tun hat?«

»Aber natürlich«, antwortete er rasch, lag aber mit dem Gesicht in der engen Öffnung der Pritsche nach unten, sodass seine Antwort etwas vernuschelt herauskam.

Aber nun konnte sie nicht mehr zurück. Sie beugte sich zu ihm herunter und sagte recht nahe an seinem Ohr: »Ich hätte mich gern nachher noch ein paar Minuten mit Ihnen unterhalten. Nicht hier allerdings.«

Badenhop, in ziemlich unmännlicher Stellung auf der Pritsche liegend, den Kopf durch ein albernes Loch steckend, damit er atmen konnte, ohne dass sich seine Rückenmuskulatur verhärtete, war mit einem Mal wieder Mann. Sie wollte sich mit ihm verabreden? Konnte es sein, dass Glückshormone nach solch spärlichen Worten durch seinen Körper strebten?

Blödsinn, es musste etwas Dienstliches betreffen. Hatte sie noch mit dem Fall zu schaffen? Egal.

»Das trifft sich gut«, grummelte er in sein Atemloch. »Ich glaube, ich kann sowieso einen kleinen Abendtrunk vertragen. Der Tag war anstrengend.«

»Wir machen am besten gleich noch die restlichen fünf Termine aus«, sagte sie, als er sich wenige Minuten und einige Übungen später wieder anzog. »Passt es ihnen gut um diese Zeit?«

Und schon begannen seine Gedanken, Turnübungen zu machen. Wenn sie jetzt Zeit hatte, um sich mit ihm zu treffen, war anschließend ihr Dienst beendet. Badenhop! Was bildest du dir ein, versuchte er sich einzureden.

»Die Uhrzeit ist im Prinzip sehr gut. Ich kann nach Dienstschluss im Präsidium herfahren. Es kann bei meinem Beruf immer etwas dazwischenkommen, aber ich werde diese Option nur im Notfall nutzen.«

»Darum würde ich Sie bitten. Wenn Sie nicht kommen, müssen wir eigentlich die Stunde als durchgeführt abrechnen. Wenn Sie es einigermaßen vorher wissen oder es nicht zu oft vorkommt, sind wir großzügig ... Warten Sie einen Augenblick. Ich komme gleich.«

Wieso meldete sich jetzt sein Gewissen? Er wusste doch gar nicht, was sie wollte. Vermutlich eine eher dienstliche Sache, einen Rat von ihm als Polizist. Natürlich, antwortete das schlechte Gewissen, aber wieso freust du dich so darauf? Es ist keine schlimme Sache, wenn man es als angenehm empfindet, mit einer attraktiven Frau, der man eine Bitte erfüllt, etwas trinken zu gehen, war sein sachlich korrekter Einwand. Sieh dich doch mal an, wie du ihr entgegen-fieberst, obwohl es nur eine dienstliche Bitte ist, lästerte das Gewissen. Lass mich in Ruhe, herrschte er das Gewissen an, du gönnst mir nur nichts. Aber du würdest dir jederzeit etwas gönnen, seh ich das richtig? Wir gehen ins Café, nicht ins Bett, verdammt.

Da war sie schon, umgezogen, gekämmt, lächelnd, betörend. Das Gewissen verstummte.

Kurz darauf saßen sie erneut in dem kleinen Café. Badenhop fühl-te sich wieder sicherer, außerhalb der Praxis, angezogen und auf-recht sitzend. Er sah sie fragend an, wollte ihr die Initiative überlas-sen. Sie hatte ja um ein Gespräch gebeten.

Sie sah sich um, zuckte mit den Schultern und ließ ein kurzes Lachen hören, das sich eher wie Schnaufen anhörte.

»Gute Erinnerungen habe ich nicht an diesen Ort. Hier haben Sie mich ziemlich aus der Fassung gebracht mit Ihrem Verhör. Sie sind hartnäckig gewesen. Und Sie haben sich zu Recht geärgert.« Er korrigierte sie nicht, auch wenn Verhör nicht der richtige Begriff war. »Jetzt komme ich schon wieder mit etwas Unangenehmem.«

Das war eine Steilvorlage. Er beugte sich vor, lächelte sie an und sagte: »Dann bringen wir das Unangenehme endgültig hinter uns. Vielleicht gelingt uns demnächst eine Begegnung unter ausschließ-lich angenehmen Bedingungen.«

Sie lachte und sah ihm in die Augen. Es schien ihm, als habe sie verstanden.

»Gern. Also, was ich Sie fragen wollte, hat mit Ihrem Beruf zu tun, mit Ihrer Erfahrung. Darf ich anfangen?«

»Ich bitte darum«, antwortete er mit einer Handbewegung, die als auffordernde Geste zu verstehen war. »Womit kann ich helfen?«

»Es hat entfernt mit dem Fall zu tun. Ich sagte Ihnen schon kürzlich am Telefon, dass meine Beziehung zu Johann sich wohl herumgesprochen haben muss. Ich sagte Ihnen nicht, woran ich das merkte. Ich habe ja nicht sehr viele persönliche Beziehungen zu den Leuten im Dorf. Man hat es mir auf andere Art zu verstehen gegeben.«

»Werden Sie belästigt?«

Dieser Mann schien schnell zu begreifen. Gut, dass sie ihn angesprochen hatte. In anderen Dingen schien er auch recht schnell zu sein, oder wie war seine Bemerkung eben zu verstehen? Wollte er sich mit ihr verabreden? War es nur so dahingesagt, eine Art Höflichkeit? Sie mochte seine angenehme, ruhige und intelligente Art. Sie würde abwarten. Jetzt kam es darauf an, zu hören, was er zu dieser hässlichen Geschichte sagte.

Sie erzählte ihm von den Anrufen, mittlerweile vier innerhalb einer Woche. Sie glaubte, es waren zwei verschiedene Anruferinnen, aber sie war sich nicht sicher. Sie hatten sie nicht unmittelbar bedroht, aber es hatte sich bedrohlich und unmissverständlich angehört. Wie war das einzuschätzen? Glaubte er, es würde alles wieder normal, wenn der Fall abgeschlossen und der Mörder verhaftet wäre? Sie überlege sich wirklich auszuziehen, obwohl ihr das Häuschen sehr gut gefalle. Sie habe nicht gedacht, dass man hier an der Weinstraße so etwas erleben müsse.

Badenhop wusste, wie stark solche Anrufe verunsichern konnten. Aber er sah keinen dringenden Handlungsbedarf. »Als Polizist sehe ich Ihrer Schilderung nach keine ernsthafte Gefahr für Sie. Niemand hat Sie wirklich bedroht. Es handelt sich auch nicht um Telefonterror. Vier Anrufe in einer Woche ist wenig im Vergleich zu dem, was wir teilweise etwa von Stalkern erleben. Es reicht auch nicht, um eine Fangschaltung legen zu lassen.«

Er sah ihren skeptischen Blick und wusste, dass er nicht ausschließlich als Polizist gefragt war.

»Als Mensch mit Polizeierfahrung verstehe ich Ihre Frustration und Ihre Beunruhigung sehr gut. So einen Anruf erleben Sie, wenn Sie mitten in ihrem Wohnzimmer stehen. Es ist fast, als ob jemand bei Ihnen eindringt. Das kann Ihnen schon den Spaß daran nehmen, allein in einem Haus auf dem Dorf zu wohnen. Aber ich vermute, es hört auf, wenn der Mörder gefunden ist. Dann haben die Leute ein anderes Thema. Bedenken Sie auch: Nehmen wir an, es wären zwei Personen, die sich womöglich abgesprochen haben. Es sind nur zwei von ein paar hundert, oder haben Sie das Gefühl, das ganze Dorf begegne Ihnen feindselig?«

Nein, das war eigentlich nicht der Fall. Sie war kaum im Dorf gewesen seit dem Mord. Es gab ja keine Geschäfte. Nur zur Beerdigung war sie gegangen. Das war sie Johann Werger schuldig. Dort hatten sie einzelne Frauen verstohlen angesehen, als feindselig hatte sie es nicht empfunden.

Zwei hatten sie sogar angesprochen hinterher, so nach dem Motto: Furchtbar, nicht, wenn man plötzlich eine Leiche auf der Eingangstreppe liegen hat. Im Grunde war sie in Forst sehr zufrieden. Bisher hatte sie keinesfalls das Gefühl gehabt, es seien verstockte, erzkonservative und hinterhältige Leute.

Da hatte er sicher recht.

Ihre Miene hatte sich etwas aufgehellt, ganz entspannt fand er sie immer noch nicht.

»Sie haben sicher einen Anrufbeantworter«, fügte er an. »Wenn er eine Aufnahmefunktion hat«, sie nickte, »nehmen Sie ab sofort einfach alle Gespräche auf. Falls noch ein Anruf kommt, sagen Sie sofort, dass Sie das Gespräch aufnehmen und das Band der Polizei übergeben. Das könnte schon reichen, um die Person zu verschrecken. Und rufen Sie mich ruhig an. Ich komme vorbei und höre mir die Stimme an. Vielleicht kann ich etwas damit anfangen. Es würde mich nicht wundern, wenn ich sie erkenne, auch wenn sie sich verstellt.«

»So schnell arbeitet die Polizei? Haben Sie schon einen Verdacht?«

Sie rückte ein wenig näher und sah ihn verschmitzt an. An den kleinen Café-Tischen saß man recht dicht beieinander, fand Badenhop. Unangenehm war es ihm nicht.

»Nein«, lachte er. »Aber ich habe das Gefühl, ich habe in diesem schönen und sympathischen Dorf auch ein paar der weniger angenehmen Bewohner kennengelernt. Ganz erstaunt wäre ich nicht, wenn es einer von denen wäre. Wie ich die Weinstraße sonst erlebe, sind es ja eher gut gelaunte, offene Menschen.«

Als sie bezahlt hatten, sagte er, einem plötzlichen Impuls folgend: »Die Therapie mit einer Tasse Kaffee ausklingen zu lassen, gefällt mir gut. Wenn Sie sich nicht schon vorher wegen weiterer Anrufe bei mir melden, könnten Sie mir erzählen, ob Sie und Forst wieder Frieden geschlossen haben. Ich rechne damit, dass wir bis dahin auch den Fall abschließen können.«

»Ausgerechnet das nächste Mal muss ich direkt nach der Arbeit weg. Aber es fehlen Ihnen ja noch fünf Behandlungen. Beim übernächsten Mal gern.«

Gut gelaunt, fast beschwingt fuhr Badenhop nach Hause. Erst nach einigen Kilometern fiel ihm wieder ein, dass sie am nächsten Morgen vor einem wichtigen Zugriff standen.

FÜNFZEHN

Als sie bei Patrick eingetroffen war, hatte er sie zuerst aufs Sofa gezogen. Er saß, sie lag quer auf seinem Schoß und musste berichten. Sie hatte ihm natürlich alles bis ins Detail erzählt, ihre Nachforschungen am Grill eingeschlossen. Sie kramte in der Tasche, bis sie die beiden runden Dinger gefunden hatte.

Bei Licht besehen war es klar, dass es sich um zwei bei großer Hitze durchgeglühte, runde Metallknöpfe handelte. Patrick erinnerte sich daran, dass Badenhop ihm einen Knopf gezeigt hatte, aber er hätte nicht sagen können, ob diese hier gleich waren. Kam es überhaupt noch darauf an? Würde Heinen nicht sowieso genau durchleuchtet werden, nachdem er eine falsche Zeit für seine Rückkehr angegeben hatte?

Doch, kamen sie überein, die Knöpfe waren bestimmt ziemlich wichtig, falls es sich um das gleiche Fabrikat handelte wie bei dem anderen oben am Pechstein. Es würde schließlich bedeuten, dass Heinen oben im Pechstein gewesen war und die Jacke, bei der er einen Knopf verloren hatte, hinterher verbrannt hatte. Man konnte sich vorstellen, warum.

Je mehr sie darüber redeten, desto gruseliger kam ihnen beiden die ganze Geschichte vor. Sein Chef wurde ermordet, und ihrer sollte es gewesen sein? Unglaublich! Sollte sie morgen überhaupt noch mal hingehen? Schon, hatte Patrick gemeint.

»Du musst so normal wie möglich sein. Sei pünktlich dort. Lass dir nichts vorwerfen. Am Ende war er es gar nicht, und du bist deinen Job los, wenn du ihn jetzt hängen lässt.« Andererseits sollte sie aufpassen, dass sie sich nicht verplapperte. Und auf jeden Fall müssten sie dem Kommissar die Knöpfe zeigen.

So verbrachten sie fast den ganzen Abend damit, die schauerliche Geschichte hin und her zu wälzen, aßen zwischendurch eine Kleinigkeit und vergaßen ausnahmsweise ihre andere Lieblingsbeschäftigung. Sogar im Bett kuschelten sie sich eng aneinander, schmusten und schliefen einfach ein.

Eine gute Idee hatte Laura noch gehabt. Der Kommissar wollte morgen auf den Hof kommen. Da war es gut, wenn Laura einen der Knöpfe bei sich hatte. Andererseits musste sie sehr früh arbeiten, während Patrick, der gestern beim Füllen Überstunden gemacht hatte, ausschlafen durfte. Also konnte doch Patrick beim Kommissar anrufen, gleich wenn der im Büro war, und ihm von den Knöpfen erzählen. Dafür musste er selbst einen behalten, falls der ihn sehen wollte. Falls es wichtig war, kannte die Polizei dieses Detail schon, bevor sie zu Heinen kam, und sie müsste nicht vor den Augen Heinens auf den Kommissar zugehen.

»Ich weiß ja gar nicht, wo ich gerade bin, wenn die kommen«, hatte sie gesagt.

»Du hättest Detektivin werden sollen«, flüsterte Patrick, bevor er ihr vor Aufregung rotes Gesicht wieder mit Küssen bedeckte.

»Ich muss heute Morgen nach Neustadt. Wir verschieben den Fülltermin auf Montag«, sagte Heinen gleich am Morgen zu Laura. »Aber wo du schon da bist, kannst du draußen etwas erledigen. Oben in der Mäushöhle, in dem Weinberg südlich vom Bechsteinkopf, hat der Rumäne, der noch nicht so lange da ist, Reben geschnitten. Als wir dieser Tage spazieren gegangen sind, habe ich gesehen, dass er an vielen Stöcken zu viele Augen an den Ruten gelassen hat. Geh durch und schneide das nach. Die Rumänen haben drüben im Stift zu tun. Wenn du oben fertig bist, kannst du ins Wochenende gehen.«

Der Weinberg oben in der Mäushöhle war nicht ihr bester. Er war dafür zu kalt, aber er gefiel ihr gut. Es war der höchstgelegene Weinberg, den sie besaßen, weit weg vom Dorf, verwinkelt, steil und in Waldnähe schon zwischen kleine Baumstücke eingebettet. Man hatte einen sehr schönen Blick über die Rheinebene. Und da oben würde sie allein sein und erst mal ihre Ruhe haben. Vielleicht verpasste sie dadurch den Kommissar. Das machte aber gar nichts, im Gegenteil. Patrick würde ihn ja nachher gleich anrufen.

Patrick Zehner hatte schon im Präsidium angerufen, als Badenhop ins Büro kam. Er möge ihn zurückrufen, hatte der Kellermeister gebeten. Badenhop griff zum Telefon und rief nach Gross. Während er die Nummer wählte, wies er auf den Durchsuchungsbefehl bei Heinen. Als Patrick Zehner abnahm, begrüßte er ihn und machte noch fuchtelnde Handbewegungen, die Gross richtig interpretierte: Er solle Beamte für die Durchsuchung besorgen.

»Laura hat noch etwas gefunden«, sagte Patrick.

Dann erzählte er die Geschichte mit dem Feuer, der Asche und dem Knopf und dass Laura ganz früh wieder hingefahren war, um pünktlich zu sein, und er den Anruf erledigen sollte.

»Geben Sie mir Ihre Adresse und bleiben Sie zu Hause. Ich komme sofort bei Ihnen vorbei. Am besten warten Sie unten an der Straße, damit wir keine Zeit verlieren. Ihre Freundin hätte nach dem Fund nicht arbeiten gehen sollen.«

Er notierte die Adresse und rief seinen Assistenten.

»Gross, Sie fahren mit dem Trupp raus. Gehen Sie zuerst an den Gartengrill hinter dem Haus und stellen Sie die Asche sicher. Erst dann klingeln Sie bei den Heinens. Ich fahre bei Patrick Zehner vorbei und komme dann nach.«

Badenhop rannte aus dem Präsidium zu seinem Auto. Sein Gefühl sagte ihm, dass sie kurz vor der Lösung standen. Aber er witterte auch Gefahr. Etwas gefiel ihm nicht, vor allem, dass Laura in den Betrieb gefahren war. Heinen konnte eigentlich nicht wissen, was gestern Abend gesprochen worden war. Doch Badenhops Unruhe blieb.

Er fuhr hinter dem Polizeiwagen mit Gross nach Deidesheim, bog zu Patricks Wohnung ab, sah den jungen Kellermeister und fragte sofort nach dem Knopf. Es war ohne Zweifel ein verbranntes Gegenstück zu dem Knopf vom Pechstein. Beim Gerangel mit Werger musste er abgerissen sein.

»Sie können wieder arbeiten gehen, Herr Zehner«, sagte er. »Aber bleiben Sie telefonisch erreichbar. Hier ist meine Karte mit meiner Handynummer. Speichern Sie sie auf Ihrem Mobiltelefon, damit Sie sie schnell anrufen können, wenn es nötig ist.«

Er raste weiter, fuhr von hinten an Heinens Hof heran und sah schon das Polizeiauto. Gross kam ihm entgegengelaufen.

»Der Grill ist blank gekehrt. Wir haben in den Mülleimern nachgesehen. Nichts. Er muss die Asche woandershin gebracht haben.«

Badenhop war wie vor den Kopf geschlagen. Das konnte kein Zufall sein. Heinen hatte die Asche über eine Woche lang liegen gelassen. Wieso hatte er sie jetzt entfernt? Konnte er Laura Clüsserath gesehen haben, wie sie in der Asche nach dem Knopf gesucht hatte? Dann war sie in Lebensgefahr!

»Wo ist Heinen?«, fragte er, als sie in den Hof stürmten.

»Ein Beamter hat gerade geklingelt. Wir sind selbst erst vor zwei Minuten gekommen«, rief Gross.

In diesem Moment öffnete Hannelore Heinen die Tür, sah die Beamten und zuckte im ersten Impuls zurück. Dann riss sie die Tür auf und sagte barsch: »Was wollen Sie hier? Soll die ganze Nachbarschaft —«

Badenhop schnitt ihr sofort das Wort ab. »Wo ist Ihr Mann? Er ist des Mordes an Johann Werger verdächtig. Wir haben einen Durchsuchungsbefehl für Ihr Weingut. Antworten Sie!«

Sie versuchte es noch einmal: »Was unterstehen —«

Badenhop schrie sie an: »Sie antworten sofort, oder ich lasse Sie festnehmen! Es besteht Lebensgefahr für eine Zeugin.«

Das wirkte.

»Er war bis vor Kurzem hier. Ich habe ihn vor wenigen Minuten wegfahren hören, aber ich weiß nicht, wohin.«

Badenhop trat nahe an sie heran. »Das erste Mal haben Sie nur eine Gewalttat vertuscht, jetzt werden Sie Mittäterin, wenn Sie lügen. Wo ist Ihr Mann?«

»Ich weiß es nicht. Ich weiß es wirklich nicht.«

»Und wo ist Laura Clüsserath?«

»Das weiß ich auch nicht. Sie müsste im Keller sein. Aber ich mache das Büro. Ich weiß nicht, wie er die Leute einteilt. Es tut mir leid.« Sie klang plötzlich sehr kleinlaut.

»Sehen Sie nach, ob noch jemand im Weingut ist«, sagte Badenhop zu den Beamten. »Wir müssen Bert Heinen und Laura Clüsserath so schnell wie möglich finden. Keller, Wohnhaus und Wohnung Clüsserath nach den verschwundenen Personen durchsuchen.«

Patrick war gerade auf dem Wergershof angekommen, hatte seine Arbeitsjacke angezogen und wollte in den Keller gehen, als sein Handy klingelte.

»Patrick, da vorn kommt Heinen. Ich habe Angst. Er hat gesagt, er ist unterwegs, aber er kommt hierher. Ich glaube, ich lauf weg.«

»Wo bist du?«

»Oben an der Mäushöhle. Oh Gott. Er hat mich schon gesehen. Hilf mir! Ruf die Polizei!«

Sie blieb noch ein paar Sekunden mit dem Handy in der Hand stehen, um zu erkunden, wohin sie laufen konnte. Der Weinberg endete am Wald. Da war zwar eine Böschung, aber da konnte sie hinauf. Heinen hatte den Wagen neben ihrem geparkt und ging jetzt in den Weinberg. Sie steckte das Handy in die Jackentasche und fasste die Rebenschere etwas fester mit der rechten Hand.

Gerade wollte sie sich umdrehen, da sah sie ihn freundlich winken und rufen: »Na, wie läuft's? Ich hab noch was vergessen!«

Sollte sie wieder zu ängstlich gewesen sein? Herrje, wenn jetzt Patrick mit der Polizei ankam, das war vielleicht peinlich.

»Hallo, Herr Heinen«, sagte sie schon wieder etwas sicherer. »Was gibt's?«

»Ich wollte nur sagen, du musst nachher gleich ins Weingut kommen, nicht rüber zu den anderen Weinbergen. Der Typ von der Firma kommt heute und erklärt das neue Kühlsystem.« Er war ja ganz leutselig. Auf den letzten Schritten starrte er auf ihre Rebenschere. »Mensch, wo hast du denn das alte Ding gefunden? Man sieht, dass du noch nicht lange hier bist. Zeig mal, kann man damit überhaupt noch schneiden?«

Sie sah selbst auch auf die Rebenschere, mit der sie die ganze Zeit gearbeitet hatte, und fragte: »Wieso?«

Dann witterte sie urplötzlich die Falle, aber es war um den Bruchteil einer Sekunde zu spät.

Er riss ihr mit einem Ruck die Schere aus der Hand, packte sie in Höhe des Halses an ihrer Jacke und rammte sie gegen einen Holzpfosten der Weinbergszeile.

»Und jetzt ganz brav. Erst mal will ich ein bisschen Spaß haben. Es kann ja immer mal vorkommen, dass eine einzelne Frau im Weinberg gevögelt und dann umgebracht wird, oder?«

Er griff ihr grob in den Schritt. Als sie plötzlich anfing, laut »Hilfe« zu schreien, schlug er ihr hart ins Gesicht.

Sie wehrte sich, versuchte, ihm ihr Knie in die Eier zu stoßen. Er schlug noch härter zu. Sie sank zusammen. Er ließ sie auf den Boden gleiten. Er griff in ihre Jacke, fand das Handy, schaltete es aus und steckte es ein.

Brutal zog er an ihrem Gürtel, öffnete ihn, riss den Reißverschluss auf und zerrte ihre Hose herunter. Er sah ihr ins Gesicht. Ihr Auge war blutunterlaufen. Sie blutete aus der Nase und wimmerte leise wie im Schlaf. Er riss ihr die Kleider bis oben hin auf. Dann begann er, seinen Gürtel zu öffnen.

Endlich hatte er diese kleine Schlampe ruhiggestellt. Jetzt würde sie stillhalten, wenn sie bekam, was er sich schon öfter vorgestellt hatte. Bestimmt würde die Polizei versuchen, es ihm anzuhängen. Zu dumm, dass er den Pariser benutzen musste.

Anschließend durfte er nicht vergessen, in ihren Hosen nachzusehen, was sie aus der Asche gefischt hatte. Hübsch war sie im Moment nicht. Aber alles andere war noch ganz. Gut so. Er war aufgeregt, fieberte dem Kommenden entgegen. Was um ihn herum geschah, nahm er kaum noch wahr.

Patrick war sofort zu seinem Auto gerannt, hatte Gas gegeben und gleichzeitig nach seinem Handy gegriffen.

Als Badenhop sich meldete, schrie er: »Heinen ist oben in der Mäushöhle bei Laura. Ich fahre hin.«

»Kommen Sie hier vorbei. Gehen Sie nicht allein. Sie können uns führen«, sagte Badenhop geistesgegenwärtig.

In diesem Moment raste Patrick an Badenhop vorbei. Er hupte, hielt aber nicht.

»Scheiße«, brüllte Gross, »schnell hinterher!«

Sie rannten zum Polizeiwagen, starteten, setzten das Martinshorn auf und folgten Patricks Wagen in der Annahme, er würde wissen, wo genau sich der Weinberg befand.

Die Weinbergslage Mäushöhle war ein wenig verwinkelt, mit Baumstücken dazwischen, mit alten Trockenmauern und mit Wegen, die alles anderes als übersichtlich verliefen. Lauras Telefon war abgeschaltet, ganz ungewöhnlich. Hatte Heinen sie dazu gezwungen?

Patrick hoffte, er würde die Wagen sehen, fuhr an die wahrscheinlichste Stelle in der Nähe des Musenhangs auf der Forster Seite, stellte aber fest, dass sie sich nicht dort befanden. Hinter ihm hielt der Polizeiwagen.

»Machen Sie den Krach aus. Vielleicht hört man etwas«, sagte er zu Badenhop. Der schaltete das Martinshorn aus.

Sie hörten nichts, sahen sich um. Da – drüben auf der anderen Seite sahen sie die Autos. Sie waren genau an der verkehrten Seite herausgekommen. Bis dorthin waren es mindestens dreihundert Meter querfeldein, zwischen Weinbergen hindurch, über die Mauern der alten Terrassen.

Gross warf Mantel und Jacke ab und begann augenblicklich zu laufen, als ob gerade der Startschuss für ein Rennen gefallen wäre. Durch die Weinbergszeilen, an Weinbergen entlang. Er ließ die anderen rasch hinter sich. Selbst der junge Patrick Zehner konnte ihm nicht folgen. Badenhop, der losgerannt war, aber einen bösen Stich am Rücken spürte, schon gar nicht.

Er drehte um und ging zurück zum Auto, wendete und suchte sich einen Weg durch die Weinberge in die Richtung, wo sie Laura Clüsseraths Wagen gesehen hatten. Das gestaltete sich als schwierig, denn an dieser Stelle machten die Wege merkwürdige Biegungen. Er musste noch zweimal umdrehen, weil er falsch gefahren war.

Gross war gut trainiert. Das war keine lange Strecke für ihn. Er konnte locker dreihundert Meter sprinten. Aber er lief in normalen Lederschuhen durch Weinberge mit feuchtem Boden. Manchmal musste er über eine der Mauern. Wenn er keinen Durchgang sah, kletterte er hoch. Hindernislauf um Leben und Tod. Die Strecke kam ihm endlos lang vor. Kaum hatte er einen Weinberg durchlaufen, machten die kreuz und quer stehenden Rebanlagen und grasbewachsenen Wege eine Kurve, und er musste einen Umweg nehmen.

Endlich hatte er die parkenden Autos erreicht. Wo waren die beiden? Die Reben trugen keine Blätter, aber durch die vielen, eng geflochtenen Triebe konnte er nichts sehen. Er kniete sich hin, um unter den Zeilen durchzusehen. Da drüben, fast am Waldrand, war schemenhaft jemand zu sehen. Er musste weiter, bis er am Anfang der Zeile stand.

Jetzt sah er zwei Körper aufeinanderliegen.

Er rannte in die Zeile, riss seine Pistole aus dem Halfter und schrie: »Heinen, nehmen Sie die Hände hoch! Es ist aus!«

Er sah Heinens nackten Arsch. Was machte das Schwein da? Heinen hatte ihn gehört, drehte sich um, zerrte seine Hose hoch und griff in seine Jacke. Gross richtete die Pistole auf ihn. Plötzlich sah er ein Messer in Hand des Winzers, der sich erstaunlich behände umdrehte, auf den Boden setzte, die leblose, halb nackte Gestalt

Laura Clüsseraths hochwuchtete, bis er ihren Kopf zu fassen bekam.

Dann setzte er ihr das Messer an den Hals und schrie: »Noch lebt sie. Aber nicht mehr lange, wenn du näher kommst.«

Patrick Zehner war fast gleichzeitig mit Badenhop bei den Autos angekommen. Man hörte Stimmen. Er begann, in die Richtung zu laufen, aus der das Geschrei zu hören war.

»Bleiben Sie sofort stehen, Patrick. Das ist Sache der Polizei«, rief ihm Badenhop nach, der einen höllischen Schmerz an seiner Hüfte spürte.

»Es ist meine Freundin«, antwortete Patrick, ohne stehen zu bleiben.

»Sie helfen ihr nur, wenn Sie stehen bleiben, verdammt noch mal! Warten Sie. Ich komme. Gross ist doch schon dort. Machen Sie es ihm nicht noch schwerer. Rufen Sie lieber einen Notarzt und erklären Sie, wo wir sind, wenn Sie etwas Vernünftiges machen wollen.«

Jetzt blieb Patrick stehen und griff in seine Jackentasche.

Gross kannte die Panikreaktion in die Enge getriebener Delinquenten. Er wusste, dass er jetzt keinen Fehler machen durfte.

»Heinen, machen Sie es nicht noch schlimmer«, sagte er, so ruhig es ging. »Was wollen Sie jetzt noch gewinnen, wenn Sie der Frau etwas antun? Legen Sie das Messer weg!«

»Verschwindet! Ich will, dass ihr alle von hier verschwindet«, brüllte dieser ihm entgegen.

»Wo wollen Sie denn hin, Herr Heinen? Sie haben ein Weingut. Das mit Werger war vielleicht ein Unfall. Aber wenn Sie Frau Clüsserath etwas antun, begehen Sie einen Mord. Hören Sie auf. Lassen Sie sie los!«

In diesem Moment bewegte Laura Clüsserath eine Hand und begann zu wimmern. Gott sei Dank, sie lebte! Doch Gross sah, dass Heinen sie fester packte und sie das Messer am Hals spüren ließ.

»Halt bloß still«, zischte der Winzer.

Hinter sich hörte Gross Schritte, dann die Stimme Badenhops.

»Herr Heinen, Sie haben mit Wergers Trauben einen der besten Pfälzer Rieslinge gekeltert. Das hätte auch mit diesen sehr guten

Trauben nicht jeder gekonnt. Sie sind ein guter Winzer. Versuchen Sie trotz allem, was geschehen ist, auch ein guter Mensch zu sein, und richten Sie nicht noch mehr Schaden an.«

Man sah Heinen an, dass er einen inneren Kampf ausfocht. Was mochte wohl in ihm vorgehen? Dachte er daran, was seine Frau sagen würde? Sie würde ihn nur beschimpfen, ihn herunterputzen, das wäre jetzt nicht schwer, wenn sie ihn so sähe. Dabei hing sie mit drin. Sie hatte ihn doch zu seinen Taten getrieben. Er hasste diese ehrgeizige Alte. Würde er nicht lieber ihr das Messer an den Hals halten? Was konnte Laura dafür? Er kam hier keinesfalls noch mal raus, auch nicht, wenn er Laura als Geisel nahm. Wo sollte er auch hin? Südamerika? Eine Insel? Das Weingut war dann endgültig futsch. Seine bescheuerte Alte würde es sich wahrscheinlich unter den Nagel reißen. Wenn er wenigstens das Weingut behalten wollte, müsste er Laura in Ruhe lassen.

Heinen saß mitten im Weinberg mit offener Hose. Der junge Polizist richtete seine Pistole auf ihn.

Badenhop war zu Gross aufgerückt. Jetzt sah er, dass Heinen das Messer sinken ließ.

»So ist es gut, Herr Heinen. Das ist eine sehr vernünftige Entscheidung. Werfen Sie das Messer vor sich auf den Boden. Legen Sie die junge Frau vorsichtig hin. Gut so. Und jetzt kommen Sie her.«

Der schwere Mann kam auf sie zu und zerrte an seinem Hosengürtel.

»Sie bleiben genau hier stehen, Herr Zehner«, fuhr Badenhop den jungen Mann an, der sich auf Heinen stürzen wollte, und riss ihn grob an der Jacke zurück. »Gross, bringen Sie Herrn Heinen weg. Und Sie, Herr Zehner, seien Sie vorsichtig mit Frau Clüsserath. Bewegen Sie sie nicht. Wir wissen nicht, wo sie verletzt sein könnte.«

Patrick kniete sich neben seine Freundin, die ihre Augen auf ihn richtete, ihren Arm um sein Bein schlang und leise weinte.

In der Ferne hörte man die Sirene des Krankenwagens.

SECHZEHN

Bernd Hochdörffer betrat als Letzter den Konferenzraum, wo Sabine Vogel bereits Sektgläser aufgestellt hatte. Er trug eine Flasche vor sich her wie ein Banner, grinste und sah Badenhop an.

»Na, unser neuer Weinexperte wird uns gleich in einer Blindverkostung erklären, was das hier für ein feines Stöffchen ist.«

Badenhop wehrte ab. »Dazu brauche ich meinen persönlichen Weinberater Stefan Schwörer. Den muss ich heute Abend zum Essen einladen. Ich glaube, er hat es verdient. Ich selbst bleibe in Weinsachen unbedarft, wenn auch interessiert. Ja, interessiert, ich muss es zugeben.«

»Hurra, wir haben wieder einen bekehrt«, jubelte Hochdörffer.

Als der Korken geknallt hatte und eingeschenkt war, ergriff Staatsanwältin Karin Welsch das Wort. Kevin Gross zog an seiner Krawatte, Badenhop sah zu einem imaginären Punkt an der Wand, Hochdörffer labte sich an seinem Glas.

»Meine Herren, Frau Vogel. Dies ist ein besonderer Tag. Die neue Abteilung Kapitalverbrechen der Polizei Neustadt hat ihren ersten Fall gelöst. Wir sind alle sehr froh …« Wer ist mit »wir« gemeint, dachte Badenhop, ihre Partei, die Winzerschaft, die Polizeioberen? »… dass dieser schreckliche Fall aufgeklärt werden konnte und in das zauberhafte Weinstraßendorf Forst, das auch von seinem Tourismus lebt, wieder Ruhe einkehren kann. Die ungewöhnliche Methode, mit Hilfe einer Weinprobe einen Mörder zu suchen, hat diesen Fall und damit auch diese Abteilung innerhalb kürzester Zeit weit über die Grenzen der Pfalz hinaus bekannt gemacht.«

Klar, dachte Badenhop, und wir wissen auch, wer die Bild-Zeitung angerufen hat und dann dort zitiert wurde.

»Obwohl es sich um einen wirklich vertrackten Tathergang handelte, hatte Kommissar Badenhop das richtige Gespür für die Lösung. Herrn Gross möchte ich besonders danken …«, Gross richtete sich sichtbar auf und blickte stolz in die Runde, »dass er unter Einsatz seiner beachtlichen läuferischen Fähigkeiten vermutlich eine weitere Bluttat verhindert hat. Nun wollen wir hoffen, dass das zuständige Gericht die Täter ihrer gerechten Strafe zuführen wird. Ich danke Ihnen.«

Hochdörffer sah Badenhop an und rollte die Augen. Dann ging er zu seinem Kollegen, hob das Glas, prostete ihm zu und sah ihm in die Augen.

»Das hier ist übrigens Riesling-Sekt aus dem Pechstein. Und ich bin der Bernd.«

Laura lag in einem Einzelzimmer, weißes Bett, weißes Bettzeug, weiße Wände, weiße Möbel, weißer Verband über dem linken Auge. Alles weiß, nur auf ihrer Wange sah man einen grünblauen Fleck. Auf einem kleinen Tischchen stand ein riesiger Strauß roter Rosen. Den hatte Patrick mitgebracht. Für den Nachmittag war die Familie angekündigt. Das würde noch ein paar Blumen mehr geben.

Laura hatte sich aufgesetzt, um besser aus dem Glas trinken zu können, das Patrick ihr hinhielt. 2008er Pechstein Reichsrat von Buhl, Großes Gewächs.

»Das Beste, was es gibt, für die Allerbeste. Und um dich mit dem Pechstein zu versöhnen«, hatte er gesagt, »falls das überhaupt noch mal möglich ist.«

Sie lächelte ihn an. »Der Pechstein kann ja nichts dafür. Komm, gib mir einen Kuss.«

Patrick wusste, dass Frauen durch Vergewaltigungen schwere seelische Störungen erlitten. Die betroffenen Frauen erlebten Todesangst, extreme Ohnmacht, Hilflosigkeit und Demütigung, hatte er im Internet gelesen, wo er mehrere Stunden voller trüber Befürchtungen und mit zunehmendem Interesse in diversen Artikeln gestöbert hatte. Sie würden danach oft nur maschinenhaft funktionieren. Laura musste von schrecklichen Erinnerungen gepeinigt werden. Er wusste nicht, wie er mit ihr darüber sprechen sollte, hatte Angst um sie, befürchtete auch, dass das Trauma ihre Beziehung belasten könnte. Andererseits war sie, abgesehen von ihrem Verband und den verschiedenen blauen Flecken, schon wieder recht gut aufgelegt.

Er setzte sich auf die Bettkante, stellte die Gläser auf den Nachttisch, gab ihr einen Kuss, strich ihr über die Wange und druckste herum: »Es tut mir so leid, dass wir nicht rechtzeitig gekommen sind. Ich hätte dich am Morgen gar nicht weggehen lassen sollen.«

»Ihr seid ja rechtzeitig gekommen«, sagte sie. »Gerade noch rechtzeitig.«

»Aber du bist … er hat dich …«

»Weißt du, das Schlimmste war, ich hab mich so machtlos gefühlt. Er hat mich behandelt wie ein Stück Dreck. Wie konnte ich nur stehen bleiben, bloß weil er so freundlich getan hat? Der Fettsack hätte mich nicht eingeholt, wenn ich weggelaufen wäre. Als er mir die Rebenschere aus der Hand gerissen hat, wusste ich, dass er mich umbringen wollte. Aber ich hätte nicht gedacht, dass er auch vorhat, mich …« Ihre Augen füllten sich mit Tränen.

»Du musst nicht darüber reden.«

»Doch, ich will mit dir darüber reden. Er war plötzlich so brutal. Ich weiß nicht, was mir mehr Angst gemacht hat, dass er mich umbringen wollte oder dass er mich vergewaltigen wollte. Als er mich zum zweiten Mal geschlagen hat, habe ich kurz das Bewusstsein verloren. Als ich zu mir kam, hab ich alles wie in einem Film erlebt. Wie er mir die Kleider aufgerissen hat, mich angefasst hat, wie er angefangen hat, sich auszuziehen. Ich konnte mich nicht bewegen. Er hat sich auf mich gelegt, hat an mir herumgetatscht, aber dann hat er nicht gekonnt. Er hat einfach nicht gekonnt, verstehst du?«

»Er … er hat ihn nicht hochbekommen?« Eine sonderbare, fast irre Befriedigung durchströmte den jungen Mann.

»Ja, das war mein Glück. Die Psychologin hat gesagt, man fühlt sich schmutzig danach. Also schmutzig fühle ich mich nicht, vielleicht deshalb, nur diese schreckliche Angst, die Hilflosigkeit … Er ist wütend geworden, hat mich beschimpft und hat auf einmal das Messer in der Hand gehabt. Dann hab ich den jungen Polizisten rufen hören.«

»Der ist gelaufen wie ein Weltrekordler, viel schneller als ich. Er macht Leistungssport, habe ich gehört. Langstreckenlauf.«

Patrick schüttelte den Kopf, als ob er alles immer noch nicht glauben könnte. Es war bestimmt wichtig, dass sie jetzt volles Vertrauen zu ihm hatte und dass er sehr zärtlich und lieb zu ihr war. Das würde ihm nicht schwerfallen. Er strich ihr über den Kopf.

»Du, versprich mir, dass du immer mit mir redest, wenn es wieder bei dir hochkommt, wirst du das machen?«

Sie nickte und lächelte schwach.

»Und weißt du was, wenn du hier rauskommst, fahren wir ein paar Tage weg. Nach Wien, nach Paris oder ins Piemont, das können wir uns jetzt überlegen. Hast du Lust?«

Sie griff nach ihrem Weinglas. »Und ob! Jetzt, wo der Frühling kommt …«

Als sie auf dem Weg nach Hause im Auto saßen, wartete Badenhop bereits darauf, dass seine Frau die neue Bekanntschaft kommentierte. Das hatte sich zwischen ihnen so eingebürgert mit den Jahren, eine Art Abgleich der Beobachtungen und Sympathien. Sie blickte ihn leicht spöttisch von der Seite an, als sie begann.

»Ist das jetzt ein Pfälzer Prototyp, dieser Stefan Schwörer? Ein bisschen zu laut, ein bisschen zu derb, aber auf jeden Fall nicht langweilig. Er hat sich auch die richtige Frau ausgesucht. Sie hat fast den ganzen Abend nichts gesagt, aber brav mit dem Kopf genickt, wenn sie ihn immer wieder bestätigen musste: Gell, Schätzel? Mhm, auf jeden Fall!«

Badenhop lachte. »Du kannst es schon ganz gut nachmachen. Hat er es so oft gesagt? Stimmt, mir fiel es auch auf. Andererseits: Sie himmelt ihn an. Was will man mehr?«

»Ja, nicht?« Ironie brach knisternd zwischen den beiden spröden Worten hervor.

Badenhop lachte erneut. »Du willst jetzt aber nicht behaupten, dass mir das vermutlich lieber wäre, oder?«

»Nein, ich frage mich nur, ob solche Paare es lange zusammen aushalten können. Ich würde immer wieder damit rechnen, dass sich der eine langweilt oder der andere irgendwann aufmüpfig wird.«

Badenhop gab ihr recht. »Aber er ist ein exzellenter Weinkenner. Er kann zwar wirklich kaum aufhören, davon zu reden, aber er weiß viele Geschichten darüber. Selbst wenn man nicht viel davon versteht, sind sie interessant. Und witzig ist er auch.«

»Ja: Der beste Fisch ist der Steak.«

Diesen Kalauer war Schwörer schon bei der Bestellung losgeworden. Badenhop wusste, dass der Weinexperte nicht gerade der Typ war, mit dem Ingrid sich Abende lang unterhalten wollte. Aber sie hatte sich amüsiert, seinen urkomischen Geschichten zugehört, häufig laut gelacht. Es war ihr offensichtlich gut gegangen. Die pfälzische Ausgelassenheit mochte ihrem Naturell widersprechen – aber sie fühlte sich gut unterhalten.

Der Fall Werger war nur kurz zur Sprache gekommen. Schwörer musste natürlich ein paar ungehörige Bemerkungen zu Hannelore Heinens Ehrgeiz machen, mit dem sie sich »bös verkalkuliert hat«. Dann fragte er, wie die beiden eigentlich damals die Trauben weggeschafft hätten.

Ja, das war ein weiterer Hinweis, wie verbissen und mit welchem Aufwand sie daran arbeiteten, in der Weingüterhierarchie nach oben zu kommen. Der Traubenklau von rund zweitausendzweihundert Kilogramm erfolgte in zwei aufeinander folgenden mondhellen Nächten durch das Ehepaar Heinen und drei rumänische Helferinnen, die dachten, man müsse aus Qualitätsgründen nachts ernten. Anfangs wollten sie nur die Hälfte holen, dann hängten sie noch eine zweite Nacht dran. Sie ernteten in Zwanzig-Kilogramm-Kisten und rollten sie mühsam mit einem kleinen, gummiberäderten Handwagen über die Wirtschaftswege zum Hintereingang des Weinguts. In der ersten Nacht schafften sie sechzig, in der zweiten fünfzig Kisten.

Schwörer hatte sich an den Kopf gegriffen. »Sie müssen sieben- bis achtmal den ganzen Weg mit dem Handwagen gefahren sein. Dafür haben sie auf jeden Fall ein paar Fleißpunkte verdient, wenn sie wieder aus dem Loch kommen«, ätzte er.

Sie hatten sich in Gimmeldingen getroffen, einem verwinkelten Winzerdorf mit unzähligen Fachwerkhäusern, Innenhöfen, Rebranken und Weingütern. Das Restaurant »Netts« lag etwas außerhalb. Das Essen war sehr gut gewesen, die Weine nach Ansicht Schwörers, der Badenhop sich gern anschloss, hervorragend. Der Ausblick über die Rheinebene wäre eine Reise wert gewesen. Badenhops nahmen sich vor, unbedingt im Sommer noch einmal zu kommen, wenn man auf der riesigen Terrasse sitzen konnte.

Katrin Mellen schalt ihn, als er am nächsten Tag wieder mit dem Gesicht nach unten auf der Pritsche lag und von der Lösung des Falles, der Verhaftung des Täters und von seinem versuchten Sprint durch den holperigen Weinberg sowie dem seitdem vorhandenen starken Schmerz an der Hüfte berichtet hatte.

»Was haben Sie eigentlich geglaubt? Dass Sie nach einer einzigen Behandlung schon wieder rennen können wie ein junger Hirsch? Ihre Muskulatur auf der linken Hüftseite ist verkrampfter als beim letzten Mal. Sie müssen sich schonen und Ihre Übungen machen, nicht im Weinberg herumrennen.«

»Es gehört zu meinem Job, Verbrecher zu jagen. Erinnern Sie sich noch?«

»Hören Sie auf! Aber doch nicht zu Fuß und durch den Weinberg, wo man einen unsicheren Stand hat. Oder warten Sie wenigstens damit, bis wir Sie wieder aufgepäppelt haben.«

Ihr neckischer Ton gefiel ihm. Sie kam ihm weniger förmlich vor als bei der ersten Behandlung.

»Was machen Ihre Plagegeister am Telefon?«, wollte er noch wissen.

»Ich habe nichts mehr davon gehört. Wahrscheinlich weil es derzeit für die bigotten Waschweiber Interessanteres als eine alleinstehende Frau gibt. Einen echten Mörder hat man nicht alle Tage in der Gemeinde.«

Er korrigierte sie nicht. Ein Mord war Heinen vermutlich nicht nachzuweisen. Es würde wohl auf Totschlag hinauslaufen, in Kombination mit einer Reihe anderer Delikte.

Sie plauderten noch eine Weile. Es schien ihm angenehm, entspannt – soweit man es in dieser Lage sagen konnte – und fast freundschaftlich. Er fühlte sich gut, machte Witze über seine momentane Behinderung und kümmerte sich nicht darum, dass ihre Unterhaltung in den anderen Kabinen vermutlich verstanden wurde.

Nach der Behandlung bedankte er sich, nahm ihre Hand und sagte: »Schade, dass Sie heute keine Zeit für einen Feierabenddrink haben. Ich hoffe, es klappt das nächste Mal.«

»Ich denke schon«, sagte sie lächelnd. »Wenn Sie mir versprechen, dass Sie bis dahin brav Ihre Übungen machen.«

»Na, bei dieser Belohnung verspreche ich es auf jeden Fall.«

Er hielt immer noch ihre Hand. Sie hatte sie nicht weggezogen.

»Weinblatt«-Probe überführt Mörder

Johann Wergers Mörder ist gefasst. Einen wesentlichen Beitrag dazu lieferte eine Verkostung des »Weinblatt« mit den aktuellen Weinen aller Erzeuger aus den Lagen Freundstück und Pechstein.

Nach den Ergebnissen einer Verkostung unserer Zeitschrift, die im Anschluss an diesen Beitrag dokumentiert ist, hat das Weingut Heinen im Jahrgang 2012 seinen bisher mit Abstand besten Pechstein abgefüllt. Er ist zugleich – zusammen mit den Großen Gewächsen von Bürklin-Wolf und Bassermann-Jordan – einer der besten Weine der berühmten Lage in diesem ausgezeichneten Jahrgang.

Aber genau die Tatsache, dass Bert Heinen noch nie einen Pechstein ähnlicher Qualität präsentieren konnte, während fast alle anderen Forster Weingüter sich auch in diesem Jahr mehr oder weniger in gewohnten Qualitätsstandards bewegten, wurde Bert und Hannelore Heinen zum Verhängnis. Denn Johann Werger, dem das Paar im vergangenen Herbst die Trauben seines Pechstein in al-

lerbester Lage gestohlen hatte, erkannte die ungewöhnliche Heinen-Qualität bei der Jungweinprobe der Forster Winzer im Februar. Deshalb musste er sterben. Als Werger den Dieb nach der Probe zur Rede stellte, kam es zum Streit, der für Werger tödlich endete. Heinen und seine Frau versuchten, die Spur zu verwischen, indem sie den Leichnam vom Tatort entfernten und an einen anderen Ort verbrachten, der die Polizei zunächst auf eine falsche Fährte führte.

Der Wergershof, der in diesem Jahr seinen überregional bekannten und geachteten Eigentümer verlor, wird künftig von Wergers Ehefrau Doris Werger geführt. Die Betriebsleitung übernimmt Weinbauingenieur Patrick Zehner, der seit anderthalb Jahren Johann Werger in Keller und Weinbergen assistiert hat. Ihn wird Laura Clüsserath unterstützen, die durch ihre gute Beobachtungsgabe während der Jungweinprobe die Polizei auf die richtige Spur brachte und nur durch einen beherzten jungen Beamten während eines gewalttätigen Angriffs

Heinens gerettet werden konnte. Doris Werger hat es abgelehnt, den Erlös des durch Heinen ausgebauten Pechstein anzunehmen, wie Bert Heinen in später Reue anbot.

Wie das »Weinblatt« erfuhr, soll nach Bekanntwerden des Falles und seiner Lösung der im Mittelpunkt des Kriminalfalles stehende Pechstein von Bert Heinen in kürzester Zeit ausverkauft gewesen sein – zweifellos nicht nur wegen seiner ungewöhnlichen Qualität. Eine Boulevardzeitung prägte dafür den Begriff »Mörderwein«.

Wie es im Weingut Heinen weitergeht, ist noch nicht absehbar. Bert Heinen wird wegen Totschlags, verschuldet an Johann Werger, sowie wegen weiterer Delikte, darunter ein Vergewaltigungs- und Mordversuch an Laura Clüsserath angeklagt werden. Hannelore Heinen muss für ihre Beihilfe ebenfalls mit einer Strafe rechnen.

Für die »Weinblatt«-Verkostung, die zur Überführung Heinens beitrug, wurden aus vier Jahrgängen Freundstück und Pechstein sämtliche gefüllten Weine verkostet. Die Verkostung zeigte, für die Redaktion wenig überraschend, besondere Stärken der Weingüter Bürklin-Wolf, Bassermann, Buhl und Wergershof (außer 2011) im Pechstein. Mosbacher erreichte in allen vier Jahrgängen die höchsten Freundstück-Bewertungen. Betrachtet man die Jahrgänge, so hat sich der eher frische und weniger hochreife Jahrgang 2008, der im Jungweinstadium und im ersten Jahr meist schwächer als 2007 und 2009 eingeschätzt wurde, hervorragend entwickelt. Besonders Buhl glänzt mit einem sensationellen 2008er Pechstein. 2009 wurde mit mächtigen, klassisch Mittelhaardter Weinen seinem guten Ruf gerecht. Die säurebetonten 2010er dürften ihren Reiz in einem oder zwei Jahren entwickeln. 2011 hat mit Bilderbuch-Herbsttagen vor allem in den besten Lagen, zu denen Freundstück und Pechstein gehören, beachtliche, sehr ausgewogene Weine gebracht.

Das »Weinblatt« war über den kriminalistischen Hintergrund, mit dem der zuständige Weinkontrolleur Stefan Schwörer (sowie ein dem Verlag nicht als Kriminalkommissar vorgestellter Beamter) an der Probe teilnahm, nicht informiert. Unseren Lesern dürfen wir jedoch mitteilen, dass sich unsere Bewertungen mit denen der in offizieller Verbrecherjagd tätigen Verkoster decken.

Nachwort

Wer ein tatsächlich existierendes kleines Dorf als Schauplatz für einen Roman wählt, mischt automatisch Wahrheit und Fiktion. Deshalb sind einige Klarstellungen notwendig, die dabei helfen, Reales und Erfundenes zu trennen.

Alle Romanfiguren, die unmittelbar in die Handlung verwickelt sind, sind frei erfunden, auch wenn sie den einen oder anderen Leser an reale Personen erinnern könnten. Bei einem Spaziergang durch Forst wird man rasch feststellen können, dass es die Weingüter Werger, Heinen und Frech nicht gibt, ebenso wenig wie das beschriebene Haus in der Wassergasse in der Nähe der Umgehungsstraße, in dem die Romanfigur Katrin Mellen wohnt, oder den Wirtschaftsweg, der an der Rückseite der Weingüter am Ort vorbeiführt. Die Neustadter Polizei verfügt weder über eine Abteilung Kapitalverbrechen noch über Arbeitsstrukturen, die denen des Romans entsprechen.

Dagegen gehören die erwähnten und beschriebenen Weinlagen in Forst tatsächlich zu den besten und gefragtesten Herkünften für trockene Rieslinge. Alle anderen Weingüter außer den drei für den Roman erfundenen sind so beschrieben, wie ich sie kenne. Für alle im Roman genannten Restaurants und alle erwähnten konkreten Weine gilt das Gleiche. Auch das Steinmonument des Pechstein ist vorhanden. (Freilich ist dort niemals ein Mord geschehen.)

Den Verlag Meininger als größten Fachverlag für Zeitschriften zum Thema Wein gibt es, eine Zeitschrift mit dem Namen »Weinblatt« jedoch seit mehreren Jahrzehnten nicht mehr. Der Ablauf der erfundenen Schwörer-Verkostung entspricht durchaus vielen professionellen Verkostungen, in vielen Details jedoch nicht unbedingt der Arbeitsweise des genannten Verlages.

Dank

Danken möchte ich all denen, die zur Verbesserung meiner Arbeit beigetragen haben. Dazu gehören Eteri Adamia, Christian Knoll und Karlheinz Wehrheim, die mir in sachlichen Detailfragen wertvolle Hinweise gaben, sowie Beate Konrad-Hannika und Michael Konrad, deren kritische Durchsicht meines Manuskripts zu vielen Verbesserungen führte. Dank gebührt auch Dori und Silverio Margareto, deren Gastfreundschaft dazu beitrug, mich intensiv und ohne häusliche Verpflichtungen meinem Manuskript widmen zu können.

Jürgen Mathäß

Chaotische dynamische Systeme